KB077831

송하
新무협 판타지 소설

귀혼 5

송하 新무협 판타지 소설

초판 1쇄 찍은 날 § 2008년 1월 31일
초판 1쇄 펴낸 날 § 2008년 2월 11일

지은이 § 송하
펴낸이 § 서경석

편집장 § 문혜영
편집책임 § 심재영
편집 § 유경화

펴낸곳 § 도서출판 청어람
등록번호 § 제1081-1-89호
등록일자 § 1999. 5. 31
어람번호 § 제2-1413호

주소 § 경기도 부천시 원미구 심곡1동 350-1 남성B/D 3F (우) 420-011
전화 § 032-656-4452 팩스 § 032-656-4453
http://www.chungeoram.com
E-mail § eoram99@chollian.net

ⓒ 송하, 2007

ISBN 978-89-251-1165-0 04810
ISBN 978-89-251-0787-5 (세트)

5 [완결]

귀혼

송하 新무협 판타지 소설
FANTASTIC ORIENTAL HEROES

도서출판 청람

第三部

서장(序章)

서장(序章)

참을 수 없는 분노가 머리를 잠식하고 있었다.

방향성 없는 분노였다. 어떤 대상을 향한 것이 아니지만, 그렇기에 되레 모든 대상을 향한 분노.

딱히 어떤 대단한 이유가 있는 것도 아니었다. 시작은 아주 작은 분노면 족했다. 일단 분노를 떠올리면 그 분노는 잠시 후 마른 짚단에 떨어진 불씨처럼 걷잡을 수 없게 커졌다.

커져 버린 분노는 이성을 잠식하고 자신의 행동마저 조절했다. 그 분노가 저절로 수그러드는 데에는 꽤 오랜 시간이 필요했다. 그동안 자신은 눈에 보이는 모든 것에 자신의 분노를 토해냈다.

쉽게 말하자면 화풀이다.

어린 시절 일이 잘 풀리지 않을 때 괜한 뒤뜰 나무를 상대로 발길질하던 감정과 지금 느끼는 감정은 거의 동일했다. 단지 다른 점은 그때의 감정이 수만 배쯤 증폭되어 있다는 것뿐. 그리고 이 감정을 제어할 방법이 전혀 없다는 것뿐.

마공은 괜히 마공이라 불리지 않았다.

이성은 미약했다. 자신은 단지 감정의 목소리에 따라 눈앞에 보이는 모두를 죽이고 파괴하는 수밖에 없었다.

눈앞의 모든 것을 파괴하고 종래에 자신마저 죽여야만 비로소 마음속의 이 갈증이 해소되리라 생각했다.

자신은 그런 비이성적인 감정에 휩싸여 정신없이 손과 발을 휘두르고 있었다. 언제부터였는지 기억은 나지 않지만 몸이 무겁다는 느낌이 들었다. 문득 떠올랐다.

난 언제까지 이런 삶을 이어가야 하는 것일까?

하지만 그 생각은 길게 이어지지 않았다. 이성은 순간의 번뜩임과 함께 사라졌고, 다시금 터져 나오는 분노와 살의 속에서 진원명은 점차 의식을 잃어갔다.

난 죽은 것일까?

처음 의식을 차리며 들었던 생각이었다.

"일어나셨군요."

하지만 이내 그렇지 않다는 것을 알 수 있었다.

고개를 들어 올리자 방금 자신에게 말을 걸어온 사내가 보였다. 역광이 비친 사내의 얼굴은 검게 그늘져 잘 보이지 않았다.

진원명이 물었다.

"당신이 날 구했소?"

이유는 몰랐지만 왠지 그럴 거라 생각되었다. 사내는 고개
를 끄덕였다.

"그렇소."

진원명은 천천히 몸을 일으켜 주변을 둘러보았다. 참혹한
광경이 진원명의 시야에 들어왔다. 사방에 널린 살점과 선혈,
그리고 그 주인이었을 시체들.

진원명은 무감동한 목소리로 말했다.

"쓸데없는 일을 했구려. 당신은 몰랐을 거요. 이곳에 펼쳐
진 이 참상… 그것을 일으킨 사람이 나라는 것을 말이오."

"아니, 알고 있었소. 난 당신을 무척 잘 알고 있지요."

사내는 고개를 저었다. 진원명은 혀를 찼다.

"말했듯 나는 이 참상을 연출한 자요. 그 말뜻이나 제대로
이해한 거요? 나라는 사람이 지금까지 어떤 짓을 했는지 정말
안다면 이처럼 나와 함께 있기조차 겁냈을 거요."

사내는 빙그레 웃으며 말했다.

"당신의 광증은 마공을 잘못 익혀 그런 것일 뿐 당신의 본의
가 아니지요. 당신이 화기가 머리에 미쳐 정상적인 판단이 불
가능함에도 이처럼 산속으로 도망친 것은 아마 당신의 광기가
무고한 사람들에게 피해를 주는 것을 막기 위함이었을 거요."

"허, 날 잘 아나 보군. 아니, 마공에 대해 잘 아나 보군. 그런
데도 이처럼 나에게 다가오다니 참 간도 크시오. 난 언제 미쳐

서 날 도운 당신마저 해칠지 모르는 그런 사람인데……."

"당신을 치료해 주기 위함이었소. 이왕 이렇게 된 거 산 사람은 살아야 하지 않겠소?"

"살아 있는 게 남에게 해가 된다면 그렇지 않을 수도 있지."

진원명은 퉁명스러운 목소리로 말했다. 사내가 진원명을 지그시 바라보며 물었다.

"그렇게도 자신이 살아남은 게 마음에 들지 않으시오?"

진원명은 순간 말문이 막혔다. 사내는 후훗 하고 웃었다.

"고맙다는 말 한마디 듣기가 이리 어렵구려."

"날… 구해준 것은 정말 고맙소. 뭐, 당신의 행동이 이해는 가지 않지만……."

머뭇거리며 말하는 진원명을 바라보며 사내가 살짝 고개를 저었다.

"이해를 바라고 하는 일이 아니오. 이건 아직 당신이 이해할 수 없는 일이니까. 하지만 언젠가는 이해하게 될지도 모르지요. 내 이런 선택의 이유를……."

무슨 뚱딴지같은 소릴 하는 것인가? 진원명은 인상을 살짝 찡그리며 사내를 바라보다가 움찔 놀랐다.

흐릿하게 떠오르는 사내의 표정에서 어떤 감정을 보았기 때문이다. 낯익은, 그리고 앞으로 다신 보기 어려울 것이라 여긴 그 표정은 진원명의 가슴 깊은 곳을 울렸다.

조건도 대가도 요구하지 않는 절대적인 호의, 이자는 과거 형과 가족들이 자신을 바라보던 그 눈으로 자신을 바라보고 있었다.

사내가 말을 이었다.

"진원명, 난 당신을 돕기 위해 이곳에 존재한다오."

*   *   *

진원명은 잠에서 깨어났다. 그리고 깨달았다. 자신이 가진 전생의 기억에 알 수 없는 공백이 존재한다는 것을……

 第一章 귀결(歸結)

"처음처럼."

철영(鐵影) 1

진원명은 자신이 묵는 객점 이층의 창가 자리에 앉아 거리를 바라보고 있었다.

창밖으로 거리를 바쁘게 지나다니는 사람들이 보였다. 모두가 자신만의 목표를 가지고 그 목표를 이루기 위해 열심히 살아가는 사람들이리라.

바로 얼마 전의 자신이 그랬던 것처럼.

"한가하군."

진원명은 그렇게 중얼거리며 이상하게 뭔가 부족한 느낌을 받았지만 이내 고개를 젓고는 객점 안을 돌아보았다.

"또 한산하군."

객점은 어제보다 한산해진 듯했다. 사실 텅 빈 객점의 모습은 어제와 큰 차이는 없었다. 그래도 진원명은 왠지 그런 느낌을 받았다.

함께 머무르던 네 사람이 갑자기 떠나 버렸던 탓이리라. 바로 무민과 화산파의 사형제들 말이다.

"여기 계셨군요. 식사는 하셨습니까?"

진원명이 돌아보니 이익겸이 서 있었다. 진원명이 고개를 끄덕였다.

"식사를 하고 잠시 앉아 있던 참입니다. 금 형은 좀 어떻습니까?"

"이제 혼자서도 곧잘 움직이는데 그래도 의원 말로는 보름 정도는 꼼짝 말고 쉬어주는 편이 좋다 하더군요. 뭐, 지난번 들어온 수입도 있으니 아예 이참에 며칠 푹 쉬려고 생각 중입니다."

진원명이 고개를 끄덕였다. 이익겸이 이어서 말했다.

"그럼 왕 소협은 이제 떠나시는 겁니까? 이거 정말 아쉽군요. 금 형이 몸만 편했으면 좀 더 같이 지낼 수 있었을 텐데 말입니다."

진원명이 고개를 저었다.

"여기에서 며칠 정도 머물 생각입니다."

"아, 그렇군요. 바쁜 일이 있다기에 전 오늘 떠나는 줄 알았습니다."

이익겸이 뜻밖이라는 표정을 지으며 말했다. 진원명은 피식 웃었다. 어제 동행을 청하는 화산파 제자들에게 거절할 때 자신이 그렇게 변명했었다.

"이곳에서 조금 해야 할 일이 있습니다."

이익겸이 희색을 띠며 고개를 끄덕였다.

"그거 정말 잘되었군요. 그럼 금 형이 회복되면 같이 이동하는 게……."

"제 일은 며칠 걸리지 않을 겁니다."

"그, 그렇군요."

진원명의 대답에 이익겸은 이내 실망하는 표정을 지었다. 생각해 보면 이자들과 잠시 동행하는 것도 나쁘지 않을지 모른다. 하지만 자신은 되도록 이곳에 오래 머무르고 싶지 않았다.

이곳에 머무른다면 괜한 미련이 남아 자신의 마음을 흔들리게 할지도 모른다는 생각이 들었다.

"아, 그러고 보니 금 형 먹을 약을 사러 나왔는데 깜빡했군요. 전 잠시 나갔다 오겠습니다."

곁에 있던 이익겸이 고개를 살짝 숙여 보이고는 떠나갔다. 진원명은 떠나가는 이익겸을 바라보았다. 계단을 내려가 문밖으로 사라진 이익겸은 잠시 뒤 창문 밖에 나타나 대로를 오가는 바쁜 행인들의 한 사람이 되었다.

진원명은 한동안 이익겸의 뒷모습을 쫓았다. 무척 사이가 나쁘다고 생각했는데 이익겸과 금자방 두 사람은 생각보다 서로에 대한 의리가 있어 보였다.

"강호의 의리인 건가?"

진원명이 나직하게 중얼거렸다.

어제 무민은 도움을 거절한 자신에게 아무것도 묻지 않고, 책망하는 눈길조차 보이지 않았다. 그리고 오늘 무민은 자신 대신 화산파 사형제들과 함께 이곳을 떠나갔다.

화산파 사형제들은 기꺼이 무민을 돕겠다고 나섰다. 무민은 자세한 내막도 말하지 않은 채 단지 그들에게 자신이 모종의 음모를 목격했기 때문에 납치 감금되어 있었던 것이며 그 음모로 인해 여러 사람이 다칠지도 모르니 자신을 도와달라고 말했다.

물론 주민국이 채근한 탓도 있었지만 그런 애매모호한 말만으로 그들이 겨우 며칠 전에 만난 무민을 도우려 한 것은 진원명으로서는 쉽게 납득할 수 없는 일이었다.

그들은 단지 무민의 인간됨과 무민이 보이는 의기를 무작정 신뢰했을 뿐이다. 진원명은 화산 제자들을 떠올리며 고개를 저었다.

"이해하기 어려운 자들이지."

자신은 자신의 눈앞에서 일어났던 불의나 불합리함 따윈 지금껏 수없이 무시해 왔었다.

자신이 보아온 바에 따르면 그런 불의는 대개 삼자의 입장에서 옳고 그름을 제대로 판별하기 어렵고, 그런 일에 참견하는 것 또한 좋은 결말로 끝나는 경우가 드물기 때문이다.

하지만 이자들은, 아니, 강호인들은 대개 그런 불의에 대해 참으려 들지 않는다. 그 일이 설령 자신으로 인해 망쳐지는 한이 있더라도 그 일을 그냥 못 본 척 지나쳐 버리지는 못한다.

우습게도 얼마 전의 자신이 그랬던 것처럼.

진원명은 고개를 젓고는 생각에서 빠져나왔다. 역시 멍하게 앉아 있으니 쓸데없는 생각들이 떠오르는 듯했다.

"잠깐 나가서 바람이나 쐴까?"

진원명은 창밖을 슬쩍 바라보고는 몸을 일으켰다. 나가서 바람도 쐬고 무엇보다 어제 남겨둔 백련교의 표식을 좀 더 여러 곳에 남겨둘 생각이었다.

진원명이 이곳에서 기다리는 이유는 자신이 남긴 표식을 보고 찾아올 한유민의 수하에게 무민을 구했다는 이야기를 전하기 위해서였다. 무민을 직접 돕지는 않겠지만 그 정도는 해줘도 괜찮지 않을까 하는 생각이 들었기 때문이다.

진원명은 자리를 떠나려다가 멈칫하며 다시 창밖으로 고개를 돌렸다. 방금 순간적으로 익숙한 뭔가를 보았던 것 같은 느낌이 들었다.

잠시 창밖을 두리번거리던 진원명은 곧 눈에 익은 한 사내를 발견했다.

"저자가 왜 이곳에?"

팔 척 장신의 키와 마른 나무같이 비쩍 마른 몸을 가진 사내, 바로 고목귀였다. 거리가 있었지만 고목귀의 독특한 체형 덕에 쉽게 알아볼 수 있었다.

"역시 무사했던 것이군."

진원명이 중얼거렸다. 예전 배에서 통천이사의 화살 공격을 받긴 했지만 워낙 튼튼한 자라 죽을 것이라곤 생각하지 않았었다.

고목귀는 두 사람과 동행하고 있었다. 세 사람은 뭔가 이야기를 나누면서 다가오고 있었다. 잠시 후 거리가 가까워지니 그 두 사람의 모습도 확인할 수 있었다. 철수귀와 무영귀다.

진원명은 눈살을 찌푸렸다. 삼귀가 마침 방향을 바꾸어 진원명이 머무는 객점으로 다가왔기 때문이다.

왜 하필 이곳으로 오는 것인가? 설마 자신이 남긴 신호를 엉뚱한 저자들이 알아본 것인가?

진원명이 만약의 상황을 대비해 주변을 훑어보고 있을 때 삼귀가 객점 안으로 들어왔다.

주변을 살핀 성과는 없었다. 객점은 작았고 삼귀의 눈을 피해 객점을 몰래 빠져나갈 만한 구석이 보이지 않았다.

진원명이 긴장하여 삼귀를 바라보고 있을 때 삼귀는 대충 눈에 보이는 탁자를 하나 점하고 둘러앉았다.

"이봐, 종업원! 여기 소면 세 그릇만 빨리 가져다주게."

주문한 사람은 고목귀였다.

고목귀는 음식을 주문하고 눈앞의 이귀를 돌아보았다. 철수귀와 무영귀는 말없이 앉아 있었다. 철수귀는 좋지 않은 일이라도 있는 듯 초조한 기색으로 객점 밖을 바라보고 있었고 무영귀는 시큰둥한 표정으로 철수귀가 하는 양을 구경하고 있었다.

"일단 좀 먹읍시다. 무영신의 말대로 배에 든 게 있어야 힘이 나서 뭐라도 할 게 아니겠소?"

고목귀가 그리 말했지만 나머지 두 사람은 별달리 대꾸하지 않았다. 철수귀는 계속 객점 밖을 지나다니는 사람을 살피고 있었고 무영귀는 나머지 두 사람을 외면한 채 객점 안을 죽 둘러보았다.

진원명은 재빨리 고개를 움츠렸다가 무영귀의 시선이 지나간 뒤 다시 세 사람을 바라보았다.

세 사람 사이에 침묵이 계속되었다. 어색한 침묵이 견디기 힘들었던 것인지 고목귀가 다시 한 번 말을 꺼냈다.

"이 근방을 전부 돌았는데도 수상한 자들이 안 보이는 게 아무래도 그자들이 아직 이곳에 도착하지는 않은 모양이오."

철수귀는 여전히 객점 밖을 바라본 채 고개를 설레설레 젓더니 대답했다.

"그들이 일부러 수상한 모습을 하고 다니지는 않을 테니 우리가 보고도 놓쳤을지도 모른다오."

고목귀가 눈살을 살짝 찡그렸다.

"음, 그렇다면 너무 애매하구려. 그들의 얼굴을 아는 것도 아니고, 그들이 어디에 나타날지 아는 것도 아니니 말이오. 무엇을 보고 그들을 찾는단 말이오?"

"나도 모르겠소. 뭐, 어느 정도는 운에 기대는 수밖에 없을 듯하오. 무엇보다 무영신이 저처럼 협조적이지 않으니……."

철수귀는 한숨을 내쉬고는 못마땅한 표정으로 무영귀를 노려보았다. 무영귀는 눈을 가늘게 뜬 채 철수귀의 시선을 받았다.

두 사람의 분위기가 좋지 않음을 느낀 고목귀가 황급히 나섰다.

"무영신이라 하여 별수있겠소? 어차피 운에 기대야 한다면 그냥 좋은 쪽으로 생각합시다. 혹시 아오? 이곳에 죽치고 있다가 우리가 찾는 그들을 발견하게 될지 말이오."

저들은 누군가를 찾고 있는 듯했다. 다행히 자신이 남긴 표식을 보고 찾아온 것은 아닌 듯했지만 저자들이 이처럼 가까이 있다는 것 자체만으로도 진원명은 내심 꺼림칙함을 느꼈다.

철수귀는 무영귀를 노려보던 시선을 거두며 말했다.

"그럴 수 있다면 좋겠지요. 하지만 무영신이 우리들 중 적들에 대해 가장 잘 아는 것은 분명한 사실이오. 이 정보를 알아낸 것도 무영신이고 아마 그 좋은 눈썰미로 적들 중 몇몇의 얼굴도 이미 익혀두었을 테지. 그럼에도 보다시피 지금 그들을 찾는 데 가장 무성의한 모습을 보이고 있소. 난 무영신이 우리와 함께 다니며 주변을 제대로 살피기나 한 것인지 의문이오."

철수귀의 어조에 실린 불만스러운 감정은 여전히 사라지지 않아 있었다. 고목귀가 당혹스러운 표정으로 두 사람을 번갈아 바라보고 있을 때 무영귀가 비로소 입을 열었다.

"흐흐, 재미있군. 재미있어."

무영귀는 고목귀와 철수귀를 바라보며 웃고 있었다.

"무슨 소리요?"

고목귀의 질문에 무영귀가 대답했다.

"당신들 두 사람의 모습이 참 재미있소. 평소와 전혀 다른 철수신의 모습이나 그 때문에 당황하는 고목신의 모습이나……."

"그렇게 남의 일처럼 얘기하지 마시오."

철수귀가 말했다. 무영귀가 고개를 저으며 말했다.

"뭐, 남의 일이 아니라는 것은 잘 알고 있지. 그래서 이처럼 내가 억지로 함께 다니는 것이고. 나 역시 의문이오. 내가 이처럼 행동하는 이유를 철수신 당신이 모르지 않을 텐데도 이처럼 불평하는 이유가 말이오."

철수귀는 대답하지 않았다. 무영귀가 다시 입을 열었다.

"고목신도 아니고 당신이 모를 리가 없지. 지금 우리가 하는 행동이 그다지 현명한 일이 아니라는 것을. 사실 지금 우리가 하는 일은 상부의 명에 위배되는 것이오. 적당히 하다가 안 되면 그냥 그들과 의절하고 우리 살길을 도모해야지, 우리까지 그 두 사람에게 휩쓸려 도에 어긋나게 행동하는 일은 없어야 한다는 말이오."

무영귀가 말하는 두 사람이란 무정귀와 백무귀를 말하는 것일까? 진원명이 의문을 가졌을 때 고목귀가 말했다.

"그 상부의 지시는 그저 이 일에 관여하지 말라는 것뿐 아니었소? 우린 그냥 무정화와 백무신을 찾으려는 것뿐이니."

진원명의 생각이 맞은 듯했다. 이자들은 지금 무정귀와 백무귀를 찾기 위해 무엇인가 일을 꾸미고 있는 것이다.

무영귀는 한심하다는 눈으로 고목귀를 바라보았다.

"그게 관여하는 것이오. 우리가 지금 하려는 게 뭐지? 그들이 하고자 하는 일의 내막을 캐고 그들이 숨어버린 장소를 알아내려는 것이 아니오? 그들이 일부러 비밀로 하려는 일을 우리가 알아낸다면 그들이 참 좋아하겠소."

"그, 그렇지만 무정화와 백무신은 지금 위험에 처해 있을지도 모르오. 우리가 어떻게든 도와야……."

고목귀가 더듬거리며 말하는 것을 무영귀가 잘랐다.

"뭐, 고목신이라면 그렇게 생각할 줄 알았소. 하지만 철수신 당신은 알겠지. 지금 상황에서 우리가 정말 해야 할 행동이 무엇인지 말이오. 당신의 순박한 동료가 아직 모르는 듯하니 좀 가르쳐 주시구려."

고목귀가 의아한 표정으로 철수귀를 바라봤다. 철수귀는 인상만 찌푸린 채 대답하지 않았다. 잠시 뒤 무영귀가 이어서 말했다.

"당신이 말하고 싶지 않다면 내가 대신 말하지. 우리가 할 수 있는 최선은 아무도 모르게 무정화와 백무신을 구하는 것이오. 그들은 동창의 지시 체계를 벗어나 움직였고 그런 행동이 발각된다면 그런 그들을 방조한 우리에게까지 책임의 불똥이 튈 것이오. 알겠소? 우리가 그들을 구해야 하는 이유는 그들이 걱정되어서가 아니라 그들의 이번 행동이 우리에게 미칠 피해를 대비해서요. 착각하지 마시오."

고목귀는 멍한 표정으로 무영귀를 바라보았다.

"여기서 중요한 것은 '아무도 모르게' 해야 한다는 것이오. 우리의 이런 행동은 상부의 명령에 정면으로 위배되는 것이고 당연히 이게 알려진다면 상부의 명을 어긴 동료를 방조한 것보다 더 큰 문제가 될 테니까. 그렇게 되면 아무것도 하지 않는 것만 못한 일이 되는 것이지. 하지만 그것은 매우 어려운 일이오. 철수신의 말대로 아마 운이 많이 따라줘야 할 것이오. 그렇기 때문에 차라리 안 될 것 같으면 차선의 길을 택하는 게 옳다는 것이지. 아마 철수신은 그러기가 싫은 모양이오. 알겠지만 그건 철수신의 존경스러울 만큼 딱 부러지고 철저한 성품을 생각해 보면 이해하기 어려운 일이라오. 설마 그간 그들과 함께 지내며 쌓인 동료의식 때문이라 말하려는 것은 아니겠지?'

무영귀의 말은 명백히 비꼬는 듯 들렸다. 고목귀가 물었다.

"그게 뭐요, 차선이란 게?"

"상부에서 알기 전에 우리가 먼저 그들에게 모든 책임을 덮어씌우고 상부에 알리는 것이오. 뭐, 그렇다 해도 우리가 완전히 책임을 피하기는 어렵겠지만 아예 손 놓고 있는 것보단 낫지. 아, 물론 그렇게 된다면 그들이 만약 그곳에서 무사히 빠져나온다 해도 동창으로 돌아오기는 어렵게 될 거요."

고목귀의 표정이 점차 일그러졌다. 그리고 눈앞의 철수귀와 무영귀를 번갈아 바라보았다.

"이런 젠장! 뭐가 뭔지 모르겠소. 그냥 그들이 걱정되어서 그들을 찾는 게 아닌 거요? 뭐 그렇게 따질 게 많소!"

무영귀는 화내는 고목귀를 비웃고는 철수귀를 바라보았다. 철수귀는 표정을 굳히고는 무영귀를 외면했다.

위에서 세 사람을 지켜보던 진원명은 상황을 대충 알 수 있었다.

무정귀와 백무귀는 악벌단과 함께 움직였으니 지금 이자들이 알아내려 하는 것은 악벌단의 종적일 것이다. 악벌단을 함정으로 끌어들인 자들은 무언가 수를 써서 동창을 이 일에서 제외시킨 듯했다. 때문에 이자들은 그들 스스로 악벌단의 종적을 찾아야 하는데 그 단서가 될 누군가가 이곳을 찾으리란 것을 무영귀가 알아낸 모양이었다.

잠시 후 식사가 나왔다. 세 사람은 이후 말없이 식사를 마치고는 다시 객점을 빠져나갔다.

진원명은 나직이 한숨을 쉬고는 이내 피식 웃었다. 하필 저들이 이곳에 나타나는 바람에 도둑이 제 발 저린 격으로 놀랐지 않은가? 어쨌든 저들이 이곳을 찾은 게 자신과 관계없는 일이니 다행이었다.

바람 쐬러 나간다는 계획은 자연히 철회되었다. 진원명은 점원을 불러 차를 한 잔 주문했다.

"아무래도 오늘은 여기서 시간이나 죽여야 할 모양이군."

그들이 자신과 무관하게 이곳에 와 있다 해도 그들과 마주쳐서 좋을 것은 없다. 자신이 한유민의 전령을 기다리는 입장인 지금은 더더욱 그렇다.

잠시 후 점원이 가져다준 차를 마시고 있을 때 이익겸이 돌아왔다. 이익겸이 아직 자리에 앉아 있는 진원명을 바라보고 빙긋 웃어 보였다. 그 손에 약봉지가 들려 있는 모습이 보였다.

이익겸은 객점 주방으로 들어갔다가 잠시 후 약 한 사발을 들고 나와 방으로 들어갔다. 진원명은 그 모습을 눈으로 쫓으면서 머릿속으로는 다른 생각을 하고 있었다.

바로 방금 전 보았던 세 사람에 대한 생각이다.

지금 삼귀는 동창과 무관하게 행동하는 것 같았다. 악벌단에 속한 이귀 또한 마찬가지다. 그렇다면 지금과 같은 상황을 잘만 이용한다면 그들 오귀의 움직임을 무민에게 도움이 되는 방향으로 작용하게 만들 수도 있지 않을까?

"한 교주가 있다면 뭔가 방법을 내줬을 텐데……."

진원명은 문득 삼귀가 그 장소에 대한 단서를 갖고 있다는 그들을 만났으면 좋겠다는 생각을 했다.

자신이 알고 있다면 다른 방법을 강구해 전해줄 수도 있었겠지만 진원명은 무민이 이동한 곳을 알지 못했다. 굳이 알 필요가 없다고 여겼던 것이다. 한유민이라면 아마 말하지 않아도 알고 있으리라 생각했기 때문이기도 하지만 자신의 전언이 한유민에게 전달될 즈음에는 아마 무민의 일이 성공하든 실패하든 어떻게든 일이 마무리되고 난 뒤일 것이라 생각했기 때문이기도 하다.

"뭐 어떻게든 잘되겠지."

참견하지 않으려 마음먹었으면서 이런 생각을 하는 것도 우스운 일이다. 문득 자신이 뭔가 놓치고 있는 것이 있지 않나 하는 생각이 들었지만 진원명은 고개를 저어 생각을 떨쳐 버리며 식은 차를 들이켰다.

"무료하지 않으십니까?"

말을 걸어온 것은 이익겸이었다. 곁에는 금자방이 서 있었다. 진원명이 물었다.

"이제 움직여도 괜찮습니까?"

"상처가 좀 가렵고 당기긴 하지만 이제 아무 문제 없습니다. 원래 이 정도면 다 나은 건데 이 형이 워낙 걱정이 많아서……."

이익겸이 눈살을 찌푸리며 참견했다.

"이럴 때 주의해야 제대로 낫지, 덧나면 쓸데없이 배로 고생하는 법이라오."

"사람이 아프다고 너무 누워만 있으면 더 약해지기만 할 뿐이오. 이만하면 오히려 가만히 있는 게 병이 될 거요."

금자방과 이익겸이 다시 다투기 시작하려는 것을 보고 진원명이 재빨리 말했다.

"그래도 이렇게 금방 나은 것을 보니 다행입니다. 앉아서 차라도 한 잔 하시겠습니까?"

두 사람은 고개를 끄덕이고 진원명의 곁에 앉았다. 잠시 후두 사람 앞에 따뜻하게 데워진 차 한 잔씩이 놓여졌다.

"답은 하나요. 북으로 가야죠."

이제 금자방이 나오면 어디로 가려 하냐는 질문에 이익겸이 이렇게 답했다. 금자방이 물었다.

"우리는 남쪽으로 내려오지 않았소? 왜 또 북쪽이오?"

"얼마 전 악벌단이 통째로 사라진 곳이 이 근방 혹은 이보다 남쪽으로 생각되니, 북쪽으로 가는 게 안전하다오."

이익겸의 대답에 금자방이 혀를 찼다.

"허, 이 형처럼 소심한 사람이 어찌 강호인이 되었는지 모르겠소."

"내가 소심한 게 아니라 당신이 생각이 없는 거요. 내가 강호에 나선 내력을 당신이 어찌 알겠소?"

"그러고 보니 이 형의 고향이 북경이라 하지 않았소? 그럼 북으로 간 김에 아예 이 형 고향 구경이나 좀 합시다."

이익겸이 갑자기 당황한 듯 말을 더듬었다.

"그, 그건 곤란하오. 북경에는 별반 일자리도 없다오."

"사람이 많은 곳에 어찌 일자리가 없겠소?"

"그러니까 그게… 북경이 엎어지면 코 닿을 거리에 있는 줄 아는구려. 북경은 너무 멀다오. 말을 타고 달려도 거지반 한 달은 가야 하거늘……."

이익겸의 말에 금자방이 잠시 고민했다. 이익겸이 재차 말했다.

"아, 그러고 보니 잊고 있었는데 이곳에 다른 일자리가 있을지도 모르오. 이곳에 잠시 머물며 동태를 살피는 것도 괜찮을

지 모르겠구려."

"일자리라면 이미 다 알아보고 다니지 않았소?"

"내 방금 금 형의 약을 지어오며 들었는데 이곳에 우리를 찾는 자들이 있었다고 하오. 그러니까 정확하게는 얼마 전 새산의 괴물을 물리친 자들을 찾는 거지요. 분명 다른 일자리가 있기에 우릴 찾는 게 아니겠소?"

잠자코 두 사람의 말을 듣고만 있던 진원명이 눈살을 찌푸리며 끼어들었다. 뭔가 이상한 기분이 들었던 것이다.

"우릴 찾는 자들이 있었다 했습니까? 그들이 우릴 찾았다는 것이 언제입니까?"

"바로 오늘 오전이라 하더군요. 왕 소협도 관심이 있습니까?"

진원명은 잠시 곰곰이 생각하다가 이내 입술을 깨물었다. 자신이 가졌던 불안한 감정의 실체가 무엇인지 깨달았던 것이다.

"이곳을 떠나야 할 것 같습니다. 어서 짐을 챙겨 내려오세요."

"네?"

진원명은 굳은 표정으로 말했다.

"우릴 찾을 만한 자들이 또 있지요. 그것도 좋지 않은 이유로요. 바로 얼마 전 산속에서 괴물 분장을 하고 있던 자들 말입니다."

두 사람은 잠시 멍하게 있다가 진원명이 재빨리 자신의 방으로 들어간 뒤에야 상황을 파악하고 황망히 자신들의 방으로 뛰어들어 갔다.

일찍 눈치 챘어야 했다. 삼귀가 찾는다는 자들은 분명 철영의 패거리일 것이다. 얼마 전 자신들에게 당해 무민을 빼앗긴 자들도 철영의 패거리다. 철영의 패거리가 설마 이런 드러난 곳까지 내려오지 못하리라 생각했지만 만약 내려왔다면 그 목적은 분명하지 않은가? 그들은 무민을 찾고자 할 것이다.

하지만 세 사람이 짐을 챙겨 객점을 나왔을 때 진원명은 자신들이 한발 늦었음을 깨달았다.

마침 그들이 나온 객점으로 다가오던 다섯 명의 사내와 정면으로 마주쳤기 때문이다. 그중 한 사내가 눈을 빛내며 말했다.

"저자들이 맞소."

그 사내의 오른팔에는 피가 살짝 배어져 나온 붕대가 감겨 있었다.

철영(鐵影) 2

"설마 저자는 그때 왕 공자에게 당한 자가 아닙니까?"

이익겸도 그 사내의 상처에서 눈치를 챈 듯 그렇게 말했다.

부상 입은 사내가 하는 말이 들렸다.

"맨 앞의 어린 녀석이 내가 말한 그자요. 보기와 다르게 엄청난 실력을 가졌다오."

진원명은 주변을 둘러보았다. 진원명이 실제로 염려하는 것은 이자들을 쫓는 것으로 보였던 삼귀와 얽히는 일이다. 다행히 주변에 삼귀의 종적은 보이지 않았다.

"너희들 정말 얼마 전 괴물 옷을 입고 사람을 해치던 그자들인 거냐?"

금자방의 질문에 진원명은 다시 시선을 앞으로 돌렸다. 부상 입은 자가 뜻밖이라는 듯 웃었다.

"우리가 올 것을 알고 있었나? 여러 말 하며 설명하지 않아도 되겠군. 지난번 그 동굴에 누워 있던 그분… 왕서한은 어디에 있나?"

역시 무민을 찾는 것이다. 왕서한은 무민의 본명이 아닌가 생각되었다. 진원명보다 먼저 금자방이 말했다.

"너희 같은 자들이 백주 대낮부터 세상을 떠돌다니 기가 막히는군. 그자는 이곳에 없다. 얼마 전 떠났지. 어디로 갔는지는 모른다."

부상 입은 자의 표정이 당황한 듯 크게 변했다. 주변의 네 사람은 묘한 표정으로 부상 입은 자를 바라봤다.

"얼마 전이라니, 언제를 말하는 것이냐? 그… 그는 아직 몸을 움직일 만한 상태가 아닐 텐데……."

"그걸 우리가 왜 말해줘야 하지? 네놈들은 아무리 봐도 좋은 종자들은 아닌 걸로 보이는데."

금자방의 말에 부상 입은 자가 발끈한 표정으로 뭐라 하려 할 때, 곁에 있던 자가 부상 입은 자에게 말했다.

"우위장의 얘기와는 상황이 다른 것 같구려. 그분이 이곳에 계실 거라 호언장담하던."

"이, 이자들이 뭔가 숨기고 있는 것이오. 며칠간 정신조차 차리지 못하던 그분이… 이곳을 떠날 수 있을 리 없소. 이 녀석, 바른대로 말하지 못하겠느냐? 혼나고 싶지 않다면 당장 그분이 있는 장소를 말하라!"

부상 입은 자는 당황하며 변명하더니 이내 진원명 일행을 바라보며 소리쳤다. 금자방이 다시 말했다.

"그러고 보니 네놈이 얼마 전 꽁지 빠지게 도망치던 모습은 잘 봤었지. 수법이 참 고명하여 상대할 엄두가 안 나더군. 혹시 오늘도 그 수법을 펼치려는 건가? 그럼 우린 역시 상대할 방법이 없으니 일찌감치 패배를 시인하겠네."

"이런 개자식이!"

부상 입은 자가 대노하여 다가오자 진원명이 금자방의 앞을 막아섰다. 부상 입은 자는 멈칫하더니 분한 표정으로 이를 갈았다.

"네, 네, 네놈들이 그 녀석을 믿고 있는 모양인데 그래 봐야 잠시 후면……."

"저자들은 우리가 맡을 테니 우위장은 잠시 비켜 계시오. 말이 통하지 않는 상대를 굳이 말로 맞상대해 줄 필요가 없지요."

부상 입은 자의 말을 그자의 뒤에 있던 네 명 중 한 명이 막고 나섰다. 부상 입은 자, 우위장이 살짝 고개만 돌려 낮게 말했다.

"아까 말했듯 저자의 무공이 만만치 않소. 지금은 그냥 구원을 기다리는 편이 좋소."

"구원을 기다린다라… 저들이 과연 그때까지 이곳에서 우리와 말다툼만 하고 있겠소?"

"이보시오, 한 조장. 너무 목소리가 크오."

"큭, 우위장은 이번 실패 이후에 겁쟁이가 되어버렸구려. 저들을 말로 묶어둔다니… 뭐, 우위장이 굳이 원한다면 그렇게 하리다."

사내는 우위장을 비웃고 있었다. 우위장은 뒤늦게 그 사실을 깨달았다. 우위장은 고개를 돌려 뒤편의 네 사람을 슥 노려본 뒤 오히려 흥분이 가라앉은 표정으로 말했다.

"그렇게 자신있다면 말리지 않겠소. 아니, 내 부탁하겠소. 저들을 제압하시오. 어차피 이자들을 이곳에 묶어두려면 당신들의 힘이 필요했으니. 이번에 당신들이 이자를 제압한다면 철 사부도 사성단(四星團)을 달리 볼지 모르지."

"그럼 우위장의 명을 따르겠소."

네 사람은 우위장에게 과장되게 고개를 숙여 보이곤 앞으로 나섰다.

지켜보던 진원명은 내심 저들의 사이가 좋지 않은 것 같다고 생각했다.

"이런 대로에서 백주 대낮에 싸우자는 것인가?"

진원명의 질문에 앞선 사내가 고개를 저었다.

"그건 걱정하지 말게. 오늘은 우리가 이곳에서 아무리 큰 난리를 쳐도 관병이 출동하거나 하는 일은 없을 테니."

"그 말은 설마… 관을 매수했다는 것인가? 네놈들은 대체 정체가 뭐길래?"

이익겸이 안색을 바꾸고는 그렇게 물었다. 금자방도 놀란 표정을 지었다. 사실 금자방이 방금 대담하게 나선 것에는 곧

관병이 도착할 것이라는 희망이 가장 큰 이유가 되었었다.

"왕 소협, 이 녀석들 생각보다 위험한 자들인 것 아닙니까?"

걱정이 되는 듯 나직하게 물어오는 금자방의 질문에 진원명은 살짝 고개를 끄덕이며 말했다.

"위험한 자들입니다. 그러니 내가 저들과 싸우기 시작하면 재빨리 몸을 빼십시오."

두 사람은 왠지 대답이 없었다. 진원명이 돌아보니 두 사람의 얼굴에 묘한 표정이 떠올라 있었다. 마치 감동한 듯한 그런 표정. 진원명은 그 둘의 표정을 보고 잠시 움찔했다.

"저, 저 혼자라면 오히려 저들을 상대하기 편할 거 같기에 하는 이야깁니다."

진원명이 그렇게 부연했지만 두 사람은 고개를 끄덕이고 진원명에게 말했다.

"왕 소협의 은혜, 잊지 않겠습니다."

진원명은 인상을 찌푸렸다. 이자들이 뭔가 착각했음을 깨달았기 때문이다. 자신은 목숨을 걸고 저들을 구하려는 게 아니다. 그럴 수 있다는 충분한 자신이 있기에 그냥 그들을 살리려는 것이다. 단지 당연한 일을 하는 것일 뿐. 이처럼 감사받을 만한 대단한 일을 하는 게 아닌 것이다.

"너희들, 순순히 무기를 버리고 따라온다면 목숨은 되도록 빼앗지 않도록 하지. 그리고 미리 말해두지만 얼마 전 네놈들이 구해낸 그 사람에 대해 많이 알면 알수록 네놈들이 좀 더 덜 괴로울 수 있을 것이다."

진원명이 금자방과 이익겸에게 뭐라 더 부연할 말을 찾지 못해 고민할 때 적들 중 맨 앞의 사내가 말해왔다. 진원명은 신경질적인 표정으로 답했다.

"네놈들은 뭐든 입으로 처리하나?"

말하던 사내는 순간 움찔했다.

"후… 후후… 어린놈이 작은 재주를 믿고 겁대가리가 없구나. 그래, 네놈들을 굳이 사지 멀쩡하게 데려가야 할 필요는 없었다."

네 사람의 검이 뽑혀져 나왔다. 정말 대로 한가운데에서 칼부림을 하려는 것이다. 주변을 지나던 사람들이 두려운 표정으로 황급히 피하는 모습이 보였다. 진원명 또한 검을 뽑았다.

"두 분은 물러나세요."

이익겸과 금자방이 뒤로 빠졌다. 그리고 그와 함께 진원명을 둘러싸듯 네 사람이 덤벼들어 왔다.

진원명은 전력을 다해 재빠르게 결판을 낼 생각이었다. 이자들 이외에 이자들의 동료들이 더 있을 것이라 예상되었고, 이처럼 대로 한가운데에서 소란을 피운다면 곧 삼귀가 달려올 것이라 생각되었기 때문이다.

진원명은 자신도 모르는 사이 분명 강해졌고 자신의 정확한 전력을 파악할 만한 여유를 가져보지 못했다.

때문에 진원명은 얼마 전 연 기주의 수하를 상대로 발휘했던 그런 검을 떠올리며 첫 일검을 날렸다.

후우우웅!

매서운 검풍이 주변을 휩쓸고 지나갔다. 결과적으로 그 일 검은 빗나갔다. 하지만 그 일검이 가져온 효과는 썩 나쁘지 않 았다. 적들의 안색은 눈에 띄게 창백해져 있었고, 서둘러 피하 느라 적들의 대오가 무너져 버렸다.

후웅, 후웅!

그 뒤에 이어진 싸움의 양상은 진원명의 일방적인 공세였 다. 일검 일검을 피하는 적들의 모양새는 마치 사냥꾼을 보고 흩어지는 새 떼처럼 보였다. 진원명의 검은 그만큼 강하고 위 협적이었다.

진원명의 검이 스치고 지난 곳은 땅이 되었든 벽이 되었든 어김없이 터지고 갈라졌다. 도망치려던 이익겸과 금자방이 걸 음을 멈춘 채 멍한 표정으로 진원명의 모습을 바라보았다. 이 익겸이 중얼거렸다.

"사람이 저럴 수도 있는 건가?"

진원명과 네 사람은 그렇게 잠시 동안 어우러져 쫓고 쫓기 며 주변을 돌아다녔다. 네 사람은 서로 도와가며 어떻게든 진 원명의 공세에서 벗어나려고 했지만 그게 쉬운 일이 아니었 다.

"황 형, 조심해!"

"조 형, 좀 도와줘!"

"젠장! 뭐 이런 녀석이 다 있어!"

이들은 말이 많았다. 또 그만큼 상당히 호흡이 잘 맞는 편이 었다. 진원명의 강맹한 공격을 항시 두세 명이 분산시켜 감당했다.

얼마 지나지 않아 진원명은 알 수 있었다. 그들이 합격진을 연마한 자들임을 말이다. 바로 얼마 전 철산의 입구에서 만났던 자들이 썼던 합격진, 그들이 지금 보여주는 모습은 어설프지만 그 모습을 보여주고 있었다.

하지만 지금은 진원명에게 기선을 제압당하는 바람에 진식을 제대로 펼치지도 못한 상태였다. 진원명은 이들에게 기회를 줄 생각이 없었다. 이자들 개개인의 무공은 과거 보았던 그 자들의 무공을 웃돌았고, 제대로 된 진법을 펼치면 상당히 강력할지도 모른다.

쨰앵!

모처럼 정면에서 진원명의 검을 막아낸 적 두 명이 튕기듯 뒤로 물러섰다. 더 이상 흘리거나 피할 수가 없을 만큼 궁지에 몰린 탓이다.

두 명이 함께 방어했는데도 팔이 저리는 듯 두 적은 잠시 검을 들 힘도 없이 무력해졌다.

사실상 그것으로 끝이었다. 나머지 두 명이 진원명을 공격해 들어왔지만 이미 진원명이 파악한 수법이었다.

후웅!

진원명이 공격을 날려갔다. 두 사람이 위치를 뒤바꾸며 진원명을 혼란스럽게 하려 했지만 진원명의 동작이 부드럽게 연결되며 두 사람의 전환점을 노렸다.

쩌엉!

진원명의 전력을 다한 검이었다. 마침 동료와 위치를 바꾸며 진원명의 곁으로 파고들던 적이 그 공격을 막고는 옆으로 십여 걸음이나 물러선 뒤 피를 토했다.

"커억!"

막아냈지만 짧은 순간 내장이 뒤흔들리는 충격이 전해졌다. 이런 충격이라면 적어도 잠시 동안은 꼼짝도 할 수 없을 것이 분명했다.

그 사실을 깨달은 듯 나머지 셋이 한꺼번에 진원명에게로 달려들었다. 진원명은 여유있게 뒤돌아 그 검을 상대하며 천천히 물러섰다. 진원명이 물러선 자리에는 방금 전 진원명에게 당한 사내가 쓰러져 있었다.

"이런! 우위장, 좀 도와주시오!"

사내들 중 한 명이 소리쳤다. 방금 전 무시했던 우위장에게 도움을 구해야 할 만큼 그들은 급박했다. 쓰러진 사내는 지금 움직일 수 있는 힘조차 없어 보였다.

진원명은 자신의 배후를 경계했지만 우위장은 움직이지 않았다. 움직일 생각도 없는 듯했다.

사내들 또한 그것을 깨달은 듯 입술을 깨물며 외쳤다.

"우위장! 우리가 당하는 것을 그냥 내버려 둘 거요?"

진원명은 이미 쓰러진 사내의 앞까지 도달해 있었다. 다급해진 적들은 격렬하게 공격해 왔다. 진원명은 가볍게 몸을 날려 쓰러진 사내의 뒤에 내려섰다.

적들의 공격이 멈칫했다. 진원명의 검이 쓰러진 동료의 목에 닿아 있었기 때문이다.

"승부는 난 것 같군. 계속 덤빌 거요?"

진원명의 말에 사내들은 잠시 침묵했다. 그리고는 우위장을 죽일 듯 노려보았다.

우위장이 도울 수 있는 여력이 있음에도 돕지 않은 것은 사실이지만 우위장의 도움이 있었다 해도 진원명과 그들의 실력 차이는 여실했으니 별 소용이 없었을지도 모르는 일이다.

"이 친구는 몸이 성치 못한 듯하니 내가 잠시 데리고 다니다가 의원에게 보이도록 하겠소. 물론 이런 병자를 데리고 다니는 것은 상당히 신경 쓰이는 일이라오. 그러니 누군가에게 뒤를 밟힌다면 병자의 안위에 소홀해질지도 모르지. 당신들도 그런 점을 잘 알고 있으리라 믿소."

저들도 이제 알았을 것이다. 그들이 자신의 적수가 되지 못함을 말이다. 거기에 이처럼 인질마저 잡았으니 진원명은 적들이 순순히 물러나 주길 바랐다.

하지만 적들은 그저 묘한 표정으로 진원명을 바라보았다. 대답을 기다리던 진원명은 깨달았다. 이들은 자신을 바라보는 것이 아니다.

고개를 숙이니 자신에게 제압당한 사내가 살짝 고개를 끄덕이는 모습이 보였다. 그것을 본 적들이 무기를 고쳐 쥐었다. 진원명은 인상을 찌푸렸다. 이들은 인질을 포기할 생각이었다.

"현명하지 못한 방법이오. 난 굳이 이자를 해치고 싶은 생각이 없소. 하지만 이자를 붙잡은 채 시간을 끌 처지도 되지 못하오. 선택은 당신들의 몫이오. 당장 물러나시오."

진원명이 검에 힘을 주자 인질의 목에서 가느다란 선혈이 흘렀다. 적들은 입술을 질근 깨물었지만 물러날 생각은 없는 듯했다.

"쳇!"

원치 않은 상황이 되었다. 애초 인질을 해칠 생각이 없었지만 이렇게 된 이상 그냥 놓아줄 수도 없는 일이 아닌가?

"후회하게 될 거요."

진원명은 겉으로는 적들에게 으름장을 놓으면서 내심은 어떻게 이 상황을 해결해야 할지 고민했다.

아무래도 이처럼 독한 자들이라면 모두 죽이는 것밖에 답이 없을 것으로 보였다.

썩 내키지는 않는 일이다. 때문에 행동에 앞서 의문이 떠올랐다. 왜 이자들은 상대가 되지 않음을 알면서도 목숨을 걸고 자신에게 덤벼오는 것인가?

"멈춰라."

그때 어디선가 한 사내의 목소리가 들려왔다. 그리 높지 않지만 귀에 또렷하게 들려오는 힘 있는 목소리다.

"사부!"

순간 그 목소리를 들은 적들의 표정이 밝아졌다. 우려했던 대로 적들의 원군이 도착한 듯했다. 진원명이 눈살을 찌푸리며 돌아보았다.

거리 저편에서 두 명의 사내가 다가오는 모습이 보였다. 중년의 사내와 그의 시동 정도로 보이는 젊은 청년이었다.

"절천사성(絶天四星)이 패하다니 우위장의 말 이상으로 적이 만만치 않았던 모양이구나."

중년인의 이어진 말에 방금 전 진원명과 싸웠던 네 명이 모두 송구하다는 듯한 표정을 지었다.

"사, 사부의 말씀대로입니다. 저자의 실력은 상상 이상이었습니다."

"우위장은 쉽게 패할 사람이 아니지. 그것을 알기에 걸음을 서둘렀다. 지금 상황을 보니 다행히 내 판단이 옳았던 듯하구나."

진원명은 다가오는 중년인을 보며 묘한 감정을 느끼고 있었다.

분명 처음 대하는 자다. 그럼에도 불구하고 이자를 보며 느끼는 감정은 자연스러웠다. 그것이 당황스러웠다.

"주군은 어디에 계시는 것이지?"

진원명이 자신의 감정에 신경 쓰는 동안 가까이 다가온 중년인이 말했다. 중년인의 얼굴은 왠지 낯익은 듯했다. 그 얼굴을 바라보며 진원명은 자신이 느끼는 감정이 좀 더 명확해짐을 느꼈다. 묘한 두근거림과 긴장, 미련과 설렘… 그리고… 강렬한 적개심.

"그, 그게… 아무래도 그분은 이곳을 떠난 것 같습니다. 혼자서 움직일 만한 몸 상태가 아니었으니 누군가 길잡이를 두었을 것입니다. 이들이 그에 대해 알고 있을······."

우위장은 황급히 그렇게 말하다가 놀라 주변을 둘러보았다. 진원명과 함께 있었던 이익겸과 금자방이 보이지 않음을 깨달았기 때문이다. 언제 도망간 것인가? 우위장은 자신이 진원명의 무공에 긴장한 탓에 나머지 두 명에게 신경을 크게 쓰지 못했음을 깨닫고 창백한 얼굴이 되어 중년인의 모습을 살폈다.

중년인은 우위장의 당황한 기색을 보며 미간을 찌푸렸다.

"우위장을 위해서라도 이자가 그분의 행보를 알고 있길 바란다."

진원명은 그제야 정신을 차렸다. 지금은 쓸데없는 생각에 빠져 있을 때가 아니다. 이들이 사부라 부르는 눈앞의 중년인이 상당한 고수라는 것을 느낌으로 알 수 있었던 것이다.

"그 우위장이라는 사람에게는 미안한 일이지만 난 당신들의 주군이란 사람이 어디로 갔는지 알지 못하오. 그러니 당신들이 여기에서 우리와 이러고 있는 것은 시간 낭비에 불과할 것이오."

중년인이 진원명을 돌아보고 뜻밖이란 표정을 지었다.

"생각보다 훨씬 어리군. 지금 붙잡고 있는 자부터 놓아주고 말할 수 있겠나?"

진원명은 중년인을 바라보며 느껴지는 적대감을 떨쳐 내기 위해 고개를 살짝 흔들었다.

"내가 무사히 빠져나갈 수 있음을 확인한 뒤에 풀어드리겠소."

"미안하지만 자네는 잠시 우리와 함께 동행해주어야 하겠네. 자네가 구출한 사람에 대해 물어볼 것도 있고 자네의 정체에 대해서도 궁금한 점이 많거든. 자네 정도의 실력을 가진 젊은이가 이처럼 갑작스럽게 나타났다는 것은, 그리고 이처럼 내 일을 방해했다는 것은 단순히 우연이라 말하기엔 어색하지. 내가 민감한 것인지도 모르겠지만 요즘 이런 일이 처음이 아니니 이해하게."

차분한 중년인의 목소리는 진원명을 억류하겠다는 말의 내용과 어울리지 않게 친절했다.

"미안하지만 그렇게 시간을 내주긴 어려울 듯하군요. 바쁜 몸이라서요. 이해해 주시죠."

진원명의 대답에 중년인은 얼굴에 희미한 미소를 띠웠다.

"패기있는 젊은이를 대하는 것은 즐거운 일이지. 하지만 오늘은 그런 즐거움을 누릴 여유가 없다네."

중년인은 그렇게 말하며 진원명에게 천천히 손을 내밀었다.

"그자를 놓아주게."

기이한 손동작이다. 진원명이 그렇게 느끼는 순간 충격이 찾아왔다.

파악.

가벼운 소리였다. 진원명의 반응이 다행히 빨랐던 탓이다. 진원명은 기이한 느낌과 동시에 활처럼 몸을 뒤로 젖혔고 진원명의 가슴께에 날아든 경력은 진원명을 스치듯 타격하고 지나갔다.

털썩.

뭐가 일어난 것인지 따질 틈도 없었다. 쓰러진 진원명은 곧바로 몸을 옆으로 굴려 일어났다. 자신이 잡고 있던 인질과 멀어지는 방향이었지만 그런 것에 신경 쓸 상황이 아니었다.

인질의 곁에는 이미 중년인이 서 있었다. 자신에게 장력을 날린 뒤 곧바로 달려들어 왔던 것이다. 진원명은 가슴에 느껴지는 통증을 뱉어내듯 자신이 당한 수법을 중얼거렸다.

"격공장(隔空掌)."

그것도 단순한 격공장이 아니었다. 저토록 가볍게 손을 뻗는 것만으로 펼쳐지는 아무런 느낌도 기척도 없는 격공장이다. 아무래도 오늘 이 자리를 편하게 헤쳐 나가기는 어려워 보였다.

"역시 대단하군. 그것을 피해낼 줄은 몰랐네."

그 말은 자신을 바라보며 말하는 이자의 무공이 자신과 맞먹거나, 혹은 그 이상일지도 모른다는 이야기이기 때문이다.

철영(鐵影) 3

자신은 장법을 주로 사용한 적은 없었지만 격공장과 같은 수법은 내공의 수발에 장점을 가진 자신과는 상성이 맞아 자주 사용했다. 하지만 저런 교묘한 운영을 펼쳐 보지는 못했다.

무엇보다 격공장 자체로도 쉬운 무공이 아니었다.

이자는 강했다. 진원명이 경험해 본 가장 강한 적수일지도 몰랐다.

중년인은 차분한 표정으로 말했다.

"다시 한 번 제안하지. 저항하지 않고 순순히 따라와 주지 않겠나?"

잠시 고민하던 진원명은 고개를 저었다. 이자와 맞서는 것이 꼭 좋은 선택인지 알 수 없었지만 이자에게 느껴지는 알 수 없는 적개심이 진원명을 이자에게 굴복할 수 없게 만들었다.

말없이 칼을 겨누는 진원명을 보고 중년인이 고개를 끄덕였다.

"어쩔 수 없군."

중년인이 칼을 뽑았다. 진원명은 내심 섬뜩한 느낌을 받았다. 교묘한 격공장의 수법을 보고 장력에 조예가 있으리라 여겼는데 검술을 사용하는 것인가?

"선수는 양보하지 않겠네. 조심하게."

중년인은 끝까지 예의를 차렸다. 그리고 검을 뻗었다.

하지만 그 검술에는 예의가 없었다. 법도도 없었다. 아예 아무것도 존재하지 않았다. 어떤 예의도, 법도도, 규칙도, 의미도, 심지어 검의 존재조차도 없는 검술.

후웅, 홍, 후웅.

진원명은 이를 악물었다. 적의 검이 보였다. 하지만 보이지 않았다. 잡히지 않았다. 자신이 무엇을 상대하고 있는지 알 수 없었다. 공격하는 것은 자신이었지만 물러나는 것도 자신이었다.

후웅, 후앙―

진원명의 검에서 뻗어 나오기 시작한 검기가 주변을 파헤쳤다. 방금 전 네 명의 사내와 싸울 때처럼 정제된 기운이 아닌 주변의 모든 것을 파괴할 기세로 폭주하는 검기였다.

진원명은 힘이 빠르게 빠져나가는 것을 느꼈다. 이런 과도한 검기가 자신의 의도로 펼친 것이 아니었기 때문이다.

진원명은 지금 어떻게 공수가 이루어지는지도 판가름하고 있지 못했다. 진원명이 지금 펼치는 검놀림은 엄청난 위세를 보이고 있었지만 그건 단지 겉모양일 뿐 그 내용은 패배하지 않기 위한 본능적인 휘두름에 불과했다.

파팟, 파파팍!

진원명의 검기에 주변의 땅이 갈라지며 흙과 돌멩이들이 사방으로 튀었다. 진원명은 계속해서 검을 휘둘렀다. 얼마의 시간이 지났는지 몰랐다.

진원명은 금방 지쳤다. 마공을 운용하는 진원명은 지구력에 있어서는 타의 추종을 불허했지만 그럼에도 너무 많은 힘을 써버렸다. 이것은 육체뿐 아니라 정신적인 피로가 포함되어 있기 때문이기도 할 것이다.

진원명의 검이 점차 느려지고 검기도 약해졌다.

문득 어떤 깨달음이 진원명의 머릿속을 스쳤다. 진원명은 느낄 수 있었다. 자신을 몰아붙이는 것은 다름 아닌 진원명 자신의 마음임을 말이다.

그제야 멈춰 있는 적의 모습이 보였다. 기수식에서 반걸음 정도 다가와 있는 적은 처음 반걸음 이후 어떤 행동도 취하지 않은 상태였다. 하지만 그 모습은 어떤 초식보다 위협적이었다. 진원명은 좌로 우로 몸을 비틀고는 검을 이리저리 휘두르더니 재빠르게 훌쩍 뒤로 뛰어 몸을 물렀다.

그제야 위기가 사라졌다. 진원명은 비로소 가쁜 숨을 몰아쉬었다. 중년인이 검을 내리더니 감탄한 표정으로 말했다.

"놀랍군. 내 일검을 피하다니."

중년인의 말대로였다. 자신은 적의 일검을 피했다. 아니, 적은 그 일검을 채 뻗지도 않았다. 기가 막힐 노릇이다.

직접 보지 않았다면 도저히 믿을 수 없는 그런 검술이었다. 이것을 도대체 무슨 검술이라 말해야 하는 것인가?

"저자… 설마 사부의 무검(無劍)을 피해내다니……."

진원명이 주변을 둘러보자 경악에 찬 눈으로 자신을 바라보는 우위장과 네 사내의 모습이 보였다. 방금 중년인이 사용한 검술을 무검이라 부르는 모양이었다.

중년인이 고개를 끄덕였다.

"정말 뜻밖이지만, 그래서 더 기쁘군. 내가 무검을 완성한 뒤 그것을 막아낸 자는 자네가 두 번째네."

중년인의 말에서 강한 자신감이 느껴졌다. 그럴 만도 했다. 이자의 검술은 차원이 달랐다. 과거의 자신, 불사귀도 이런 검술을 펼칠 수는 없었다.

그것이 이상하게 화가 났다.

"그럼 다시 한 번 막아보게."

중년인이 다시 검을 뻗었다. 그리고 그 순간 검이 사라졌다. 아니, 사라진 것처럼 보였다. 무검, 검이 존재하지 않는다. 때문에 역으로 어디에서나 존재할 수 있을 것이다.

진원명은 자신을 난자하려 드는 수많은 검들의 환영을 보았다. 수많은 위기들이 자신의 온몸을 노리고 있음이 느껴졌다. 진원명은 다시금 마공을 끌어올려 사방으로 검을 휘둘렀다.

그래도 다행인 것은 처음 저 공격을 당했을 때와 같은 두서없는 방어는 아니라는 점이었다.

한참 동안 허공에 검무를 펼친 뒤에야 진원명은 다시금 중년인의 검에서 벗어날 수 있었다. 처음 공격보다는 나아졌지만 그래도 심력의 소모가 너무 커서 순식간에 피로감이 몰려왔다.

"확실하군. 자넨 내 검을 읽고 피해낸 거야."

중년인의 목소리가 들려왔다. 그 말은 틀렸다. 진원명은 그자의 검을 읽었다기보다 그냥 감각적으로 피해냈을 뿐이다.

중년인은 공격을 이어가지 않고 멈춰 선 채 안타까운 눈으로 진원명을 바라봤다.

"이럴 때 내 입장이 원망스럽지. 자네 같은 상대를 난 제법 오래 기다려 왔으니. 난 자네가 마음에 드네. 진심일세."

진원명은 이를 악물었다. 저 여유를 무너뜨려 버리고 싶은 충동이 느껴졌다. 하지만 이자는 지금의 자신으로서는 상대가 될 수 없을 정도로 강했다.

진원명은 자존심이나 고집 때문에 목숨을 버릴 성격은 아니었다. 진원명은 뭔가 다른 방법을 찾으려 했다.

"하지만 부득이하게 오늘은 자네를 상하게 해야 할지도 모르겠네. 정말 아쉬운 일이 아닐 수 없군."

하지만 중년인은 말을 마치고 곧바로 다가왔다. 이번의 중년인은 분명 종전과 기세가 달랐다. 진원명은 위기감을 느끼고 황급히 뒤로 물러섰다.

"찾았군!"

그때 뒤편에서 기뻐하는 기색을 띤 누군가의 외침이 들려왔다. 갈라지는 듯한 사내의 목소리는 진원명에게 귀에 익은 것이었다.

중년인의 기세가 사라졌다. 새로 나타난 자를 바라본 것이다. 그 틈을 이용해 중년인과의 거리를 더 벌린 뒤 진원명은 슬쩍 뒤를 돌아봤다. 그곳에 희희낙락한 표정으로 이쪽을 바라보고 있는 고목귀의 모습이 보였다.

진원명은 순간이지만 진심으로 그 모습을 반갑다 여겼다.

"이 녀석 뭐야? 죽고 싶지 않으면 꺼져라."

아까 전 진원명을 상대했던 네 사내 중 하나가 고목귀에게 으름장을 놓았다. 고목귀가 그자를 내려다보며 눈을 가늘게 뜨더니 목을 가볍게 풀며 사내 앞으로 다가갔다.

"듣자 하니 너희들이 아는 게 많다고 하더군. 몇 가지 물어볼 게 있는데 대답을 좀 해줘야겠어."

키도 크고 험상궂은 고목귀였기에 다가오는 모습이 제법 위협적이었지만 저렇게 자신의 약점을 다 드러낸 채 다가오는 것은 동네 건달들이나 취할 법한 자세다. 때문에 사내는 방심했다.

"별 미친놈이 주제도 모르고……."

사내는 손을 뻗어 고목귀의 멱살을 잡으려 했다. 그리고 고목귀에 의해 도리어 손목을 제압당했다.

"뭐, 뭐가?"

사내는 말을 채 마치지도 못하고 엄청난 힘에 의해 땅바닥에 내동댕이쳐지고 말았다.

그제야 진원명뿐 아니라 모두가 고목귀에게 관심을 보였다. 고목귀는 일부러 삼류낭인들마냥 불량스러운 기색을 풍겨 보이며 말했다.

"훗, 별것도 아닌 녀석이. 다시 한 번 말하지만 네놈들에게 물어볼 게 있다. 쓴맛을 보고 싶지 않으면 순순히 대답해 주는 게 좋을걸."

"이 녀석이!"

달려들려던 사내의 동료들이 중년인에 의해 제지당했다.

"네 그 특이한 모습은 왠지 들은 기억이 있는 것 같군."

고목귀가 순간 뜨끔한 표정을 짓다가 외쳤다.

"쓰, 쓸데없는 소리 말고 내 질문에 대답해라. 네놈들 그러니까, 그 악벌단을 어디에……."

"젠장! 멈추시오!"

고목귀의 말을 자르고 한 사내가 상당한 경신을 펼치며 장내에 나타났다. 기가 막힌 표정으로 고목귀를 바라보는 그자는 무영귀였다.

"그렇게 당부했는데도 일을 망치는구려."

무영귀는 낮게 이를 갈며 고목귀에게 말했다.

"그, 그러니까 전 형의 말은… 그 두 사람을 버리자는 의미이니 말이오. 일단 대충 정체를 위장한 뒤에 저들에게 그곳이 어딘지만 물어보고……."

"닥치시오."

고목귀는 침묵했다. 아마 고목귀가 이처럼 장내에 난입한 것은 고목귀 혼자의 독단이었던 듯했다.

"이해하기 어렵군. 동창은 지금 이곳에 있을 이유가 없는데. 게다가 우리에게 어떤 볼일이 있었던 것인가?"

중년인은 이귀의 정체를 알아본 듯했다. 고목귀의 낯빛이 당황으로 일그러졌고 무영귀 또한 표정을 굳히며 중얼거렸다.

"젠장, 왜 하필 저자가 이곳에 있어서……."

중년인은 눈살을 찌푸리더니 이내 고개를 저었다.

"볼일이 있다면 서둘러 이야기하시오. 만약 없다면 모쪼록 이곳을 잠시 피해주기 바라오. 난 우리 일에 동창이 개입되는 것을 원하지 않소."

"물론이오. 우리 또한 당신들의 일에 개입할 생각 따윈 없었소."

무영귀는 서둘러 그렇게 말하고는 고목귀를 잡아끌었다. 하지만 고목귀가 그의 손을 뿌리쳤다.

"그들이 억류된 곳도 모른 채 그냥 갈 수는 없소."

"바보짓 그만 하고 따라오시오!"

"젠장, 전 형은 어찌 생각할지 몰라도 난 그 두 명을 그냥 포기할 수 없소."

"크윽. 당신 말대로라 해도 지금은 안 된단 말이오."

고목귀와 무영귀가 그렇게 다투고 있을 때 장내에 또 한 사내가 등장했다. 무영귀가 황급히 그자에게 말했다.

"철수신, 당신이 고목신 좀 말려보시오. 설사 고목신의 말대로 한다 해도 지금은 절대 안 되오."

나타난 사내는 철수귀였다. 이미 주변 모든 사람이 고개를 돌려 삼귀의 실랑이를 지켜보고 있었다. 게다가 그들의 정체마저도 들켰으니 이대로 그냥 물러난다 하더라도 나중에 문제가 될 판이었다.

철수귀는 당장 대답하지 않았다. 무영귀가 철수귀를 바라보고는 눈살을 살짝 찌푸렸다.

"철수신, 뭐 하고 있는 거요?"

철수귀는 진원명이 있는 방향을 뚫어지게 바라보고 있었다. 정확히는 진원명과 싸우던 그 중년인을 바라보고 있었다. 중년인 또한 철수귀를 바라보았다.

"오랜만이구나."

중년인의 말이 들려왔다. 조금 느리게 철수귀가 고개를 끄덕였다.

"정말… 오랜만이군요, 사부."

"사부?"

무영귀와 고목귀가 놀란 표정으로 철수귀를 바라보았다. 특히 무영귀의 놀람이 컸다. 무영귀는 지금 저편에 서 있는 중년인의 정체를 알고 있었기 때문이다.

"저자, 철영이 철수신의 사부였소?"

지금껏 눈앞의 중년인에게만 온 신경을 집중하고 있던 진원명은 익숙한 이름이 들려오자 비로소 장내의 사건에 관심을 두었다. 그리고 놀랐다. 이 중년인이 바로 모두가 말하던 이 사건의 배후 인물, 철영이었던 것인가?

"다시는 보지 못하는 게 아닌가 걱정했습니다. 사실… 그래서 동창에 들어왔죠. 이곳에 있다면 당신을 만날 수 있을지도 모른다고 여겼으니까. 그리고……."

철수귀의 눈은 기이하게 빛났고 목소리는 가볍게 떨리고 있었다. 철영이 고개를 저었다.

"쓸데없는 짓을 했구나."

"아니오. 이것은 쓸데없는 일이 아니었소. 난 이곳에 머무른다면… 언젠가 당신에게 복수할 수 있을지도 모른다고 여겼으니까."

말을 마친 철수귀의 신형이 폭사했다.

철영(鐵影) 4

철영은 철수귀의 공격이 채 다가오기도 전에 검을 뽑었다.

무검이다. 진원명은 반사적으로 공격에 가담했다. 철수귀가 분명 대단한 고수이긴 하지만 철영의 공격을 당해낼 수는 없으리라 여겼기 때문이다.

"물러나시오!"

철수귀는 자신을 옥죄는 수많은 공세에 놀라다가 가까스로 뒤로 물러났다. 진원명의 협공에 의해 철영의 공세에 자그마한 빈틈이 생기지 않았다면 그것조차 불가능할 뻔했다.

진원명은 철수귀가 물러나는 것을 보자마자 역시 뒤로 물러섰다. 철영은 뒤쫓지 않았다. 대신 고개를 저으며 말했다.

"넌 너무 올곧았었다. 네 탓이 아닌 일마저 너의 책임이라

자책하곤 했으니. 아마 그래서 더 화가 났을 테지. 그래서 더 상처가 되었을 거다. 보고에 의하면 너는 그때 그곳에 없었다고 하니까."

"닥치시오. 당신은 내게 그런 말을 할 자격이 없습니다!"

철수귀가 분노하여 다시 달려들었다. 진원명이 놀라 철영의 뒤를 쳤다.

지금의 상황이 어떻게 돌아가는지 알 수 없었지만 철수귀가 철영을 적대하는 것은 진원명에게 기회라 할 수 있었다. 단, 철수귀가 이처럼 무작정 달려들지만 않는다면 말이다.

철영은 앞뒤로 검을 휘둘렀다. 아니, 검을 휘둘렀다기보다 그냥 바라보았을 뿐이다. 검은 보이지도 않았으니까. 그리고 그것만으로 진원명과 철수귀는 무검의 공세에 휩쓸렸다.

진원명은 위기를 느끼자마자 황급히 검을 휘두르며 공세를 빠져나왔지만 철수귀는 피하려는 생각이 없는 듯 사방으로 팔을 휘두르며 오히려 철영을 향해 더 달려들었다.

촤악, 촤악!

철수귀의 몸에 검이 명중했다. 철영의 검은 가만히 멈춰 있다가 빠르지도 느리지도 않게 아주 가볍게 휘둘러진 뒤 제자리로 돌아왔다. 그리고 그 깔끔한 공격은 철수귀의 방어를 너무도 쉽게 뚫고 들어가 상처를 입혔다. 물론 이것은 멀리서 바라본 입장이다.

지금 철수귀는 수십, 수백 명의 협공을 당하는 듯한 느낌을 받고 있을 것이다. 그것을 다 막는 것은 불가능하다. 그리고 그 막을 수 없는 공격 중 하나가 진짜 공격이 되어 철수귀에게 적중하는 것이다.

진원명은 그것을 멈추게 할 방법이 없었다. 다행인 것은 철영이 상대에게 치명상을 입히려 들지 않아 보인다는 것이다.

"멈춰라!"

그때 고함을 지르며 한 사내가 달려들었다. 고목귀였다.

고목귀는 말릴 틈도 없이 그대로 싸움의 한가운데에 뛰어들었다. 무검의 영향권에 들어간 고목귀는 잠시 멈칫했지만 이내 노성을 지르며 철영에게 달려들었다.

쩌엉!

"크윽!"

철영의 검이 고목귀의 가슴을 찌르고 고목귀의 소도가 철영의 얼굴 앞을 갈랐다.

철영은 처음으로 뒤로 물러났다. 얼굴에는 의아한 표정이 떠올라 있었지만 당황한 것 같지는 않았다.

"너의 외공은 특이하군. 침투경(浸透勁)마저 막아내는 건가?"

고목귀는 기침을 하며 뒤로 물러났다. 가슴에서 살짝 피가 배어 나오고 있었지만 깊이 찔리진 않은 듯했다. 고목귀의 강철 같은 외공 때문이다.

"괜찮으시오, 고목신?"

철수귀는 고목귀가 부상을 입은 것을 보고 흥분이 가라앉은 듯 고목귀의 안부를 챙겼다.

진원명은 철영이 물러난 틈에 주변을 살폈다. 뒤쪽에서 아까 진원명이 상대했던 네 사람과 무영귀가 싸우는 모습이 보였다. 무영귀는 특유의 시선을 현혹하는 경공을 이용해 유리한 고지를 점하고 있었지만 계속 뭔가 불평을 내뱉고 있었다.

"젠장, 젠장! 왜 일이 이렇게 되어버린 거지! 빌어먹을 두 바보들 때문에!"

진원명은 문득 길 저편 골목에서 자신에게 손짓하는 두 인영을 바라보았다. 그 손짓의 의미를 알아본 진원명이 나직이 고개를 끄덕였다.

"크, 쿨럭! 저자 철수신의 원수인 거요?"

진원명의 뒤편에서는 고목귀가 철수귀에게 묻고 있었다.

"그렇소. 그보다 상처는 괜찮소?"

"괜찮소, 좀 아프긴 하지만. 그런데 저자의 무공이… 정말 특이하구려."

"이건 내 개인적인 일이니 고목신과 무영신은 신경 쓰지 말고 떠나시오."

"철수신의 일이라면 오귀의 일이오. 저런 자는 우리 둘이 함께 덤비면 충분히 상대할 수 있을 거요."

고목귀의 말에 철영이 피식 웃었다.

"좋은 동료를 뒀구나. 하지만 둘이 덤벼도 소용없는 일이다. 너라면 내가 지금 손에 사정을 두고 있음을 잘 알겠지."

고목귀는 낮게 비웃었지만 반박하지는 못했다. 자신도 방금 적과 검을 섞으며 어느 정도 느꼈던 사실이기 때문이다. 철영이 말을 이었다.

"그나저나 네 무공이 변했구나. 내가 가르쳐 준 무공은 더 이상 쓰지 않는 것이냐?"

"당신이 내게 베푼 것은 모두 버렸습니다."

"쓸데없는 오기군. 활용할 수 있는 것은 그게 옳든 그르든 최대한 활용하라 가르쳤거늘. 그보다 네 사제들은 어디에 있느냐? 죽은 것은 둘째뿐이었으니 두 명이 남았을 텐데."

철영의 질문에 철수귀가 고개를 저었다.

"후, 그래, 당신이 나를 곧바로 해치지 않은 이유는 그것을 물어보기 위함이었겠지. 당신은 그런 사람이니까. 당신의 의도에 조금이라도 어긋날 소지가 있는 것은 모두 없애야만 직성이 풀리는. 그게 설사 자신의 제자라 할지라도……."

"날 그처럼 다 아는 듯 말할 필요 없다. 실제 너와 네 사제들이 나에 대해 아는 것은 극히 일부분이었으니. 내가 너희를 가르치고 아꼈던 그 당시의 감정은 진심이다. 하지만 내 감정보다 우선하는 필요가 있었을 뿐."

"그럼 왜 우릴 버렸지? 우리는 사부의 단순한 도구에 불과했더라도 만족했을 텐데. 그걸 몰랐던 것이오?"

"너희는 애초 도구로 키워지지 않았다. 그것을 잘 알고 있었지. 넌 결국 그날 도망쳐 버렸지 않느냐. 그것은 네 자신의 감정을 내 명령보다 우선시한 결과다. 그런 결과를 이미 알고 있었기에 선택의 여지가 없었던 것이다. 뭐, 이제 와서 이런 말을 하는 것은 무의미한 일이겠지. 상황이 이렇게 된 이상 너는 앞으로도 내게 반할 테고 그걸 알게 된 내 입장에서 그런 너를 그냥 내버려 둘 순 없다. 내 이런 행동에 네 이해를 바라지 않는다. 네가 이해할 수 있으리라 생각하지도 않고."

철수귀는 뭔가 반박을 하려는 듯했으나 결국 아무 말도 하지 못했다. 그때 뒤편에서 누군가의 외침이 들려왔다.

"모두 피하시오!"

돌아보니 네 마리의 소가 모는 건초 달구지가 불이 붙은 채 달려들고 있었다.

싸우던 무영귀와 네 사람 그리고 철영과 철수귀, 고목귀가 길 좌우로 갈라졌다.

두두두.

달구지가 그들 사이를 통과했다. 건초는 뭐가 들었는지 타며 잠시 길 주변이 컴컴해질 정도로 심한 연기를 내고 있었다.

"누가 일부러 불을 낸 건가?"

그때 달구지 위로 뭔가 뛰어올랐다. 철영이 고개를 돌리자 진원명이 보이지 않았다. 철영의 수하들이 외쳤다.

"녀석이 달구지에 탔다!"

"이런! 도망간 두 녀석들 짓일 것입니다!"

마침 달구지가 달려온 맞은편에서 두 필의 말이 멀어져 가는 모습이 보였다.

순간 철영은 표정이 날카롭게 변해 수하들을 바라봤다.

"난 도망친 자들이 있었다는 이야긴 듣지 못했다. 왜 보고하지 않았지? 상황이 급하니 사정은 다음에 듣지. 우위장과 절천 사성은 말 탄 두 명을 쫓아라. 난 달구지를 쫓겠다."

철영의 수하들이 순간 두려운 표정을 지어 보이다가 재빠르게 두 필의 말을 쫓기 시작했다. 하지만 이미 거리가 너무 멀어 따라잡기에는 어려움이 있을 듯했다.

철영은 이어 철수귀를 슬쩍 바라보았다.

"운이 좋구나. 하지만 머잖아 다시 보게 되겠지."

철영은 달구지를 쫓았다. 철영을 수행하는 듯 보이는 젊은 동자 또한 그 뒤를 따랐다.

고목귀는 움찔하며 막으려는 기색을 취했지만 철수귀가 오히려 저지했다.

잠시 후 철영의 패거리가 모두 사라지자 철수귀가 말했다.

"모두 떠난 듯하니 이제 그만 내려오는 게 어떤가?"

그러자 철수귀의 뒤편에 있는 큼지막한 나무 위에서 진원명이 뛰어내렸다.

"모른 척해주신 것 감사합니다."

진원명은 방금 전 달구지의 연기에 가려지는 찰나에 보아둔 적당한 바윗돌을 달구지에 던지고는 오히려 곁에 있는 나무 위에 숨었던 것이다. 철수귀는 마침 달구지가 달려들 때 진원명의 곁으로 피했기에 그런 사실을 알 수 있었다.

"같은 적을 두고 싸웠으니 당연한 것이지. 게다가 자네는 나를 도우려 하지 않았었나?"

철수귀는 진원명에게 호감있는 표정으로 말했다. 진원명이 뭐라 말하려 할 때 무영귀가 다가오더니 화를 냈다.

"빌어먹을! 도대체 일이 어떻게 된 거요? 철영 저자와 어떻게 알았기에……."

"잠깐 기다려 보시오."

철수귀가 무영귀의 뒤를 바라보며 말했다. 무영귀가 고개를 돌리니 마차 하나가 멈춰 서는 모습이 보였다. 이어 마차 문이 열리더니 이익겸과 금자방이 얼굴을 내밀었다.

"왕 소협, 어서 타세요. 달구지는 얼마 가지 못해 들키고 말 겁니다."

"도대체 이런 준비를 어떻게 한 거죠?"

"자세한 이야기는 가면서 하도록 합시다."

이익겸의 권유에 따라 진원명이 마차에 올랐다.

"당신들도 함께 가겠습니까?"

금자방이 권유하자 삼귀는 잠시 머뭇거리더니 마차에 올랐다. 진원명으로선 삼귀와 함께 한다는 게 꺼림칙한 일이었지만 어쩔 수 없었다. 사실 이들이 나타나 시선을 분산시켜 주지 않았다면 이렇게 저들 손을 벗어나기가 쉽지는 않았을 것이다.

마차가 움직이기 시작했다.

"그런데 어디서 이런 마차를 구한 것이죠? 아까의 달구지나 말을 타고 도망쳤던 이들도 그렇고……."

진원명의 질문에 금자방이 들뜬 목소리로 말했다.

"아, 그게 말이오. 왕 소협, 놀라지 마시오. 글쎄 이 형이 말입니다, 북선단(北船團)의 둘째 도련님이라고 합니다."

진원명은 놀란 표정으로 이익겸을 돌아보았다. 북선단은 북경을 중심으로 하는 상단으로 특히 운송업으로 대단한 명성을 얻고 있었다.

"정말입니까? 그런데 그런 사람이 왜 이런 곳에서⋯⋯?"

"난 장사가 취향에 맞지 않아 일찌감치 집을 나왔습니다. 죽어도 집으로 되돌아가지 않겠다고 마음먹었는데⋯ 오늘은 마침 가까운 곳에 북선단의 지점이 보였고 도저히 다른 방도가 없어서 힘을 빌린 것이지요."

진원명은 고개를 끄덕였다.

"어쨌든 오늘은 이 형 덕에 큰 위기를 넘겼습니다."

"뭐 그건 오히려 제가 할 소리입니다. 강호를 수년간 돌아다녔지만 왕 소협처럼 누군가를 위해 희생하는 사람을 보지 못했습니다."

"그건, 희생이 아니라⋯⋯."

진원명이 말을 흐리고 있을 때 고목귀가 끼어들었다.

"우리 통성명이나 하는 게 어떻소? 난 곽부삼이라고 하오."

"아, 난 금자방이라 하고 이쪽은 이익겸이라 합니다. 이분 소협의 이름은 왕정이라 하지요."

"이쪽은 전비량, 이쪽은 단백연이오. 그런데 당신들은 왜 저들의 습격을 받은 것이오?"

"아 그게, 저들은 어떤 사람을 찾는다고 했습니다. 얼마 전 우리가 한 사람을 구했는데⋯⋯."

아무 경계심 없이 이야기하는 금자방을 보며 진원명은 아차 싶었다. 금자방은 아까 이들이 동창이란 말은 듣지 못한 것이다. 금자방은 이들을 연배 높은 정파고수 정도로 여기고 있을지도 모른다.

금자방은 이미 곁에서 얼마 전 산속에서 괴물 복장을 한 괴한들을 무찌르고 그들이 감금해 놓은 무민을 구한 이야기까지 늘어놓고 있었다.

무영귀가 끼어들었다.

"그러니까 당신들이 구한 사내는 함정에 빠져 억류된 사람들을 보았기에 저들에게 감금당했고 그 억류된 사람들을 구하기 위해 다시 떠났다는 것이군."

"그런 거죠."

"그 억류된 사람들을 보았다는 장소가 어딘지 아시오?"

고목귀가 다급하게 물었다. 금자방이 고개를 저었다.

"그것까진 모르겠습니다."

"쓸데없는 생각 마시오. 방금 만났던 철영이라는 자는 그들을 총괄하는 인물이오. 그들에게 이처럼 우리 정체가 들통났으니 우린 이제 최대한 몸을 사려야 하오."

무영귀가 고목귀를 핀잔했다. 철수귀가 중얼거리듯 말했다.

"그건 나에게는 해당되지 않는 말이구려."

"무슨 말이오?"

무영귀의 질문에 대답하지 않은 채 철수귀가 금자방에게 물었다.

"이 마차는 이제 어디로 가는 것이오?"

"마침 얼마 전 이곳을 떠나 서쪽으로 향한 북선단의 상단이 있다는데 우린 그들과 합류할 겁니다. 그들의 재주가 아무리 용해도 우리가 그 상단 안에 끼어들어 도망치는 것을 알 도리가 없을 겁니다."

금자방의 의기양양한 대답에 철수귀가 고개를 끄덕였다.

"잘되었구려. 그럼 그들과 합류한 뒤 전 형, 곽 형 두 분은 북경으로 돌아가시오."

"그 말은 철수… 단 형은 돌아가지 않는다는 의미요?"

무영귀의 질문에 철수귀가 고개를 끄덕였다.

"그자에게 들킨 이상 난 그곳에 돌아갈 수 없소. 내가 그곳에 투신한 것이 그자를 찾기 위함이었으니 어차피 잘된 일이오. 그곳을 나온다면 실종된 무정화와 백무신을 찾는 것에도 좀 더 자유로울 수 있으니……."

"그럼 나도 함께……."

고목귀가 그렇게 말하는 것을 철수귀가 다시 잘랐다.

"곽 형은 그렇게 할 필요 없소. 사실 내가 이렇게 하는 것은 다른 방법이 없기 때문이오. 내가 돌아간다면 방금 보았던 철영이란 자가 나를 가만히 두지 않을 테니까. 사실 곽 형의 실력은 대단하지만 눈에 잘 띄는 편이라 나처럼 도망 다녀야 할 사람에게 큰 도움은 되지 않을 것이오."

삼귀는 잠시 말이 없었다. 철수귀의 말이 맞기 때문이다. 철영은 동창에 상당한 압력을 행사해 왔고, 철영이 철수귀와 그처럼 원수지간이라면 철수귀는 동창을 떠나는 것이 최선의 선택일 것이다.

그때 이익겸이 입을 열었다.

"당신들 이야기를 들으니 아는 누군가가 그자들에게 억류된 모양이군요. 우리가 구해낸 사내가 보았다는 그 억류된 장소를 찾는 이유가 그것입니까?"

"그렇소만."

"도움이 될지 모르겠지만, 우리가 구해냈다는 그 사내가 떠날 때 우연찮게 행선지를 말하는 것을 들었습니다. 석촉산(腊燭山)으로 가달라고 말하더군요."

"석촉산이라면……."

철수귀가 말끝을 흐리자 이익겸이 설명했다.

"이곳에서 남쪽으로 약 오십 리가량 내려가면 있는 곳입니다. 상단으로 가는 길과 겹치니 자세한 위치는 그곳에서 가르쳐 드리죠."

철수귀가 크게 기뻐하며 말했다.

"정말 감사하오."

일행은 마차를 타고 반나절을 이동해 마침 야영을 준비 중이던 상단에 도착했다. 여느 마을에 묵기 어려울 정도로 큰 규모의 상단이었다. 상단을 이끄는 단주는 원래 이익겸과 잘 알고 지냈던 사람인 듯 이익겸을 무척이나 반겨주었다.

이익겸은 익숙하게 상단의 사람들을 부려 일행을 맞도록 지시했는데 그 모습이 무척 자연스럽고 근엄해 이전 여행 중 보왔던 이익겸의 모습과 어울리지 않았다.

"이 형, 이렇게 보니 정말 귀티가 흐르는 듯 보이는구려. 나와 함께 다닐 때와 같은 사람인지 의심스럽소."

금자방이 감탄하자 이익겸이 눈살을 찌푸렸다.

"젠장, 지금 모습은 내 진짜 모습이 아니오. 이렇게 원래 자신을 덮어두고 사는 게 얼마나 답답한 일인지 금 형은 모를 것이오."

이익겸을 맞느라 시끄러웠던 주변이 대충 정리되자 철수귀는 곧바로 석촉산을 향해 떠나겠다고 요청했다. 이익겸은 사람들을 시켜 철수귀에게 석촉산으로 갈 채비와 한 필의 말까지 챙겨주었다.

철수귀는 말에 탄 뒤 남은 이귀를 바라보았다.

"그럼 이제 이별이구려. 내 막 형과 서 누이는 반드시 구해내겠소. 하지만 그들도 나처럼 그곳으로 되돌아가긴 어려울 듯싶소. 생각해 보면 우리 다섯은 여러 우연으로 뭉친 뒤 참 오랫동안 함께해 왔구려. 여기서 이처럼 헤어지는 게 서운하지만 우리 인연이 질기니 언제고 다시 만날 날이 있을 것이오."

철수귀는 그렇게 말하고는 뒤도 돌아보지 않고 말을 달려 떠나갔다.

"자세한 사정은 모르지만 멋진 사람 같구려. 어딘가 명문정파에 속한 고수 같은데 제법 규율이 엄한 곳인가 보오."

진원명의 곁에서 금자방이 이익겸에게 숙덕거리는 소리가

들렸다. 진원명은 피식 웃었지만 그다지 유쾌한 기분이 들지 않았다. 방금 전부터 왠지 모를 자괴감이 마음을 억누르는 듯했기 때문이다.

진원명이 고개를 저으며 이익겸이 정해준 자신의 막사를 향했다. 그때 뒤에서 누군가가 외쳐 대는 소리가 들렸다.

"아! 젠장! 안 되겠소! 도저히 안 되겠어! 난 철수신을 따라갈 거요! 그를 혼자 보낼 수 없소!"

그는 고목귀였다. 고목귀는 그렇게 외치곤 성큼성큼 걸어와 이익겸에게 말했다.

"미안하지만 나에게 말 한 필만 빌려줄… 아니, 팔 수 있소? 난 방금 전 떠난 그 사람을 따라가야 하오."

이익겸은 흔쾌히 고개를 끄덕였다.

"당연히 드리겠습니다. 돈은 필요없습니다. 정 미안하다면 나중에 근처 아무 북선단 지부나 찾아가 제 이름을 대고 돌려주면 됩니다."

"이런 한심한 사람 같으니라고! 꽉 형도 이번에 떠나면 단 형처럼 다시는 돌아올 수 없을 것이오!"

무영귀가 기가 막히다는 듯 외쳤다. 고목귀는 잠시 뭔가 생각하더니 고개를 저었다.

"내가 애초 그곳에 투신한 것은 단 형 때문이오. 단 형이 그곳에 들어가겠다고 했으니까. 난 단 형과 함께 행동하는 것이 편하고 마음에 들었소. 단지 그뿐이었소."

"하, 그래서 평생 바보처럼 자기 줏대도 없이 그냥 단 형의 뒤만 졸졸 따라다니며 살 거요? 단 형이 가면 가는 대로 멈추면 멈추는 대로?"

무영귀의 말에 고목귀는 잠시 고민하다가 차분한 목소리로 답했다.

"전 형이 내가 단 형을 따르는 것을 비웃는다면 할 말은 없소. 하지만 난 그게 좋소. 그게 바보 같고 한심한 일이라 해도 그렇게 하고 싶소. 단 형에게 듣기론 전 형은 그곳에 들어가는 것이 애초 목적이었다고 하더구려. 때문에 그것을 위해 무척이나 많은 소중한 것들을 포기해야 했다고 말이오. 그 말을 듣고 목표를 이뤄낸 전 형이 참 대단해 보이기도 했지만 그보다 나에게 그런 목적이 없다는 게 참 다행이라 생각했소. 난 그냥 내 편한 대로, 내 좋을 대로 살겠소. 뭔가 다른 중요한 것을 포기하는 일 없이 말이오."

무영귀는 고목귀의 말을 듣고 표정이 굳었다. 잠시 후 이익겸이 고목귀의 말을 가져온 뒤에야 무영귀는 비로소 입을 열었다.

"그곳에 속해 있는 것이 우리 같은 무인에게 얼마나 큰 이득인지 제대로 알지도 못하면서 쉽게 말하는구려. 단 형을 따라다니며 예전처럼 개고생을 하게 되어도 그런 말이 나올 것 같소? 뭐 어디 마음대로 해보시오."

무영귀는 고목귀의 모습을 외면한 채 상단 안으로 들어가 버렸다. 고목귀가 외쳤다.

"그럼 난 가보겠소! 전 형, 잘 지내시오!"

고목귀는 말을 달려 떠나갔다.

그날 저녁 진원명은 자신에게 마련된 막사 안에 드러누워 멍하게 막사의 천장을 바라보았다. 몸은 피로했지만 이런저런 상념들이 머릿속을 떠돌아 잠이 잘 오지 않았다.

한참 동안 그렇게 혼자 뒤척이던 진원명은 결국 자리에서 일어났다.

"뭐, 바람이라도 좀 쐬고 오지."

밖에 나서니 천막 안의 공기가 제법 후텁지근했음을 느낄 수 있었다. 진원명은 천막들을 우회해 보초를 서던 상단 사람들에게 가볍게 인사를 하고 너른 들판으로 나섰다.

자연스럽게 심호흡이 나왔다.

"후우."

진원명은 그제야 자신이 답답함을 느끼고 있었음을 깨달았다. 그리고 그 이유도 깨달았다. 아까 전 철수귀와 고목귀의 모습을 보며 느꼈던 자괴감. 그게 아직까지 가슴에 남아 있었음을.

해답을 구하려면 질문이 있어야 한다. 그런데 그 질문조차 알 수 없는 이런 상황은 진원명에게 익숙했다. 그리고 그 상황에서 자신이 해답을 찾던 그 방법 또한 마찬가지로 익숙했다.

오랜 꿈을 기억해 내듯 진원명은 그 익숙함에 기대 물었다.

"해답이 뭐요?"

"의식하지 않는 것. 그게 해답이오."

대답은 곧바로 돌아왔다. 진원명은 빙긋 웃으며 뒤를 돌아보았다.

마찬가지로 가볍게 미소 지은 채로 자신을 바라보는 송하진의 모습이 그곳에 있었다.

철영(鐵影) 5

"의식하지 않는 것이라."

"말처럼 쉽지는 않은 일이라오."

"그것만으로 충분한 것이오?"

"지금의 진 형에게는 그럴지도 모르오."

마치 오랫동안 사귀어온 친한 친구처럼 진원명과 송하진은 대화를 나누고 있었다. 이상한 일이었다.

"송 형답지 않게 애매한 말이구려."

진원명의 말에 송하진이 진원명을 흘깃 돌아봤다.

"나다운 것이라… 당신이 이처럼 나를 아는 것이 난 잘 이해가 되지 않소. 난 아직 어떤 선택도 하지 않았거늘……."

진원명은 그 말을 듣고 깨달았다. 어젯밤의 꿈과 그 안에서

보았던 송하진의 모습을. 이처럼 자신이 송하진에게 익숙함을 느끼는 이유는 그 꿈 때문이다. 그것은 진원명이 기억하지 못하고 있던, 그리고 아직도 다 기억해 내지 못하고 있는 진원명의 전생이었다.

"송 형이야말로 날 잘 알고 있지 않소? 하지만 난 송 형을 잘 모르겠소. 송 형은 대체 누구요? 송 형은 날 돕기 위해 이곳에 있는 것이오?"

송하진은 씩 웃었다.

"진 형은 틀렸소. 난 진 형을 잘 모르오. 진 형은 날 알지도 모르지만."

진원명은 의아한 표정을 짓다가 너털웃음을 터뜨렸다.

"지금 무슨 선문답이 이루어지는지 난 잘 모르겠구려. 어쨌든 송 형은 보통 사람은 아닌 듯하오. 이처럼 내가 가는 곳을 귀신같이 따르고 내 마음속까지 읽어내는 것을 보면……."

송하진은 고개를 저었다.

"또 틀렸소. 내 복장을 보시오."

진원명은 고개를 숙여 송하진의 옷차림을 보았다.

"왠지 낯이 익은 복장이구려."

"이 상단 인부들이 입는 옷이오. 난 여비를 좀 아낄 겸 이곳 상단의 인부로 임시 취직했다오."

"그런데 그게 왜?"

"그리고 진 형은 생각하는 게 얼굴에 잘 드러나는 편이오. 나같이 이곳저곳 여행 다니며 사람들에게 익숙해지면 진 형의 마음속 정도는 얼굴만 봐도 쉽게 알 수 있지요."

진원명은 말하는 송하진을 멀뚱히 바라보았다. 송하진이 그 표정을 보곤 이어서 말했다.

"진 형이 이상하게 생각하는 모든 것들은 세상에 존재할 수 있는 가능성의 일부란 거요. 잘 생각해 보면 내가 보통 사람이 아니란 법도 없지 않소?"

"하지만 이런 우연이 계속되는 건 누가 봐도 이상한 일이 아 니오? 당신이 이런 시각에 나처럼 이곳에 나온 것도……."

"뭘 모르는구려. 진 형 혼자 자는 막사와 같은 막사에서 우 리는 다섯 명이 끼어 잔다오. 오늘 같은 날씨엔 중간에 깨지 않고 잘 자는 게 더 이상한 일이지."

진원명은 피식 웃었다. 송하진의 눈 가리고 아웅하는 듯한 억지가 왠지 유쾌했다.

송하진과의 대화 때문이었을까? 진원명은 자신이 느끼던 마 음의 부담이 상당히 사라진 것을 느꼈다. 그러자 피로가 몰려 왔다. 최근 체력이 상당히 좋아진 편인데도 오늘은 몸이 무척 피곤했다. 철영 그자를 상대했기 때문이다.

철영에 대해 떠올리니 진원명은 다시 기분이 나빠지는 것을 느꼈다. 진원명은 다시금 마음이 불편해지려는 것을 느끼고 황급히 고개를 저어 생각을 떨쳐 버렸다.

"어쨌든 항상 고맙소. 송 형의 충고 새겨듣겠소."

송하진이 씩 웃었다.

"피곤한가 보구려. 눈이 감기고 있소."

방금 전부터 잊고 있던 피로가 갑자기 걷잡을 수 없게 몰려왔다. 육체뿐 아니라 정신적으로도 피곤했다. 진원명이 말했다.

"아무래도 이만 자야겠소."

"그럼 안녕히 주무시오. 난 바람이나 좀 더 쐬야겠소."

진원명은 가볍게 손을 들어 보이고는 막사를 향했다. 송하진은 진원명의 돌아가는 모습을 바라보았다.

한참 뒤 진원명이 사라지고 난 뒤에야 송하진 또한 평원으로 시선을 돌렸다.

송하진은 나직하게 중얼거렸다.

"아마 지금 의식하고 있는 많은 것들 중 조금만 비워 버릴 수 있다면 당신은 당신이 진정 원하는 것을 볼 수 있을 것이오. 당신은… 이해할 수 없는 일이지만 당신 안의 기억들을 조금씩 꺼내보기 시작한 것 같으니까."

*　　　*　　　*

어두운 곳이었다. 빛이 전혀 들지 않아 정말 아무것도 보이지 않는 곳.

명상을 위해 만들어진 곳일까? 진원명은 그런 의문을 가졌다.

그곳에 두 사람이 있었다. 한 사람은 원래부터 이곳에 좌정해 있었고 다른 한 사람은 나중에 도착했다. 나중에 도착한 사람은 먼저 있던 사람의 곁에 선 채 조용히 기다렸다.

향 한 대 피울 시간이 지나가 먼저 있던 사람의 입이 열렸다.

"되었으니 보고해도 좋다."

익숙한 차분한 목소리, 이자는 철영이었다.

"한왕이 일의 진척을 물어왔습니다. 그 내용에 사부께서 직접 일선에 나서지 않는 것을 책망하는 논조가 묻어 있었습니다."

뒤늦게 도착한 사내가 입을 열었다. 젊은 목소리의 사내는 아마 철영의 곁에서 철영을 따르던 그 시동이리라.

"그의 성격이라면 전위장도 어쩔 수 없었겠지. 이번 북파 작전에 대해 조금만 흘려주어라. 그래야만 그가 다른 사고를 일으키는 것을 예방할 수 있을 거다."

시동은 고개를 끄덕였다. 보이지는 않았지만 기척으로 알 수 있었다.

"한유민 교주는 결국 포섭되지 않았습니다. 그동안 보여왔던 호의는 역시 우리의 계획을 알아내기 위한 수작이 아니었나 싶습니다."

시동의 이어진 보고에 철영이 혀를 찼다.

"반란을 허용한 시점부터 그는 글러 있었다. 스스로는 아무 행동도 취하지 않으면서 한강민이 행동하는 것마저 막아왔으니 그나마 가지고 있던 수하들의 신뢰마저 무너진 것이지. 예전에는 너무 날이 서 있어 문제였는데 이제는 너무 날이 무뎌

져서 문제가 된다. 그가 그렇게 된 게 주군의 탓이라 여겨 포섭해 보려 했지만, 거부한다면 어쩔 수 없지."

"그럼 역시 한강민 공자를……."

철영은 고개를 끄덕였다.

"무뎌진 보도보다 날 선 보통 칼이 쓰기에는 좋은 법, 한강민에 대한 지원을 강화하고 우리의 계획에 대한 정보를 흘려라."

시동은 알겠다는 듯 고개를 끄덕였다.

"하지만 한강민은 이미 한 번 배신한 자, 그런 자에게 너무 크게 의지하는 것은 위험하지 않겠습니까?"

"한강민은 비교적 자신이 원하는 바가 뚜렷한 자다. 때문에 그 원하는 틀을 벗어나지 않는다면 누구보다 안전한 자지. 그보다 동창은 어찌 되었느냐?"

"오귀를 위시로 한 대부분 인원이 남쪽으로 향했습니다. 확실히 이번 사건과 그로 인해 모습을 드러낸 구(舊) 충용위에 그들이 큰 관심을 보이는 듯합니다."

"그들이 뜻한 대로 움직여 주니 다행이군."

"한데 문제가 있습니다. 그 사건에서 두 사람이 살아남아 도망쳤다고 합니다."

진원명은 시동의 말에 흠칫 놀랐다. 이들이 말하는 그 사건에 대해 왠지 알 수 있을 것 같았기 때문이다. 시동이 계속 말을 이었다.

"게다가 도망친 둘 중 하나는 예전 주군과 한 교주를 만났던 그 진원정이라는 자라고 합니다."

진원명은 알 수 있었다. 이것은 지금까지 꾸었던 것과 같은 자신의 전생에 일어났던 일에 대한 꿈이다. 그리고 이자들이 말하는 그 사건이란 아민의 무리가 자신의 장원을 습격한, 그 사건을 말하는 것이다.

"그들의 인원이 적지 않았을 텐데 그것을 실패했다는 것인가?"

"아민이 그것을 방조했다는 보고도 들어와 있습니다."

잠시 말없이 뭔가 생각하던 철영이 말했다.

"다음에 그 아이에게 다시 이런 일이 있다면 그땐 내게 보고할 것 없이 후위장에게 처분을 맡겨라."

"물론 구 충용위가 언젠가 척결해야 할 대상이긴 하지만 아민에 대해서까지 그럴 필요가 있습니까? 아민은 주군께서 누구보다 총애하는 수하이고 게다가……."

"그렇기에 오히려 아민을 지켜볼 필요가 있다. 아민은 한유민과 같다. 주군의 곁에 너무 오래 머물렀지. 주군의 사상에 충분히 동화되어 버릴 만큼. 아민이 진정 자신의 본분을 잊고 월권을 했다면 우리의 일이 성사되었을 때에도 그럴 소지가 있다. 작은 위험도 용납하기 어려운 우리로서는 한 번의 용서도 과하지."

시동이 잠시 머뭇거리다가 말했다.

"하지만… 아민은 사부의 딸이지 않습니까?"

진원명은 놀랐다. 그냥 모르는 사실을 깨달았을 때의 놀람이라기보다 잘 아는 무언가를 확인한 듯한 그런 놀람이었다. 철영은 아민과 수연의 아버지였다. 자신은 그것을 알고 있었던 것일까?

"그래, 아민이 가진 그 입장 때문에라도 그렇다. 아민이 나에게 반한다면 누구보다 위험해질 테니까."

철영의 목소리가 조용하게 울려 퍼졌다.

왠지 알 수 있을 것 같았다. 자신이 지금 이곳에서 이런 모습을 지켜보는 이유, 지켜봐야 하는 이유가 무엇인지를.

아마도 이 꿈은 자신이 꾸었던 다른 꿈들처럼 깨어나면 기억나지 않을 것이다.

하지만 진원명은 왠지 이 꿈들이 현실과 조금씩 가까워지고 있다는 느낌을 받았다. 아니, 단순한 느낌이 아니다. 이것은 확신이었다.

얼마 지나지 않아, 자신이 꾸고 있는 이 꿈은 단순한 꿈의 영역을 벗어날 것이다.

이 모든 기억들, 내 안의 모든 가능성들은 그때 현실로 굳어지게 될 것이다.

접근(接近) 1

"마음에 안 드는 날씨로군."

아침에는 부슬비가 내리더니 오후에는 뜨거운 햇볕이 내리쬐고 있었다.

다리는 채 마르지 않은 빗물로 젖고 상체는 땀으로 젖어 진원명은 전체적으로 찝찝한 느낌을 받고 있었다.

"그나저나 여기가 맞긴 맞는 건가?"

진원명은 그렇게 중얼거리며 주위를 살폈지만 어떤 기대감을 가진 행동은 아니었다. 이런 처음 와보는 산길에서 그런 행동이 도움이 될 리가 없다.

그런데 도움이 되긴 되었다. 진원명이 고개를 돌린 곳에 말두 마리가 한가하게 풀을 뜯고 있는 모습이 보였기 때문이다.

분명 저 두 마리의 말은 이틀 전 철수귀와 고목귀가 타고 떠났던 그 말들로 보였다. 아무래도 자신이 제대로 찾아온 모양이다.

　진원명은 눈앞의 산을 올려다보았다.

　"여길 올라가야 하는 것인가?"

　그리 높은 산 같지는 않았지만 그 뒤로 계속 구릉지가 이어져 있다고 하니 상당히 많이 헤매야 할 것 같았다. 무엇보다 이 산이 애초의 목적지가 아닌 경우도 있을 수 있고…….

　"뭐, 일단 올라보지."

　진원명은 그렇게 중얼거리고는 말에서 내려 산을 오르기 시작했다. 얼마 전 무민을 찾을 때도 유용하게 쓰였듯 진원명은 산을 타는 것에도, 산에 남은 흔적을 찾는 것에도 익숙한 편이다. 그렇다 해도 이런 산속을 혼자 뒤지며 뭘 발견하려 하는 것은 지극히 어려운 일이겠지만.

　낮게 깔린 수풀에 맺힌 빗방울이 아직 남아 진원명의 바지를 적셨다. 오늘 아침 내린 비 정도로도 조금 시간이 지난 흔적들은 모두 사라져 버렸을 것이다. 진원명은 주의 깊게 주변을 살피며 이동했다.

　요즘의 진원명은 묘한 확신 같은 것을 느낄 때가 있었다. 자신이 모르는 것을 마치 아는 것인 양 짐작한다던가 새로운 무엇인가를 접했을 때 근거를 모르는 기시감을 느낀다던가 하는 식으로 말이다.

어제 아침, 잠에서 깨었을 때 진원명은 그런 알 수 없는 확신을 느꼈다. 이번 사건이 과거와 비슷한 파국으로 치달을 것이라는 확신. 분명 그 불행으로 향하는 나선에서 자신이 벗어났지만 그 나선 자체는 끊어지지 않았고 그것이 언젠가 또 자신에게 영향을 미치리라는 예감을 말이다.

단순히 자신뿐만이 아니었다. 자신과 무관한 다른 사람들 또한 마찬가지였다.

진원명은 왠지 짐작할 수 있을 것 같았다. 자신이 전생에 십여 년의 세월 동안 자신의 원수들을 발견하지 못했던 이유를.

그들은 당시 존재하지 않았을 것이다. 자신이 뒤늦게 만났던 아민의 모습, 그것이 자신이 그토록 찾아 헤맨 그들 모두를 대변한 모습이었을 것이다.

그들 또한 벗어나지 못했다. 자신이 느낀 그 흐름에서 말이다. 그들은 자신을 비롯한 관계한 다른 자들과 마찬가지로 불행한 최후를 맞이했을 것이다.

푸드득.

진원명의 행로에서 꿩 한 마리가 날아올랐다. 꿩이 스치고 간 나뭇가지에서 후드득 빗방울이 떨어져 내렸다.

손을 들어 떨어지는 물방울을 막아내며 진원명은 중얼거렸다.

"어떻게 한다?"

진원명은 산속을 헤맨 지 반 시진도 되지 않아 자신의 예상이 틀렸음을 깨달을 수 있었다.

흔적은 너무 쉽게 발견되었다. 그리고 너무 많이 발견되었다. 때문에 예상치 못한 문제가 발생했다. 그중 어느 흔적을 따라가야 할지 알 수 없었던 문제다.

잠시 고민하던 진원명은 이윽고 그중 비교적 나중에 생긴 것으로 보이는 흔적을 따라 이동하기 시작했다. 상대적으로 뒤에 생긴 만큼 추적도 쉬울 것이다.

진원명이 발견한 이 흔적은 많은 사람들이 이곳을 지나가며 남긴 것이다. 아마도 진원명은 맞게 찾아온 듯했다.

악벌단의 연락이 두절된 뒤로 일주일이 넘었다. 자신이 구하려는 그들은 이미 위험한 상황에 처해 있을지도 모른다.

그럼에도 진원명이 어제 하루를 낭비했던 것은 무작정 이런 모호한 감정을 믿는 것이 옳은 일인지 알 수 없었고, 믿는다 해도 그다음에 자신이 무엇을 해야 할지 쉽게 결정할 수 없었기 때문이다.

어제 하루 동안 진원명은 자신의 느낌에 대해 진지하게 생각했다. 그리고 결국 한 가지 결론을 내릴 수 있었다.

지금 벌어지는 사건의 배후, 철영을 막는다는 것이다.

자신이 느끼는 이런 파국이 거짓인지 사실인지는 알 수 없었지만 한 가지만은 분명해 보였다. 자신이 이런 흐름을 느끼고 있는 이상, 그것이 정말 일어날 가능성을 자신이 무시할 수 없다는 것이었다.

그렇다면 그것을 극복해야 함도 분명했다. 자신은 자신이 느끼고 있는 이 불행의 나선을 완전히 끊어내야만 한다.

과거는 바뀐 것처럼 보였지만 바뀌지 않아 있었다. 그 불행은 자신을 그저 살짝 피해갔을 뿐이다.

아민은 여전히 자신의 장원을 찾아왔고, 자신의 장원은 아니지만 대신 상근명의 장원을 습격했다.

이런 상황이 나오게 된 것에는 그럴 만한 이유, 근원이 있었을 것이고 그것은 전생과 달라지지 않았을 것이다.

진원명은 그 모든 근원을 바꾸어 버리려 하고 있었다. 모든 원인의 뿌리까지 없애 버릴 생각이었다. 지금까지와 같이 단지 피하면 그만이라는 소극적인 대응에서 벗어나 좀 더 적극적으로 자신의 미래를 개척하려 하고 있었다.

그것은 어찌 보면 자신의 신념에 반하는 행동인지도 몰랐다. 하지만 진원명은 이런 자신의 선택에 알 수 없는 편안함을 느끼고 있었다.

낮이 긴 계절임에도 산속의 해는 빨리 저물었다. 어두운 산속에서 흔적을 찾아 움직이는 것은 무척이나 어려운 일이다. 남아 있는 흔적이 제법 뚜렷한 편이긴 했지만 이동하는 속도는 낮의 절반으로 떨어질 수밖에 없었다.

얼마를 그처럼 이동했을까? 진원명은 피로를 느끼고 슬슬 야영을 준비하기 시작했다.

생각해 보면 이런 마을을 벗어난 곳에서의 야영도 제법 오래간만이었다. 전생의 자신은 사람 사는 곳에서 잠이 드는 경우가 드물었는데 말이다.

격세지감이라고 해야 할까? 진원명은 누워 잠을 청하려다 문득 그런 기분을 느꼈다.

자신은 여태 자신이 겪은 이 변화, 환생의 원인에 대해 알지 못한다. 사실 그것은 중요하지 않다고 생각했다. 자신은 그저 감사했을 뿐이다.

중요한 것은 그로 인해 자신의 일그러졌던 삶이 예전으로 되돌아왔다는 것, 그리고 이 변화를 자신이 계속 유지하고 싶어한다는 것이다.

그것뿐이다. 그렇게 생각했었다. 그 이상을 바라는 것은 너무 큰 과욕이라 여겼었다. 그렇기에 자신은 쉽게 아민의 권유에 따라 아직 떨쳐 내지 못한 과거의 미련들과 단절하려 했던 것이다.

"하지만, 지금은 어떠하지?"

진원명은 드러누워 하늘을 바라보며 중얼거렸다.

과거를 떨쳐 내는 것만으로… 그것을 그냥 없었던 셈치는 것만으로… 지금 자신은 정말 그것만으로 만족할 수 있는 것일까?

진원명은 알 수 없었다.

다음날 일찍 진원명은 다시 추적을 시작했다.

얼마 지나지 않아 흔적이 다시 몇 갈래로 나뉘어졌다. 진원명은 어제 그랬던 것처럼 개중 조금 더 뒤에 생긴 흔적을 따랐다.

흔적은 점점 깊은 산중으로 들어갔다. 진원명은 양측의 실력을 어느 정도 경험해 보았기에 의문을 느끼지 않을 수 없었다. 이런 산속에서 과연 그들은 무엇을 계획하고 있는 것일까?

자신이 경험한 철영의 무리는 하나같이 고수들이었고 무엇보다 철영이라는 존재 하나만으로도 아민의 무리를 압도할 수 있을 것으로 보였다. 이런 식으로 깊은 산중에 함정을 파고 유인해야 할 뚜렷한 이유가 보이지 않는다는 것이다.

"아마 무민이라면 알 텐데……."

무민은 이 모든 사건의 내막을 알고 있을 것이다. 그 해결 방법도 알고 있을 것이고. 그래서 그처럼 무리해서 이곳으로 떠났던 것이리라.

때문에 진원명이 가장 우선하여 행해야 할 일이 그것이다. 무민을 찾는 것, 그리고 그에게 도움을 주는 것.

진원명이 이런저런 생각들을 떠올리며 흔적을 따르는 동안 이미 태양이 중천에 떠 있었다. 마침 지대가 높은 곳에 이른 터라 진원명은 근처에 있는 나무 위로 뛰어올라 주변의 지형을 살폈다.

흔적이 향하는 방향을 주의 깊게 살폈지만 큰 성과는 없었다. 애초 별반 기대를 가진 행동도 아니었기에 진원명은 나무에서 다시 내려와 가던 길을 계속 가기 시작했다.

그리고 그때 진원명의 귀에 낮지만 익숙한 소음이 들려왔다. 진원명은 재빠르게 그 소리가 난 곳으로 향했다. 보통 사람은 무시하고 지나갈 만큼 작은 소리였지만 진원명은 분명히 그 소리의 정체를 알고 있었다.

바로 무기가 서로 부딪치며 내는 소음이다.

거리가 가까워지며 소음이 제법 뚜렷하게 들려왔다. 진원명은 속도를 늦춰 조심스럽게 다가갔다. 진원명이 있는 곳 아래로 삼 장 높이의 벼랑이 형성되어 있었고 싸우는 자들은 그 아래에 있었다.

세 명 대 열 명의 싸움이었다. 거리가 있었지만 진원명은 금방 그중 세 명 쪽의 정체를 알아보았다. 바로 단목영과 설공현, 그리고 장영길이다.

"저들은 저기서 뭘 하고 있었던 거지?"

진원명은 인상을 찌푸리고 벼랑을 뛰어내리려다 멈칫했다. 싸움이 일어나는 곳 바깥쪽 수풀 속에서 뭔가 살짝 움직이는 모습이 보였던 것이다.

진원명은 다시 자세를 낮추고 자세히 바라보았다. 수풀 속에 몸을 숨긴 두 사람이 보였다. 진원명의 위치에서 바라볼 것을 고려한 것이 아님에도 쉽게 찾아내기 어려울 만큼 잘된 은신이었다. 문제는 이처럼 발견된 이상 둘 중 하나의 특징 때문에 진원명이 쉽게 그들의 정체마저 파악할 수 있었다는 점이다.

"고목귀와 철수귀로군."

진원명은 눈살을 찌푸렸다. 이자들이 숨어 지켜보고 있으니 자신이 모습을 드러내기가 껄끄러운 탓이다. 진원명은 다시 눈을 돌려 싸우는 자들을 살폈다. 그리고 중얼거렸다.

"뭐, 당장 도울 필요까진 없었군."

방금 전에는 저들이 위험하다는 생각에 상황을 제대로 살피지 못했다. 단목영과 설공현, 장영길 세 명은 열 명의 적에게 압도당하고 있었지만 그리 위험한 상황까지는 아니었다. 아마도 적들은 세 명을 모두 생포할 작정인 듯 보였다.

"그랬던 거군."

진원명은 철수귀와 고목귀가 기다리는 이유도 알 수 있었다. 세 명을 생포한다면 아마 이곳에서 그들을 심문하거나 동료들에게로 데려갈 것이다. 이귀는 기다리면서 더 쓸 만한 정보를 얻으려 하는 것이다.

잠시 후 세 사람은 모두 제압당했다. 거리가 너무 멀어 들리지 않았지만 적들이 세 사람에게 뭔가 물어보는 모습이 보였다.

대화는 길지 않았다. 적들은 억류한 세 사람을 데리고 어디론가 이동하기 시작했다. 이귀가 적당한 거리를 두고 그 뒤를 따랐다. 진원명은 그런 이귀의 뒤를 따랐다.

얼마를 그렇게 이동했을까? 산세는 점차 험해졌고 높다란 절벽이 병풍처럼 좌우로 솟아올랐다. 그들이 가는 길 곁으로 개울이 흘렀는데 이런 개울가에는 흔적이 잘 남지 않는 법이라 이처럼 적들을 직접 발견하지 못하고 흔적만을 쫓았다면 제법 애를 먹었으리란 생각이 들었다.

지대가 낮아지면서 개울은 작은 호수를 이뤘다. 주변에 엄폐물이 적어지면서 어쩔 수 없이 적들과 이귀, 그리고 이귀와 진원명 사이의 거리가 벌어졌다. 진원명의 위치에서 더 이상 선두에 선 적들의 모습이 보이지 않았기에 앞서 가던 이귀가 걸음을 멈췄을 때 진원명은 마침 곁에 솟아 있던 나무 위로 올라 앞에서 무슨 일이 생겼는지 확인해야 했다.

적들은 호숫가에 멈춰 서 있었다. 그 호숫가에 작은 쪽배 한 척이 매어져 있는 모습이 보였다.

"이런, 난감하게 되었군."

저들이 배를 타고 움직이면 뒤를 따르기가 어려워진다. 다행히 적들은 잠시 고민하다가 그중 네 명만이 배를 타고 먼저 떠나고 나머지는 다시 길을 따라 걷기 시작했다. 아마 작은 배라 인질까지 태우기 어렵다고 생각한 것이리라. 진원명은 황급히 다시 나무에서 내려와 이귀의 뒤를 따랐다.

적들은 절벽과 절벽 사이로 걸음을 옮겼다. 주변의 경관이 수려해서 여유를 부릴 상황이 아니지만 절로 주변에 눈길이 갔다.

그렇게 진원명이 주변을 흘끔거리며 이동하고 있을 때 갑자기 앞서 가던 이귀의 모습이 사라졌다.

진원명이 당황하여 걸음을 빨리했다. 방금 전까지 이귀가 지나가던 절벽을 도는 순간 오 장도 채 되지 않는 거리에서 움직이고 있는 이귀가 보였다. 진원명은 놀라서 몸을 낮췄다.

이귀는 진원명을 눈치 채지 못한 듯 보였다. 이귀는 어느 정도 멀어지다가 다시 모습을 감췄다. 진원명은 고개를 끄덕였다.

"진식인가?"

이곳의 지형은 자연스럽게 어떤 진(陳)을 이루고 있는 듯 보였다. 자칫 이귀를 놓친다면 이 안에서 길을 잃게 될지도 모른다. 진원명은 주변 경관에 더 이상 한눈팔지 않고 긴장하여 이귀의 뒤를 따랐다.

진식이 펼쳐진 범위는 생각보다 훨씬 넓었다. 거의 한 시진을 걷고 나자 지대가 급작스럽게 높아지기 시작했다. 그리고는 어느 순간 절벽을 돌아서자 넓은 분지가 눈앞에 펼쳐졌다.

"기가 막히는군."

진원명이 몸을 숨기며 중얼거렸다. 그곳 가운데에는 작은 마을이 꾸며져 있었다. 아니, 목책 주변을 따라 경계 서고 있는 보초들의 모습을 보면 마을이라기보다는 산채(山寨)라고 하는 편이 어울릴지도 모른다.

높은 곳에서 바라본 것이 아니라 전체적인 모습을 조망할 순 없었지만 보이는 건물의 외형만으로도 어림잡아 그 규모가 상당하다는 것을 알 수 있었다.

마을 아래로 시내가 흘렀는데 아까 보았던 것과 같은 쪽배들이 매져 있는 걸로 보아 아까 전의 호수와 연결되어 있는 듯 보였다.

적들은 사로잡은 세 명을 데리고 그곳으로 들어갔다. 경계하는 자들의 눈이 있으니 더 따라가긴 어려웠다. 게다가 섣불리 따라가려다간 이귀에게 먼저 들킬 것이다. 진원명은 몸을 숨긴 채 이귀를 돌아보았다.

이귀는 진원명의 반대편 절벽에 붙어 숨은 채 뭔가를 상의하고 있었다.

진원명은 눈살을 찌푸렸다. 이자들의 존재가 꽤나 거추장스럽게 느껴졌던 것이다. 당장 이자들의 목표는 자신과 같을 테지만 그렇다고 아군이라고 하기에는 이자들의 정체가 마음에 걸렸다.

"그러고 보니, 이자들 이제 동창이 아니라고 해야 하나?"

이자들의 말을 엿들은 바에 의하면 이자들은 동창에 되돌아갈 생각이 없는 듯했다. 그렇다면 자신의 목적을 밝히고 협조를 구해도 되지 않을까?

"어렵겠지."

진원명은 곧바로 고개를 저었다. 자신은 저들을 알지만 저들은 자신을 모른다. 저들이 자신을 뭘 보고 믿어줄 수 있겠는가? 오히려 수상한 자로 여겨져 공격받기 십상일 것이다.

"흐음."

그렇다 해도 이대로 저들을 무시할 수는 없었다. 잠시 머리를 부여잡고 끙끙대던 진원명은 되든 안 되든 일단 접근해 보고 수틀리면 실력 행사를 하자는 생각을 했다. 먼저 제압해 두고 차근차근 설명한다면 어떻게 되지 않을까 하는 무식한 발상이었다.

물론 소란을 피워 적들에게 들킬 가능성도 있었지만 저들도 생각이 있다면 이런 적진 한가운데에서 소란을 일으키지는 않을 것이다.

진원명은 슬그머니 몸을 움직여 이귀에게 다가갔다.

두 사람은 뭔가 이야기하는 데 정신이 팔려 있었기에 쉽게 접근할 수 있었다. 진원명이 어떤 방식으로 자신을 알려야 할지 고민하고 있을 때 철수귀의 왠지 굳어 있는 목소리가 들려왔다.

"들어갑시다."

"기, 기다리시오. 철수신, 들어가자니 그게 무슨 말이오?"

"당장 그들을 구해야만 하오."

"에… 그러니까, 철수신 말처럼 그들을 당장 구하는 것은 아무리 생각해 봐도 무리이니 그보다 뭔가 계획이 있어야 할 텐데……."

"젠장! 계획을 짜고 있을 시간이 없소. 이렇게 머뭇거리고 있을 때가 아닌데."

"이보시오, 철수신. 진정 좀 하시오. 왠지 오늘은 나와 철수신의 역할이 뒤바뀐 느낌이오."

철수신은 무척 흥분한 듯 말하고 있었고 고목귀가 그런 철수귀을 진정시키려 하고 있었다. 이유는 모르지만 지금 나서기에는 분위기가 썩 좋지 않은 듯하다. 진원명은 난처한 느낌을 받으며 두 사람을 지켜보았다.

"애초에 처음 보았을 때 구했어야 했소. 아니, 이곳에 다다른 것을 확인하는 순간에라도 구했어야 했소."

"하지만 그들을 내버려 둔 덕에 이처럼 이곳을 발견했지 않소? 그리고 그들을 구하려면 이곳을 차분히 살핀 뒤에 몰래 잠입하는 것이 최선이오. 이곳에 대해 아무것도 모르면서 무작정 잠입하는 것이 얼마나 무모한 일인지 모를 철수신이 아니지 않소?"

"알고 있소. 알고 있지만 그런 근본도 없는 자들이 인질에게 얼마나 잔인해질 수 있는지도 잘 알고 있다오. 그들을 이대로 내버려 둘 수 없소."

"그건 그렇지만……."

진원명은 의아함을 느꼈다. 철수귀는 지금 잡힌 인질을 구하려 하는 것인가?

"고목신이 안 가겠다면 나 혼자라도 가겠소. 아니, 고목신은 따라오지 않는 편이 나을지도 모르오. 내가 실패한다면 고목신이 그들을 구출해 주시오."

"철수신, 제발 진정 좀 하시오. 저들의 사정이 딱하게 된 것은 이해하지만 우리를 해쳐 가면서까지 이처럼 저들을 구해야 하는 이유가 도대체 뭐란 말이오? 난 지금 철수신이 서두르는 이유가 이해가 되지 않소."

철수귀는 잠시 대답하지 않았다. 진원명 또한 호기심을 가지고 철수귀의 대답을 기다렸다. 잠시 후 철수귀의 대답을 들었을 때 진원명은 놀라지 않을 수 없었다.

"방금 인질로 잡혀간 자들 중 내 딸이 있었소."

딸이라면 대상은 명확했다. 바로 단목영이다. 진원명은 얼떨떨한 기분이 되어 두 사람을 바라보았다.

이귀는 잠시 침묵했다. 그 침묵을 깬 것은 고목귀였다.

"그 아이가… 그랬구려. 그럼 나도 함께 가겠소. 철수신의 자식이라면 내게는 조카인 셈인데, 그런 아이가 위험에 처한 것을 모른 척할 수는 없소."

"하지만 위험한 일이오. 고목신에게까지 그런 위험을 강요할 생각은……."

"철수신 때문에 동창까지 버린 몸이오. 게다가 아무리 어려운 일이라 해도 우리 둘이 뭉치면 겁날 게 뭐가 있겠소? 우리 처음 만났을 때가 기억나지 않소?"

고목귀는 그렇게 얘기하며 가슴을 탕탕 두드렸다. 철수귀는 잠시 뭔가를 생각하더니 피식 웃었다.

"후후, 고목신의 말이 맞는 것 같소."

"쇠뿔도 단김에 빼랬다고 곧바로 쳐들어갑시다."

이제 고목귀가 나서자 오히려 철수귀가 만류했다.

"아니, 아니오. 한 식경 정도만 기다립시다. 아마 그 정도면 잠입하기 좋게 날이 저물 거요. 그동안 조금 높은 곳에 올라 이곳 지형을 한 번이라도 살피는 게 좋겠소."

철수귀의 말대로 이미 날이 저물고 있었다. 진원명은 숨은 자리를 벗어나는 이귀를 보며 잠시 갈등했지만 그들을 붙잡지 않았다.

사실 자신이 무리해서 이귀와 협조를 하려 했던 이유가 바로 납치당한 이들 때문이었다. 그들을 빨리 구해내기 위해서는 숨어 있는 이귀에게 정체를 드러내지 않을 수 없었던 것이다. 하지만 이귀가 그들을 구한다면 굳이 그럴 필요가 없을 것이다.

어찌 되었든 이귀는 자신이 보아온 무인들 중 손에 꼽을 정도로 강하고 유능한 자들이니 말이다.

접근(接近) 2

이귀는 근처 절벽 위에 올라 한동안 마을을 살피다가 잠입해 들어갔다.

진원명은 이귀가 사라진 뒤 방금 전 이귀가 올랐던 절벽에 기어올라서 이귀와 마찬가지로 마을을 살폈다. 특히 이곳 마을 경비병들이 포진될 만한 위치를 살폈다.

"호수 쪽으로 편중되어 있는 것인가?"

경비병들의 경계는 호수 쪽으로 집중되어 있었다. 자신이 방금 지나온 절벽 쪽으로 누군가 침입하는 것에 대해서는 크게 염두에 두지 않은 듯한 배치다.

하긴 이 정도 규모의 진이 펼쳐진 곳이라면 익숙하지 않은 자가 절벽 쪽을 통해 이 마을을 찾는다는 것은 거의 불가능한 일일 것이다.

"빠져나가는 것이 문제겠군."

절벽을 오르고 나서야 알게 된 사실이지만 이곳은 나갈 만한 다른 길이 보이지 않았다. 이곳에서 나가기 위해서는 절벽을 타거나, 그 진식이 펼쳐진 곳으로 되돌아 나가거나, 호수를 통하는 방법밖에 없을 텐데 모두가 그리 쉬운 방법은 아니다.

이귀 또한 이곳에서 지형을 살폈다면 그것을 모르지 않을 텐데 과연 어떤 계획을 갖고 잠입했는지 의문이었다.

"기다려 보면 알려나?"

진원명은 그렇게 중얼거리며 절벽에서 내려왔다.

이윽고 마을의 몇몇 건물에 불이 밝혀졌다. 해가 완전히 저문 것이다. 이귀가 들어간 뒤로 제법 시간이 흘렀지만 별다른 소란이 없는 것으로 보아 잠입은 성공적인 모양이었다.

"그나저나 놀랍군."

진원명은 중얼거렸다. 철수귀가 단목영의 아버지라는 것은 정말 뜻밖이었다. 아직도 믿기지 않을 정도로 말이다.

"설마… 철수귀가 잘못 본 건 아니겠지?"

진원명은 그렇게 중얼거리다가 고개를 저었다. 철수귀 정도 되는 인물이 자신의 딸을 구별 못할 리가 없다.

어쨌든 단목영이 이렇게 아버지를 만나게 된 것은 잘된 일이다. 단목영이 지금껏 자신과 함께 고생해 온 이유가 바로 그것이 아니었던가?

그렇지 않아도 단목영에게는 여러모로 고마움과 미안함을

느끼고 있었기에 이처럼 단목영이 원하는 방향으로 일이 풀리는 것은 진원명으로서도 무척이나 바라던 바였다.

진원명은 철수귀가 단목영을 데리고 꼭 무사히 도망가기를 바랐다.

"침입자다!"

그리고 진원명이 그런 생각을 떠올리기 무섭게 마을이 밝아졌다.

"젠장, 유능하다 생각한 것 취소다!"

진원명은 낮게 외쳤다. 이 정도면 너무 쉽게 들킨 것이 아닌가?

마을 외곽을 지키던 무사들 중 상당수가 어딘가로 달려가는 모습이 보였다. 진원명은 잠시 고민하다가 얼굴에 복면을 두르곤 마을로 향했다. 보초의 시선을 피해 낮게 둘러쳐진 목책을 뛰어넘고 주변을 살핀 뒤에 재빠르게 불이 밝혀진 곳을 향해 달렸다.

아무리 그들이 고수라 해도 이 많은 적들을 상대하는 것은 무리다. 더군다나 인질을 구했다면 그들이 되레 짐이 될 것이었다.

불이 밝혀진 곳에 가까이 가기도 전부터 무기 부딪치는 소음이 들려왔다. 진원명은 속도를 줄이곤 마을 뒤쪽 절벽에 붙은 채 조심스럽게 이동했다.

얼마 가지 않아 이귀의 모습이 보였다. 이귀는 십여 명의 무사들에게 둘러싸여 협공받고 있었다. 하지만 오히려 그들을 압도하고 있는 것이 그다지 위험해 보이지는 않았다.

"아직 인질은 구출하지 못한 것인가?"

단목영 등의 모습은 보이지 않았다. 사실 인질을 구출할 만한 시간이 없긴 했다. 진원명은 숨어 있던 건물 그림자에서 좀 더 몸을 빼 주변을 자세히 살피려 했다.

그 순간, 묘한 위기감이 느껴졌다. 진원명은 재빠르게 다시 그림자로 숨어들어 주변을 살폈다. 잠시 후 진원명은 곧 자신이 느낀 위기감의 정체를 알 수 있었다.

"절벽에도 보초가 있었군."

진원명의 뒤쪽 절벽 이 장 정도 되는 높이에 사람이 한 명 간신히 들어갈 만한 굴이 보였다. 작지만 그림자 속에서 뒤척이는 듯한 움직임이 보이는 것을 보니 이런 소란이 있었음에도 아직 위치를 지키고 있는 모양이었다.

아마 진원명처럼 이귀 또한 그들이 경계할 만한 공간을 좁히기 위해 절벽을 따라 이동했을 테고 그 때문에 되레 절벽에 숨어 있던 보초에게 들키고 만 것이리라. 진원명은 자신마저 들키지 않은 게 다행이라고 생각했다.

진원명은 공격받고 있는 이귀를 잠시 지켜보다가 다시 움직이기 시작했다. 적들은 점점 불어나고 있었다. 아마 자신이 나서더라도 이귀를 구하는 것은 무리일 것이다. 이런 상황이라면 차라리 인질이라도 구출하는 편이 나을 것이다.

인질이 잡혀 있는 것으로 보이는 건물은 아까 전 절벽 위에서 확인해 둔 터였다. 마을 안에 경계병을 둔 건물은 단 하나

뿐이었으니 아마 틀리지 않을 것이다.

침입자로 인해 마을의 분위기는 전체적으로 산만했다. 덕분에 이귀를 향해 움직이는 무사들을 피해 진원명은 비교적 쉽게 자신이 보아둔 목적지에 도착할 수 있었다.

아까 전 멀리서 보았을 때는 분명 두 명의 보초가 서 있는 것 같았던 건물 앞에는 뜻밖에 여섯 명이나 되는 보초가 있었다. 보초가 여섯 명이나 된다면 그들을 소란없이 제압하는 건 어려울지도 모른다.

건물 빗장이 외부를 향해 잠기도록 되어 있는 걸 보면 분명 누군가를 가두기 위한 감옥임은 분명했다. 잠시 주변을 살피던 진원명은 보초의 시선을 피해 건물 뒤편으로 돌아갔다. 일단 갇혀 있는 자가 자신이 구하고자 하는 그들이 맞는지부터 확인할 일이었다.

건물 뒤편에 난 작은 창문에서는 불빛이 새어 나오고 있었다. 그냥 서서는 얼굴이 닿지 않는 높이라 진원명이 매달려서라도 안의 상황을 살필지 고민하고 있을 때 마침 건물 안에서 누군가의 목소리가 들려왔다.

"난 제법 한가한 편이지. 뭐, 본의는 아니지만 한가해지더군. 자네들 전에도 이곳에 끌려온 자들이 있었지만 굳게 입을 다물 듯 보이던 그들과 난 오래 대화를 나누지 못했다네. 그들이 그처럼 자신있게 내세우던 인내심이란 그처럼 보잘것없었던 것이야. 한심한 자들 같으니… 자네들은 그렇지 않기를 바라네."

유들유들한 사내의 목소리는 진원명에게 낯설게 느껴지지 않았다. 어디서 들어본 목소리인지 고민하고 있을 때 누군가가 대답했다.

"그, 그러니까 우리가… 그… 아, 아는 것을 전부 말하면 되는 것이 아닙니까?"

진원명은 고개를 살짝 끄덕였다. 두려운 듯 대답하는 사내의 목소리는 쉽게 알아들을 수 있었다. 바로 장영길이다.

"아니, 내 말을 잘못 이해했군. 난 그 반대를 원하는 것이네. 보시다시피 이곳은 제법 심심한 곳이라 즐길 거리가 없지. 때문에 자네 같은 자들이 잡혀오는 일을 내가 얼마나 기대하며 지내는지 아는가? 난 자네들이 최대한 오랫동안 날 즐겁게 해주길 원하네."

"그, 그게 무슨 소리……."

"결코 자네들이 아는 것을 말하지 말게. 내가 원하는 것은 그뿐이네. 그렇게 말해도 대부분은 그 사실을 믿지 않더군. 아니, 어떻게 해서든 날 멈추게 하고 싶었던 것이겠지. 자네들이 뭘 하든 어차피 난 멈추지 않을 거네. 이건 내겐 일종의 유희니까. 자네들이 버텨준다면 내 유희가 좀 더 즐거울 수 있겠지."

즐기는 듯한 사내의 목소리에 이어 작은 금속성이 들려왔다.

"젠장, 도대체 뭘 어쩌려고!"

"그러고 보니 그 계집이 아쉽군. 그 아이라면 분명 내게 최

고의 즐거움을 주었을 텐데… 아, 아니야. 오히려 잘된 일인지
도 모르지. 아무리 그분의 딸이라 해도 이유도 없이 오랫동안
그 아이를 붙잡아두는 것은 무리일 테니…….”

안쪽에서 치이익, 하는 소리가 들려왔다.

“그 아이는 오히려 천천히 즐기는 편이 나을 거야. 지금은
자네들에게 집중해야지. 모쪼록 얼마 전의 그자들보다 더 나
를 즐겁게 해주길 바라겠네.”

“이, 이봐! 뭘 하려는 거요!”

진원명이 호기심을 참지 못하고 창문에 매달려 살짝 안을
엿보았다.

묶여 있는 장영길, 설공현과 그 앞으로 다가서는 한 사내의
뒷모습이 보였다. 그리고 사내의 손에는 새빨갛게 달궈진 철
저(鐵箸)가 하나 들려 있었다.

“이, 이보시오. 아는 건 죄다 말하겠습니다. 난 사실 이들을
어쩔 수 없이 따라왔을 뿐 아무 죄가 없습니다. 정말입
니…….”

퍼억!

장영길의 말이 채 끝나기도 전에 사내의 발길질이 날아들었
다.

“하! 아직 시작도 하지 않았는데 정말 한심한 자로군! 정말
실망스러워! 저런 썩어빠진 정신이라니. 당장이라도 갈기갈기
찢어 죽이고 싶어지는군.”

사내의 목소리에 묘한 광기가 서려 있었다. 장영길이 이를

딱딱 마주치며 몸을 떨다가 문득 진원명과 눈을 마주쳤다. 진원명은 흠칫 놀랐다.

"저, 저, 저기 차, 차, 창문……."

장영길이 떨리는 목소리로 자신을 알리려는 것을 보고 진원명이 내심 욕설을 내뱉고 있을 때 마침 건물의 문이 열리고 누군가가 안으로 들어오며 말했다.

"우습군. 썩어빠진 정신은 되레 후위장 당신에게 해당하는 말일 텐데."

흑의를 입고 흑건을 한 날카로운 눈매의 사내였다. 진원명은 이자를 한 번 본 적이 있었다. 과거 문종도의 서신을 전달하기 위해 찾은 어떤 저택에서 수연을 만났을 때, 그곳에 수연과 함께 있었던 사내다.

장영길을 고문하려던 사내가 새로 들어온 흑의인에게 살짝 고개를 숙였다.

"어서 오십시오, 공자. 이런 누추한 곳을 찾아주시다니 뜻밖이군요. 무슨 일로 찾아온 것인지 모르지만 지금은 제가 일이 있어 한가하지 못하니 일단 돌아가 주심이 어떠신지요. 제가 일을 끝내고 공자의 처소로 찾아뵙겠습니다."

흑의인이 비웃었다.

"일이라. 당신이 하는 미친 짓도 여기서는 일이라 불러주나 보군. 철 사부는 내 생각보다 훨씬 관대한 모양이야. 후위장 당신 같은 자를 눈감아주는 것을 보면."

"외, 외인인 당신으로선 지나친 참견이시군요. 이곳은 내 관할이고 공자께서 굳이 이곳을 찾아 절 핍박했다는 것을 알면 철 사부께서도 그다지 좋아하지 않으실 겁니다."

고문하던 사내, 후위장의 목소리가 분노한 듯 살짝 떨렸다. 흑의인이 주변을 슬쩍 둘러보더니 말했다.

"지금 밖이 어떤 꼴인지도 모르고 이곳에서 한심한 짓거리를 하고 있었던 것을 알면 당신부터 철 사부에게 무사하기 어렵겠지. 기껏 찾아온 게 후회되는군. 이런 더러운 곳에는 나야말로 잠시도 있고 싶지 않네."

흑의인은 경멸하는 눈으로 후위장을 노려본 뒤, 땅에 침을 뱉고 건물을 나섰다.

나가는 흑의인을 본 후위장은 잠시 화가 나 어쩔 줄 모르는 기색을 하더니 갑자기 들고 있던 철저로 설공현을 찔러 버렸다.

"크아악!"

철저는 그나마 식어 있는 듯했지만 찌른 힘이 있어 설공현의 오른쪽 어깨를 깊게 파고들었다.

"크큭, 개자식! 너 또한 언제고 반드시 내 손에 떨어질 날이 있을 것이다!"

비명을 지르는 설공현을 외면한 채 후위장은 흑의인이 나선 문을 노려보며 중얼거렸다. 그때 진원명의 귀에 작은 금속성이 들려왔다.

쨍.

후위장 또한 그 소리를 들은 듯 주변을 둘러보다가 이내 땅바닥에 고개를 숙여 뭔가를 집어 들었다.

"후후, 재미있는 일을 계획 중이셨군. 아무래도 이자들을 데려온 녀석들은 혼이 나야 하겠는데."

들어 올린 물건은 길이가 한 뼘이 안 돼 보이는 무척 얇은 칼이었다.

설공현은 감춰둔 칼로 몰래 포박을 풀고 상대를 기습할 생각이었는데 생각지 못한 순간 후위장의 철저가 자신의 어깨에 틀어박히자 그만 칼을 놓치고 만 것이다.

후위장은 고통스러워하는 설공현을 일으켜 그의 팔에 채워진 검집을 찾아냈다. 검집이 토시처럼 팔에 채워지는 얇은 단검이라 적이 발견하지 못한 것으로 보였다.

후위장은 설공현의 검집을 빼앗아 자신의 팔에 차고는 키득키득 웃었다.

"제법 마음에 드는 칼이군. 선물 고맙네. 감사의 의미로 자네는 자네 친구를 모두 요리한 뒤에 처리하도록 하지."

그렇게 말한 후위장이 뒤로 돌아서려 했다. 진원명은 재빨리 창에서 뛰어내렸다.

"그래, 불에 달군 쇠는… 뭐 좀 식상하지. 이번엔 다른 걸 좀 해볼까? 이봐, 자네. 손가락을 하나하나 짓이기는 방식은 어떻겠나?"

안에서 후위장의 목소리가 들려왔다. 진원명은 이자의 잔인함에 새삼 분노를 느끼며 지붕 위로 올라섰다.

지키는 자들이 얼마든 지금 당장 저들을 구하지 않으면 저들이 폐인이 될지도 모른단 생각이 들었던 것이다.

한 번 기습으로 세 명 정도는 쓰러뜨려야 소란없이 여섯 명을 제압할 수 있을 것이다. 진원명은 건물 앞쪽으로 움직여 여섯 명의 위치를 확인하다가 재빠르게 몸을 숙였다.

마침 세 명의 무사가 이곳으로 또 달려오고 있었다. 진원명이 내심 욕설을 내뱉을 때 세 무사가 건물 앞에서 외쳤다.

"후위장, 도와주십시오! 지금 두 괴한이 침입해 난동을 부리고 있는데 그 무공이 고강하여 오히려 부상자만 늘고 있습니다!"

곧 후위장이 문을 열고 나왔다.

"어쩐지 밖이 소란스럽다 했는데 그런 일이 있었군."

"사성진을 구성할 줄 아는 자들이 간신히 버텨내고 있지만 역부족입니다. 좌위장께서도 그자들 중 한 명에게 부상을 입었을 정도입니다."

"좌위장마저?"

후위장이 놀란 듯 외치고는 뭔가 생각하더니 말했다.

"빌어먹을 작자. 이런 의미로 말한 이야기였군. 어서 가봐야겠다. 안내해라."

후위장이 서둘러 걸음을 옮기자 방금 전 도착한 세 명뿐 아니라 문 앞을 지키던 자들 중 네 명도 그를 따랐다.

이내 건물 앞에는 보초 두 명만이 남게 되었다.

"그래도 이귀가 잘해주는 모양이군."

진원명은 빙긋 웃으며 중얼거리고는 건물에서 뛰어내렸다.

"누구냐!"

진원명은 보초들의 질문에 검으로 답했다. 그다지 힘을 싣지도 않은 공격이 두 보초의 가슴과 목을 순서대로 찔렀다. 뜻하지 않은 기습이긴 했지만 적들은 전혀 저항하지 못했다. 아니 저항하려 했지만 진원명의 검이 마치 그들과 짜기라도 한 듯 부드럽게 그들의 사각을 파고들었다.

숨진 두 명을 바라보며 진원명은 묘한 씁쓸함을 느꼈지만 이내 그들을 끌고 건물 안으로 들어갔다.

건물 안은 여기저기 고문도구로 보이는 흉측한 도구들이 널브러져 있었다. 설공현은 어깨에 철저를 아직도 꽂은 채 신음하고 있었고 장영길은 들어오는 진원명을 두려움에 찬 얼굴로 바라보았다.

"다, 당신은 누굽니까?"

장영길이 떨리는 목소리로 물었다. 진원명은 시체를 구석에 내려두고는 두 사람에게 다가가 포박을 끊어주었다.

그제야 설공현은 진원명을 올려다보았다.

"다, 당신은 또 왜 여기 있는 거요, 연구민?"

고통에 신음하며 그렇게 말하는 설공현을 바라보며 진원명은 기막혀했다. 이자들에게 정체를 알리기 싫어 이처럼 복면까지 했는데 이자는 어떻게 또 자신을 알아본 것인가?

"연구민? 당신 연 공자시오?"

장영길의 질문에 진원명은 한숨을 내쉬며 고개를 끄덕였다.

"그렇소. 당신들을 구하러 왔소."

"저, 정말이시오?"

장영길이 감격한 듯한 목소리로 물었다. 진원명은 주변을 둘러보고는 되물었다.

"그보다 전 소저는 어디 있소? 그녀도 같이 잡혀왔던 것이 아니오?"

진원명의 질문에 장영길이 황급히 대답했다.

"그녀를 구해주시오. 그녀는 이곳에 오던 도중 어떤 여인이 데려갔소."

설공현이 장영길의 말을 받았다.

"그녀에게 일이 생기기 전에 구해야 하오."

"그럴 생각이오. 그녀가 어디 있는지 알고 있소?"

진원명의 질문에 장영길이 답했다.

"정신이 없어서 정확한 위치는……."

설공현이 장영길의 말을 끊고 대답했다.

"내가 안내하겠소."

설공현은 한번 심호흡을 하더니 단번에 어깨에 꽂혀 있는 철저를 뽑아냈다.

"크아악!"

상처에서 피가 쏟아졌다. 설공현이 떨리는 손으로 품에서 금창약을 꺼내는 것을 본 진원명이 황급히 그것을 받아 설공현의 환부에 바르고 옷깃을 찢어 싸맸다.

"되었소. 그럼 갑시다."

잠시 통증을 삭인 설공현이 자리에서 일어서며 말했다. 장영길은 설공현을 바라보며 질린 표정을 지어 보였다.

세 사람은 건물을 나서 설공현의 인도를 받아 움직이기 시작했다.

"누군가 소란을 일으킨 듯 보이던데 일행이 있는 것이오?"

이동하며 던진 설공현의 질문에 진원명은 애매하게 고개를 저었다.

"그들은 나와 일행이 아니오. 이런 소란은 그냥… 우연히 겹치게 되었다고 하는 게 맞을 것이오."

설공현은 더 묻지 않았다. 멀리서 이귀가 일으킨 소란의 소음이 들려왔다. 그 소란 덕분인지 길에는 사람이 없어 일행은 제법 수월하게 이동할 수 있었다.

얼마 가지 않아 설공현은 한 오두막을 가리켰다.

"이곳이오. 그녀를 넘겨받은 여인은 이곳으로 들어갔소."

"두 분은 잠시 기다리시오."

진원명은 그렇게 말하고 조심스럽게 건물로 다가갔다. 안에서 불빛이 새어 나오는 것을 보면 사람이 있는 모양이었다. 창문으로 슬쩍 고개를 내밀자 이런 오두막 치고 제법 단아하게 꾸며진 집 안의 모습이 비쳐 보였다.

부스럭.

집 안에서 누군가 움직이는 기척이 느껴졌다. 진원명은 재빨리 몸을 숙였다. 집 안을 돌아다니는 발소리가 들려왔다. 힘이 실려 있지 않은 것으로 보아 대단치 않은 무공을 지닌 자가 분명했다.

진원명은 다행이라 생각하며 건물을 감싸고 움직였다. 창문이 작아 그곳으로 뛰어들 수 없으니 문을 통해 들어가려는 생각인 것이다.

문 앞에 도착한 진원명은 안의 기척을 살피고 가볍게 문을 밀어보았다.

잠겨 있다면 부술 생각까지 했었는데 다행히 문에 빗장이 걸려 있지 않았다. 진원명은 문을 살짝 열고는 소리없이 집 안으로 미끄러져 들어갔다.

문을 열고 들어선 곳 좌측에는 방이 하나 있었는데 그 안에서 사람이 움직이는 기척이 들렸다. 우측에는 휘장으로 가려진 공간이 보였는데 아마도 침실인 듯했다.

진원명은 조심스럽게 움직여 오른쪽의 휘장을 들춰보았다. 예상대로 그곳에는 침상이 놓여 있었고 그 위에는 꽁꽁 묶인 단목영이 의식을 잃은 채 누워 있었다.

진원명은 가까이 다가가 단목영의 맥을 짚어보았다. 맥이 고른 것이 단순히 잠이 든 듯한 모양새였다.

그때 옆방에 있던 자가 방을 나와 진원명이 있는 방향으로 다가오는 것이 느껴졌다. 진원명은 재빨리 몸을 벽에 붙이고 기다렸다. 휘장 밖으로 한 사람의 그림자가 비쳐 보였다. 그 그림자가 휘장을 들추고 들어오려는 순간 진원명이 몸을 낮춰 달려들었다.

"꺄악!"

쨍그랑!

그자의 손에 든 식기가 떨어지며 제법 요란한 소리를 냈지만 진원명은 그것에 신경 쓰지 않았다. 아니, 그럴 수 없었다. 진원명이 자신의 손에 붙잡힌 그자를 보고 순간 멍해져 버린 탓이다.

진원명은 중얼거렸다.

"네가 어떻게 이곳에 있는 것이지?"

진원명의 손에 붙잡힌 그자, 아니, 그녀는 바로 수연이었다.

접근(接近) 3

"진 공자로군요."

진원명은 수연의 말에 퍼뜩 정신을 차렸다. 복면을 한 보람이 없이 모두가 알아봐 주는군. 진원명이 고개를 설레설레 저으며 물었다.

"너도… 아니, 당신도 이곳에 붙잡혀 온 것이오?"

진원명의 질문에 수연은 당혹스러운 표정을 지었다. 하긴, 지금 수연의 모습은 아무리 봐도 붙잡혀 온 듯한 모양새는 아니다.

"뭐가 어떻게 된 것인지 모르겠군. 당신은 왜 이곳에 있는 것이오?"

왠지 불안한 느낌이 들었다. 자신이 전혀 엉뚱한 곳에 와 있는 것이 아닌가 하는 그런 불안감이다.

자신은 당연히 이곳이 적들의 본거지라고 여겼었다. 하지만 그렇게 여길 만한 뚜렷한 증거가 있었던 것은 아니었잖은가?

"내 아버지가 이곳에 있으니까요."

수연의 대답에 진원명의 의혹이 풀렸다. 진원명은 수연과 아민이 자매임을 알면서도 수연과 철영의 관계에 대해서까지 생각해 보지 않았었다. 철영이 수연의 아버지이니 수연이 충용위를 떠나 적진에 투신한다 해도 이상할 이유는 없을 것이다.

아니, 만약의 일이지만 수연은 처음부터 철영의 편이었을지도 모른다는 생각이 들었다.

진원명이 잠시 지금의 상황에 대해 생각하고 있을 때 수연의 목소리가 들려왔다.

"밖이 소란스럽다 여겼는데, 당신의 소행이었군요. 그녀를 구하기 위해 온 것인가요?"

진원명은 퍼뜩 정신을 차리고는 고개를 끄덕였다.

"맞소. 난 그녀를 구하기 위해 온 것이오."

수연은 잠시 진원명의 얼굴을 지그시 바라보다가 이내 시선을 내려 단목영을 바라보았다.

"그녀를 알고 있었어요. 그녀가 당신과 친하다는 것도. 그래서 그녀를 데려왔어요. 그녀를 돕는다면 당신이 기뻐할지도 모른다고 여겼으니까. 하지만 이처럼 당신이 직접 찾아올 것이라고는 생각하지 못했군요."

담담하게 말하는 수연의 목소리가 왠지 쓸쓸하게 들렸다. 진원명은 당황하여 물었다.

"그러니까 당신은 그녀를 돕기 위해 이곳으로 데려왔다는 것이오?"

"그녀를 데려가던 후위장이라는 자가 그녀를 어떻게 대할지 잘 알 수 있었으니까요. 할 수 있다면 그녀를 이곳에서 벗어나게 해줄 생각이었는데, 당신이 왔으니 오히려 잘된 일인지도 모르겠군요. 이제 그녀를 구해서 떠날 건가요?"

"당신도 같이 떠나겠소?"

진원명은 수연의 태도에서 알 수 없는 안타까움을 느끼고 그렇게 물었다. 수연은 조금 놀란 표정을 지어 보이다가 생긋 웃었다.

"마음은 고맙지만 그럴 수 없어요. 그보다 어서 그녀를 데리고 떠나세요. 이곳을 떠날 방법은 있나요?"

순간 진원명은 머뭇거렸다. 급하게 들어오느라 어디로 빠져나가야 할지 생각해 두지 않았던 것이다.

"아무래도… 호수를 통하는 방법밖에 없는 듯하오."

"애초에 호수를 통해 들어온 것인가요?"

수연의 물음에 진원명이 고개를 저었다. 수연이 의아하다는 듯 말했다.

"그럼 환형진(幻形陣)을 뚫고 들어왔단 말인가요? 진 공자가 환형진을 뚫고 들어온 것이라면 그곳으로 나가는 것이 가장 좋은 방법일 텐데……"

"환형진이란 게 저 뒤쪽 절벽을 말하는 것이라면, 그렇소. 그런데 길을 알아서가 아니라 그냥 인질을 납치한 자들을 멀리서 따라온 것이라오."

수연이 고개를 끄덕였다.

"역시 그랬군요. 그곳에서 길을 찾을 수 있는 사람은 이곳에도 그리 많지 않죠. 하지만 호수 좌우의 절벽에는 궁사들이 있어요. 배를 타고서는 그들을 피할 방책이 없을 거예요."

진원명은 말문이 막혔다. 설마 궁사들이 기다리고 있을 줄은 생각도 못했다.

수연은 진원명을 지그시 바라보더니 침실을 나가 등롱 하나를 들고 왔다.

"이 등을 뱃전에 켜놓으면 공격받지 않고 지나갈 수 있어요. 단, 배를 빼앗으면서 소란을 일으키지 말아야 하겠죠."

진원명은 순간 그녀를 믿어도 되는지에 대한 의문이 들었다. 진원명의 머뭇거리는 기색을 눈치 챈 것인지 수연이 말했다.

"당신을 속이려 했다면 애초 궁사가 매복해 있다는 이야길 꺼내지 않았을 거예요."

맞는 말이다. 진원명은 미안함을 느꼈지만 수연은 신경 쓰지 않는 듯 말을 이었다.

"물론 진 공자가 이처럼 소란을 일으켰으니 이걸로 안전할 거라고 장담하긴 어려울지도 몰라요. 자칫, 배 위에서 공격받기라도 한다면… 아무리 진 공자 당신이라도 당해낼 수 없을 거예요. 차라리… 차라리 이자들을 포기한다면 당신 한 명 정도는 내가 숨겨줄 수 있을지 몰라요."

수연의 목소리에 담긴 염려가 느껴졌다. 그러고 보면 수연은 자신과 친하다는 이유만으로 단목영을 빼돌렸다고 했지 않은가? 진원명은 자신과 그다지 여러 번 만나지도 않았던 수연이 이처럼 자신을 위해주는 것에 적지 않은 감동을 느꼈다.

"고맙소. 하지만 괜찮을 거요."

진원명의 대답에 수연이 한숨을 내쉬었다.

"이해할 수 없군요. 당신은 왜 그처럼 남을 위해 위험을 무릅쓰려 하죠?"

"으음……."

그때 단목영이 몸을 뒤척이며 신음을 토했다. 진원명이 재빠르게 고개를 숙이며 물었다.

"전 소저, 괜찮으시오?"

"여기가… 어디?"

단목영은 눈을 가늘게 뜬 채 그렇게 물었다.

"피로해 보여 수면향을 썼어요. 일어났지만 잠시 동안은 정신이 없을 거예요."

수연이 곁에서 말했다. 그 목소리가 왠지 날카롭게 들린다 생각하며 진원명이 고개를 들어 수연을 바라보았다. 수연은 진원명의 시선을 피하며 말했다.

"마음을 정했다면 어서 떠나세요. 머뭇거리다간 그나마 남은 기회마저 잃게 될 거예요."

수연은 고개를 돌리고는 그렇게 말했다. 진원명은 고개를 끄덕이고는 단목영을 부축해 등에 업었다.

"당신의 말이 맞소. 다시 한 번 말하지만 정말 고맙소. 당신의 도움, 결코 잊지 않겠소."

수연은 대답하지 않았다. 수연이 준 등롱을 집어 든 진원명은 곧바로 집을 나서 설공현 등이 숨은 곳으로 이동했다.

"왜 이렇게 늦었소? 정말 걱정했다오."

희색을 띠며 장영길이 진원명을 맞아주었다. 그 곁에서 심각한 표정을 한 설공현이 물었다.

"전 소저는 어찌 된 거요? 다치기라도 한 거요?"

"무사하오. 걱정하지 않으셔도 되오. 그보다 날 따라오시오. 호수를 통해 빠져나갈 거요."

진원명은 그렇게 말하고는 재빠르게 움직이기 시작했다. 설공현과 장영길이 황급히 진원명을 따랐다.

진원명은 움직이며 이귀가 싸우고 있던 방향을 살폈다. 밝은 불빛이 한곳에 모여 있는 모습은 보였지만 거리가 멀어 자세한 상황까지 알 수는 없었다. 진원명은 눈살을 찌푸리며 고개를 저었다.

그들이 무사히 빠져나갈 수 있다면 좋겠지만 이런 많은 적들에게 포위당한 상황에서는 쉽지 않은 일일 것이라 여겼기 때문이다.

문득 쓴웃음이 흘러나왔다. 얼마 전까지만 해도 자신을 위협하던 그들을 이처럼 걱정하게 되어버린 지금의 상황이 우스웠다.

진원명 일행은 이귀가 있는 곳의 반대 방향으로 이동했다. 이윽고 일행의 눈앞에 호수가 보이기 시작했다.

호숫가에 다다른 진원명은 마을 외곽을 가르는 담 아래쪽에 숨은 채 세심하게 주변을 살폈다. 배를 지키는 자는 한 사람밖에 보이지 않았지만 아까 전 절벽에서처럼 보이지 않는 곳에 누군가 숨어 있을지도 몰랐다.

"뭐가… 어떻게 된 거죠?"

진원명의 등에 업혀 있던 단목영이 정신을 차린 듯 물어왔다. 진원명은 단목영을 내려주고 물었다.

"정신이 드시오?"

"당신 목소리는 설마 진……."

"연구민이오. 당신을 구하러 왔소."

진원명의 말에 단목영은 잠시 멍한 표정으로 진원명을 바라보았다.

"알 수 없는 일이지만 왠지… 당신이 구하러 와줄 것 같은 생각이 들었어요. 말도 안 되는 생각이라 여겼는데, 정말로 이처럼 와주었군요."

진원명은 그렇게 말하는 단목영을 바라보며 내심 죄책감을 느꼈다. 이귀가 지켜보고 있었다지만 자신은 그녀를 곧바로 구하지 않고 방치하지 않았던가?

"감동하기엔 이르다오. 이곳은 아직 적진 한가운데요. 젠장, 난 당신들 때문에 이게 무슨 고생인지……."

장영길이 깨어난 단목영을 바라보고 투덜거렸다. 진원명이 문득 떠오른 듯 물었다.

"그러고 보니 당신들은 무엇 때문에 이곳에 온 것이오?"

그 질문에 대한 대답은 역시 장영길이 했다.

"다 전 소저 때문이지요. 무슨 서보원인가 하는 여인을 찾아야 한데나."

그러고 보니 단목영은 무정귀의 칼에 관심이 많았었다. 장영길은 계속 투덜댔다.

"연 소협은 이자들이 얼마나 철면피인지 모를 거요. 난 굳이 같이 올 필요도 없었는데 이자들이 길을 모른다는 이유로 내가 먹었던 독의 해약을 빼앗고 억지로 동행을 요구해 왔었다오."

"그 일은 정말 미안하게 생각해요. 여기 해약이 있어요. 추후에 우리가 살아남게 된다면 해서파에서 꼭 당신에게 보상해 줄 거예요."

단목영이 그렇게 말하며 품에서 종이로 싼 알약을 하나 꺼내 장영길에게 건네주었다. 진원명은 아까 전 장영길이 단목영을 찾아야 한다고 나섰던 이유가 이 해약 때문임을 깨달았다.

"다행히 지키는 자는 한 사람 말고는 더 없는 듯하오."

그동안 계속 주변을 살피고 있던 설공현이 말했다.

"잘되었군요. 안에서 소란을 일으키는 자들 때문에 사람이 제법 빠져나간 모양입니다."

진원명이 고개를 끄덕이자 단목영이 물었다.

"누군가 마을 안에 있는 것인가요?"

"연 소협의 동료가 아니라 하오. 신경 쓰지 마시오."

설공현의 대답에 단목영은 고개를 돌려 마을을 바라보았다. 진원명은 일행을 돌아보며 말했다.

"저자를 제압하겠소. 기다리시오."

진원명은 재빠르게 숨어 있던 골목에서 빠져나와 호숫가에서 배를 지키던 자에게 다가갔다.

공터 가운데에 서 있던 자라 몰래 다가가는 것은 무리였다. 진원명은 오히려 당당한 걸음걸이로 그자에게 접근했다.

"그래, 침입자는 잡았는가?"

보초는 진원명이 다가오는 것을 느끼고 돌아보며 묻다가 놀란 표정을 했다.

"너는 누구?"

그리고 그 순간 진원명의 오른손이 번뜩였다.

"크윽!"

발도와 동시에 삼 장의 거리를 가로지르는 진원명의 신형은 눈에 보이지도 않을 만큼 빨랐다. 아마 적은 자신이 죽어가는 순간까지 방금 무슨 일이 일어났는지 제대로 인지하기 어려웠으리라.

진원명은 씁쓸한 표정으로 쓰러지는 사내를 바라보았다. 죽여서 제압하는 것이 죽이지 않고 제압하는 것보다 쉽다. 지금처럼 실수가 용납되지 않는 상황에 적을 안전하게 제압하는 여유를 부릴 수 없었다.

진원명은 다시 칼을 허리에 차고 일행을 손짓해 불렀다. 일행이 다가오는 동안 진원명은 튼튼해 보이는 배 한 척을 고르고 수연에게 받은 등롱을 뱃전에 걸었다.

진원명이 들고 있는 검으로 나머지 배에 구멍을 내고 있을 때 다가온 단목영이 물었다.

"그렇게 다 구멍을 뚫어버린다면 지금 안에 있다는 그들은 어떻게 하죠?"

"이보시오. 지금 우리 코가 석 잔데 그자들을 신경 써줄 여유가 없지 않소?"

장영길이 답답하다는 듯 말했다. 그 말이 맞았다. 진원명이 잠시 머뭇거리다가 말했다.

"그들은 두 명밖에 되지 않으니 우리가 탈 배를 제외하고 한 척만 남겨두도록 하죠."

진원명은 이어 배들 중 한 척의 밑판을 세 척 길이 정도로 잘라내 손에 들어보았다. 혹시라도 있을 사격을 막아내기 위한 것이다.

"기분이 좋지 않아요. 그들을 두고 우리만 도망친다는 것 때문인지……."

단목영의 목소리가 들려왔다. 진원명은 고개를 저었다. 자신 또한 그들을 두고 도망치는 것이 썩 내키지는 않았다. 하지만 이귀처럼 한번 들킨 이상 무사히 이곳을 벗어나기란 무척 어려운 일이다.

일행이 모두 배에 오르자 진원명이 방금 잘라낸 배의 밑판을 들고 따라 올랐다. 장영길이 기다렸다는 듯 노를 젓기 시작했다.

"적들이 절벽에서 활을 날려올 수 있소. 저 등롱을 켜두면 공격하지 않을 것이라 했지만 만약의 경우가 생길지 모르니 주의하시오."

설공현과 장영길은 진원명의 말에 긴장한 기색을 보였다. 하지만 단목영은 진원명의 말을 듣고 있지 않은 듯 멍한 표정으로 멀어져 가는 마을을 바라보고 있었다.

진원명이 물었다.

"전 소저, 괜찮소?"

단목영은 그제야 정신을 차리고 진원명을 돌아보았다.

"마음이 이상하게 불안해요. 우리가 정말 이곳을 떠나도 되는 것인지 모르겠어요. 지금 저기서 싸우는 사람들은 대체 누구죠?"

진원명은 단목영의 질문에 흠칫 놀랐다. 지금 저기서 싸우고 있는 철수귀는 자신이 단목영의 아버지라 하지 않았던가?

단목영은 저편에서 싸우는 이가 그녀가 그토록 찾아 헤매던 그녀의 아버지임을 알지 못한다. 그리고 그가 단목영을 구하기 위해 이곳에 뛰어들어 위험에 빠졌다는 사실 또한 알지 못한다. 그럼에도 이처럼 불안해하는 것은 그녀의 아버지가 지금 위험에 처해 있음을 감각적으로 깨달았기 때문인지도 모른다.

"연 공자?"

자신을 의아한 표정으로 바라보는 단목영을 바라보며 진원명은 묘한 죄책감을 느꼈다.

단목영에게 제대로 된 사실을 알리지 않은 것에 대한 죄책감, 그리고 아무 노력도 하지 않고 이귀를 내버려 둔 채 이곳을 떠나고 있는 자신에 대한 죄책감이다.

"아무래도 난 그들을 한번 구해봐야겠소."

진원명이 몸을 일으키며 말하자 일행은 모두 크게 놀랐다. 특히 장영길이 놀랐다.

"가, 갑자기 왜 그러시오? 전 소저가 몸이 좀 안 좋아 한 말인데 너무 심각하게 받아들이는 게……."

"당신들 세 명은 먼저 떠나시오. 그들이 도망갈 틈만 벌어주는 것이라면 나 혼자라도 어떻게든 가능할 겁니다."

진원명의 말에 단목영이 나섰다.

"그렇다면 우리도 돕겠어요."

"전 소저, 당신은 정말 왜 그러는 것이오?"

장영길이 단목영을 바라보며 울상을 지어 보였다. 진원명이 고개를 젓고는 짐짓 모질게 말했다.

"당신들 셋은 따라온다 해도 아무 도움이 되지 않소. 오히려 곁에서 방해만 될 뿐이지. 전 소저는 얼마 전에도 그렇고 오늘도 이처럼 위험한 경우를 당했는데 발전이 없구려. 눈앞의 설 방주가 어떤 모습인지 한번 살펴보시오. 이곳은 위험하오. 그러니 이젠 제발 집으로 돌아가시오. 이곳에 계속 남는 것은 전 소저 본인뿐 아니라 주변 사람들에게까지 피해를 줄 것이오."

단목영은 그제야 설공현이 부상을 입은 것을 깨닫고 입술을 깨물었다. 진원명은 잠시 일행을 내려다보다가 일행에게 무기가 없음을 깨닫고 자신의 무기를 풀어주었다.

"날 기다릴 필요 없소. 이곳을 무사히 빠져나가면 모두 도망가시오."

진원명은 그렇게 말하고 재빠르게 몸을 날려 뭍으로 내려섰다. 단목영이 당황하여 뭐라 말하려 했지만 진원명은 빠른 걸음으로 마을을 향해 달려가 버렸다.

"가버렸군요."

"그래, 가버렸소."

잠시 멍하게 진원명이 사라진 호숫가를 지켜보던 단목영의 중얼거림에 장영길이 심드렁하게 맞장구쳤다.

"그는 무기도 없이 괜찮을까요?"

"무슨 상관이오. 다들 자기 일도 아닌 것에 참 열심이구먼. 방금 죽인 사내의 검을 써도 될 테고, 무엇보다 저자는 봇짐 안에 꽤 좋은 칼을 숨겨 다닌다오."

단목영은 한숨을 푹 내쉬고는 고개를 돌렸다. 어깨가 피로 물든 채 지친 표정을 하고 있는 설공현이 보였다.

"설 방주에게는 정말 미안한 마음뿐이군요."

"젠장, 설 방주에게만 미안하고 난 아무렇지 않소? 해약까지 뺏어서 부려먹어 놓고."

"장 대협께도 죄송하게 생각해요."

단목영의 말에 장영길은 홍, 하고 코웃음을 쳤다.

"됐소. 잡담하기보다 주변이나 살피시오. 절벽에 궁사들이 있다 했으니."

단목영은 순순히 고개를 끄덕이고 주변을 살폈다. 하지만 잠시 후 배를 젓던 장영길이 오히려 무료함을 느꼈는지 말을 걸어왔다.

"서보원 그녀를 따른다고 할 때부터 알아보았지만 전 소저는 정말 겁이 없는 것 같소. 그래서야 이 모진 강호에서 어찌 명을 부지하겠소?"

단목영은 별다른 대꾸를 하지 않았다. 장영길은 단목영을 흘끔 쳐다보고는 다시 물었다.

"그러고 보니 서보원을 쫓아온 이유는 뭐요? 그녀에게 무슨 원한이라도 있소?"

단목영은 역시 대답하지 않았다. 장영길이 홍, 하고 콧바람을 불었다.

"내 질문에는 대답할 가치조차 없다는 것이……."

"그녀의 검 때문이에요."

장영길의 불평을 자르고 단목영이 말했다.

"그녀의 검?"

장영길은 잠시 고민하다가 생각났다는 듯 말했다.

"아, 연 공자가 가지고 있던 그 칼을 말하는 것이군."

"연 공자라고요?"

"연 공자가 숨겨뒀다는 그 칼 말이오. 서보원이 찬 칼과 칼집 색깔만 다르지 모양은 아주 똑같던데, 몰랐었소?"

단목영은 창백한 표정이 되어 물었다.

"그게 무슨 색이었죠?"

"연 공자가 지닌 칼 말이오? 그게… 빨간색이었던가?"

장영길이 고개를 갸우뚱하고 있을 때 단목영이 입술을 깨물며 말했다.

"배를 돌려요."

장영길이 멍한 표정으로 단목영을 바라보자 단목영이 다가와 장영길의 노를 뺏으려 했다.

"배를 돌려줘요. 그에게 할 말이 있어요."

"미쳤소? 갑자기 왜 그러는 것이오?"

장영길이 기가막힌 표정으로 화를 냈다. 단목영이 말했다.

"그는 알고 있었어요. 내가 그 칼에 관심을 보인다는 것을. 그럼에도 그는 아무 말도 하지 않았어요. 그 칼을 가졌다면, 그 칼에 대해 뭐든 알고 있었을 텐데… 그에게 물어봐야 해요. 왜 내게 이야기하지 않았는지. 왜 날 속인 것인지."

"젠장, 무슨 소릴 하는 건지 모르겠군. 그 칼이 아무리 중요한 거라 해도 그런 위험 속에 돌아가는 건 결코 안 될 일이오. 무엇보다 지금 돌아가도 그자를 만나는 것은 절대 불가능할 거요."

"안 된다면 혼자 헤엄을 쳐서라도 가겠어요."

단목영이 그렇게 말하고 자리에서 일어날 때 설공현이 단목영의 손을 붙잡았다.

"제발 앉으시오. 당신은 그 칼이 중요한 것이오, 그자가 당신을 속였다는 것이 중요한 것이오?"

단목영이 화난 표정으로 설공현을 돌아보았다. 설공현은 안타까운 듯 단목영을 바라보다가 말했다.

"그 검이라면 나 또한 가지고 있소. 검은색의 칼집을 가진 검이지. 당신에게 사실을 말하지 않은 것은 그자뿐만이 아니란 말이오. 그런데도 굳이 그자에게 가야 하겠소?"

"검은색 검이라고요?"

"그렇소. 묵색의 검집과 손잡이, 수실을 가진 서보원이란 여인이 가진 검과 완전히 똑같이 생긴 검이라오."

설공현은 숨을 헐떡이며 그렇게 말했다. 단목영은 잠시 멍하게 서 있다가 이내 자리에 앉았다. 설공현은 심력을 소모하여 피로가 몰려온 듯 널브러졌다. 장영길이 단목영의 눈치를 살피고는 재빠르게 노를 젓기 시작했다. 단목영의 마음이 언제 바뀔지 모른다 생각한 것 같았다.

하지만 단목영은 장영길에게 신경도 쓰고 있지 않았다. 단지 자신을 말리고 더욱 지친 듯 널브러져 버린 설공현을 믿을 수 없다는 표정으로 계속 바라보았을 뿐이었다.

접근(接近) 4

진원명은 인적 없는 마을을 달려 이귀가 있는 곳을 향하고 있었다.

멀리서부터 무기 부딪치는 소리가 들려왔다. 그 소리 덕에 이귀가 아직 붙잡히지 않았음을 알 수 있었다.

"역시 대단하군."

진원명은 감탄했다. 하지만 이처럼 오랫동안 그 많은 적들을 상대로 싸웠다면 아무리 이귀라도 체력이 한계에 이르렀을 것이다.

거리가 가까워진 듯하자 진원명은 조심스럽게 접근해 갔다. 멀리서부터 주변이 밝아지는 것을 느낄 수 있었다. 가까이 가자 수많은 횃불들로 대낮처럼 밝아진 공터와 그곳에 모여 있는 수많은 사람들을 볼 수 있었다.

이귀는 곁에 방책과 절벽을 끼고 싸우고 있었다. 제법 유리한 전장을 만든 셈이지만 그것은 오히려 퇴로를 스스로 차단한 셈도 되었다. 실제 두 사람은 제법 지쳐 보였고 오래 버티기도 어려워 보였다.

다행인 것은 두 사람이 온몸에 피를 뒤집어썼지만 어딘가 큰 부상을 입어 보이지는 않는다는 것이었다.

진원명은 재빠르게 등을 돌려 그곳을 떠났다. 얼핏 보아도 이귀의 주변에 모인 인원이 백 명은 훌쩍 넘어 보였다. 그런 상황에 자신이 끼어들어 봐야 별다른 도움이 되지는 못할 것이다.

때문에 진원명은 일단 적들을 분산시키려 했다. 진원명은 아까 전 이곳으로 오며 언뜻 보았던 축사로 향했다.

축사는 크기에 비해 가축이 별로 없었다. 가축들을 풀면 혼란이 커질 것이라 생각했던 진원명은 혀를 차며 축사 문을 연 뒤 여물 더미 위에 불을 붙였다. 잠시 후 불이 피어오르자 가축들이 겁에 질려 축사를 나가기 시작했다. 진원명은 불길이 자리를 잡은 듯 보이자 아직 불붙지 않은 건초들을 잔뜩 집어들고는 축사를 나섰다.

잠시 주변을 둘러보던 진원명은 지금까지 왔던 반대 방향으로 한참을 달려가서 그곳에 있는 가장 큰 건물 뒤편에 건초들중 일부를 내려두고 불을 붙였다.

불이 건물에 옮겨 붙기 시작하자 진원명은 다시 남은 건초를 들고 이번에는 자신이 움직여 온 방향과 직각이 되게 한참을 이동했다. 그제야 처음 불을 붙인 축사 쪽에 화광이 비치기 시작했다.

진원명은 다시 적당한 건물을 찾아 건초를 두고 불을 붙였다.

남은 건초가 얼마 되지 않아 불이 건물에 쉽게 옮겨 붙지 않았다. 진원명이 조급한 마음에 봇짐을 풀어 칼을 꺼내 들고 그걸로 건물 벽을 내려쳤다.

퍽, 퍼억!

조각난 나뭇조각들로 간신히 불길을 살렸을 때, 진원명의 뒤편에서 누군가 외쳤다.

"뭐 하는 녀석이냐?"

진원명은 번개같이 뒤로 돌아 검을 날렸다. 적과의 거리가 삼 장가량 떨어져 있었지만 그 거리는 일순간에 좁혀졌다.

"크억!"

적이 진원명의 기습에 가슴을 꿰뚫렸을 때 곁에서 또 다른 자들의 외침이 들려왔다.

"다른 침입자가 있다! 사람을 죽였다!"

"젠장! 불이다! 불을 지르고 있었다!"

두 사람이 진원명이 있는 골목 밖에 서 있었다.

진원명이 그들에게 달려들자 그들 또한 검을 들어 방어했다.

지금까지와 달리 제대로 대비한 자들이라 진원명의 첫 공격을 막아냈지만 진원명이 마공을 사용해 가볍게 그들의 힘을 흩어버리자 몸의 균형을 잃고 그대로 땅바닥에 쓰러져 버렸다.

두 명의 적이 놀란 표정으로 진원명을 올려다봤다. 그리고 곧 진원명의 검에 차례대로 목이 꿰뚫렸다.

쓰러지는 적들을 뒤로하고 자리를 옮기려 할 때 다섯 명의 적이 대로 저편에 나타났다. 진원명을 바라본 그들은 크게 소리치며 달려오기 시작했다.

진원명은 재빠르게 골목을 통해 도주했다. 쫓아오던 자들의 외침과 그에 호응하는 외침이 사방에서 들려왔다.

진원명은 오히려 방향을 바꿔 그 외침을 향해 달렸다. 그들의 외침을 통해 경로를 파악하고 그 앞에 매복했다.

푸욱.

달려오던 적은 세 명이었다. 그중 선두의 적은 진원명의 기습에 비명도 지르지 못하고 절명했다. 두 번째의 적이 사정을 눈치 채지 못하고 갑자기 멈춰 선 선두에게 불평했을 때 선두가 옆으로 비켜서며 진원명의 검이 튀어나와 두 번째 적의 목을 스치고 지났다.

"젠장! 적이……."

마지막 적은 그제야 상황을 파악하고 소리를 지르려 했지만 진원명은 이미 그의 몸 앞까지 이르러 있었다.

"적이 여기에… 있다."

자신의 가슴에 박힌 검을 바라보며 적은 말을 마쳤지만 그 목소리에 힘은 실려 있지 않았다. 적은 곧 절명했다.

진원명은 다시 이동했다.

진원명의 예민해진 감각에 적들의 군집이 향하는 주의가 느껴졌다. 진원명이 일으킨 불과 소란은 점차 적들의 주의를 이 귀에서 진원명에게 옮겨오고 있었다.

"젠장! 또 시체다!"

"절대 세 명 이하로 움직이지 마라! 적은 대단한 고수다!"

적들의 초점은 진원명의 자취만을 쫓았다. 진원명은 대담하게 움직였고 자신을 고립시키지 않았다. 소수의 인원을 만나면 항시 기습을 가했고 그 기습은 실패하지 않았다.

"적은 여러 명인지도 모른다! 후위장에게 이쪽에 사람을 충원해 달라고 전해라!"

"여기도 시체다! 이런 개 같은 살인마 자식!"

사방에서 들려오는 적들의 외침과 그 속에 스며든 두려운 감정을 느끼며 진원명은 익숙한 혐오감에 이를 악물었다.

지금 상황은 자신이 의도하는 대로 흐르고 있었다. 적들은 점차 분노하고 두려워하고 혼란스러워하고 있었다.

작은 무리들이 습격받자 주변을 몰려다니는 적들 각각의 무리는 커졌다. 덕분에 무리들 사이의 빈틈이 커졌고 진원명은 여유있게 그 사이를 빠져나가 처음 이귀가 공격받고 있던 장소를 향했다.

이런 상황과 이런 반응을 이끌어내는 것은 진원명에게 어려운 일이 아니었다. 바로 전생의 자신이 숱하게 경험해 왔던 그런 상황이기 때문이다.

오늘 자신은 마치 오랫동안 반복해 온 습관처럼 익숙하게 움직이고 있었다. 적들을 유인하고 방비하기 어려운 순간 기습한다. 적들의 시체를 방치해 혼란을 유도하고 그 혼란을 통해 더 쉽게 자신의 영역을 확보한다. 그런 행동에는 아무런 죄책감도 거리낌도 없었다. 그저 필요하다 생각한 뒤부터, 가장 손쉽고 가장 간편하게 적을 무력화시킬 수 있는 행로를 자신의 감각이 따라가고 있을 뿐이었다.

그리고 진원명은 자신의 그런 행위를 혐오했다.

어차피 이들을 살려둔다면 언제고 자신뿐 아니라 자신이 구하고자 하는 다른 사람을 해칠 것이다. 자신은 그것을 잘 알고 있었다. 그러면서도 혐오감을 느꼈다.

진원명은 이 혐오감 또한 자신의 오늘 행동처럼 습관적인 것이 아닌지 의심했다.

그리고 곧 깨달았다. 자신의 의심이 맞을 것이다.

불사귀 시절, 진원명은 치가 떨릴 정도로 자기 자신을 혐오하고 있었다.

"적이 도망갑니다!"

"무리해서 상대하지 마라! 어차피 그곳으로 간다면 막을 필요가 없다!"

이귀가 있던 방향에서 누군가의 외침이 들려왔다. 진원명은 주변을 둘러보고는 마을 외곽 방책 쪽으로 달렸다. 그리고는 그곳 위로 올라 주변을 살폈다.

높지 않은 방책이라 마을 내부를 살피기엔 적절하지 못했다. 하지만 진원명이 원하는 정보를 얻기엔 충분했다. 이귀가 방책을 넘어 그들이 들어왔던 절벽 방향으로 도주하는 모습이 보였기 때문이다.

"이런!"

진원명의 계획은 이귀와 함께 호수를 통해 빠져나가는 것이었다. 하지만 이귀가 이처럼 반대 방향으로 도망가 버리니 그들을 다시 불러올 방법이 없었다.

이귀의 모습은 곧 절벽 사이로 사라졌다. 진원명은 허탈함을 느꼈지만 이내 고개를 젓고 중얼거렸다.

"어쩔 수 없지."

진원명은 방책에서 내려와 호수로 이동했다. 절벽에 진이 펼쳐져 있긴 하지만 어쨌든 이귀도 당장의 위기는 넘긴 셈이 아닌가? 일이 이렇게 된 이상 어렵겠지만 자신 혼자라도 호수를 통해 빠져나가려는 생각을 했다.

하지만 호수에 도착한 진원명은 좌절할 수밖에 없었다. 십여 명의 적들이 이미 호숫가에 먼저 자리 잡고 있었고, 무엇보다 진원명이 타고 나가야 할 배가 보이지 않았다.

"젠장!"

아마 누군가 배를 타고 나간 모양이었다. 아마 단목영 일행을 쫓기 위함일 것이다.

진원명이 아무래도 이제는 이귀처럼 절벽으로 돌아가 환형진을 뚫고 나가는 방법밖에 없겠다고 생각하고 있을 때 진원명이 숨은 곳 근처에서 가벼운 인기척이 들려왔다.

한 사람이 주변을 흘끔거리며 마침 진원명이 숨어 있는 장소로 다가오고 있었다. 진원명은 숨을 죽이고 기다렸다가 재빠르게 뛰어나가 기습했다.

"지, 진 공자!"

날카로운 비명이 울려 퍼졌다. 진원명은 간신히 출수하던 공격을 멈추었다.

"수연?"

진원명을 바라보며 서 있는 여인은 수연이었다. 진원명이 크게 놀라 화난 어조로 물었다.

"위험한데 왜 나와 있는 것이오! 하마터면 당신을 죽일 뻔하지 않았소?"

수연이 잠시 놀란 표정으로 진원명을 바라보다가 이내 마음을 가라앉힌 듯 말했다.

"진 공자가… 진 공자가 걱정되어 나와봤어요. 왠지 진 공자가 아직 도망치지 못했으리란 생각이 들어서… 진 공자는 왜 여태 이곳에 있는 것인가요? 함께 간 그녀는 어디에 있죠?"

진원명이 수연의 말에 새삼 자신의 처지를 떠올렸다.

"그녀는 먼저 도망쳤소. 난 여기서 소란을 일으키던 자들을 구하려 남았는데 보시다시피 빠져나가기에 상황이 여의치 않아져 버렸구려."

수연이 호숫가를 슬쩍 살피고는 눈살을 찌푸렸다.

"이런 상황에서까지 자신보다 남을 챙겼던 거로군요."

"그런 게 아니오."

진원명이 당혹스러운 표정으로 답하자 수연이 고개를 저으며 말했다.

"이렇게 된 이상 다른 방법이 있나요?"

"내가 들어왔던 절벽 쪽으로 나가보려고 생각 중이오."

"그곳은… 모르는 사람이 결코 빠져나갈 수 없는 곳이에요."

"하지만 다른 방법이 없구려."

진원명의 말에 수연이 잠시 고민하다가 말했다.

"차라리 그럴 거면… 내 거처로 가도록 해요."

"그게 무슨 말이오?"

진원명이 의아한 표정을 지었다.

"아까 전에도 말했듯 진 공자 한 명 정도라면 어떻게든 이곳을 나가게 할 방법이 있을 거예요. 그때까지 내 거처에 숨어 지내면서 기회를 기다려 보자는 말이에요."

말을 마칠 무렵의 수연은 약간 몸을 움츠리며 수줍은 기색을 보였다. 외간 남자를 자신의 집에 숨겨준다는 것이니 본인의 입으로 말하기에 부끄러웠던 것이리라. 진원명은 잠시 뭐라 대답해야 할지 몰라 당황한 기색을 보이다가 황급히 수연을 잡아끌었다.

수연이 당황할 때 진원명이 말했다.

"누군가 다가오고 있소."

진원명이 숨은 건물의 맞은편에서 몇 사람의 인기척이 느껴졌던 것이다. 곧 누군가의 외침이 들려왔다.

"호수는 이상없는가?"

"당장은 이상이 있어도 무방할 걸세. 배가 없거든. 이봐, 그보다 마을은 어떤가?"

"불은 다 꺼졌고, 적들은 도망간 듯 보이네. 어차피 환형진으로 들어갔으니 오래 버티지는 못하겠지. 그런데 배가 없다니 무슨 말인가?"

"후위장께 배가 한 척을 제외하고는 다 못쓰게 되었다고 전하게. 배로 도망친 적들이 모두 구멍을 뚫어뒀어. 남은 한 척으로 적들을 쫓았으니 적어도 내일까지는 호수를 통해 마을을 나서기 어렵게 되었네."

"젠장. 빌어먹을 녀석들 같으니! 어쨌든 알겠네. 그럼 그렇게 전하겠네."

건물 반대편에서 느껴지던 인기척이 떠나갔다. 진원명이 한숨을 쉬고 몸을 일으켰다.

"떠난 것 같구려."

그때까지 진원명에게 반쯤 안겨 있던 수연은 얼굴을 붉힌 채 진원명을 마주 보지 못하고 있었지만 진원명은 의식하지 못했다. 자신이야 들킨다 해도 도망가면 그만이지만 수연의 경우에는 입장이 난처해질 것이라 여겨 제법 긴장했던 것이다.

"소저의 호의는 고맙지만 아무래도 소저에게 너무 폐가 될 것 같소. 만약이라도 들키게 된다면 나뿐 아니라 소저 역시……."

진원명이 한숨을 내쉬며 말할 때 수연이 그 말을 끊었다.

"그렇지 않아요. 진 공자도 얼마 전 위험을 무릅쓰고 날 도와줬지 않나요? 이것은 그냥 그때의 은혜를 갚는 일이에요. 방금 저들이 말하는 것을 듣지 않았나요? 환형진을 통해 나가는 것은 불가능해요."

수연이 말하는 것은 옳았다. 사실 진원명이 객기로 그처럼 말하긴 했지만 딱히 그곳을 통해 탈출할 수 있다는 자신이 있던 것도 아니다.

"내가 당신을 숨긴 게 만약 들킨다 해도 그들은 날 해치지 못해요. 제발, 내 말을 들으세요."

진원명의 머뭇거림에 수연이 거듭 말하자 그도 결국은 고개를 끄덕였다.

"오늘 거듭 신세를 지게 되는구려."

수연은 진원명의 대답에 기쁜 기색을 보이며 진원명을 안내하기 시작했다.

수연의 뒤를 따르며 진원명은 수연의 친절에 고마움과 함께 묘한 아쉬움을 느꼈다. 전생의 자신 또한 좀 더 일찍 수연을 만날 수 있었다면 지금처럼 수연과 친한 사이가 되었을지도 모른다는 아쉬움 말이다.

진원명과 수연은 인적이 드문 길로만 이동해 수연의 거처로 돌아왔다. 수연은 문을 닫아걸고는 푹 한숨을 내쉬었다.

"아, 정말 긴장했어요. 매일 다니던 길이 오늘따라 왜 이리

길게 느껴지는지."

진원명은 수연의 반응에 씩 웃어 보였지만 내심 당혹스러워하고 있었다. 과거에 보지 못한 수연의 귀여운 모습에 왠지 마음이 흔들리는 느낌이 들었기 때문이다.

'착각하지 말자. 지금 수연은 나와 어떤 관계도 아니다.'

진원명이 그렇게 중얼거리며 마음을 다잡고 있을 때 수연이 주방으로 향하며 말했다.

"아무래도 피곤하실 듯한데… 우선 씻을 물을 준비해 드릴게요."

"아, 아니, 그 정도는 내가 하겠소."

진원명이 황급히 나서려 할 때 갑자기 대문을 두들기는 소리와 함께 누군가의 목소리가 들려왔다.

"수연! 안에 있나?"

진원명은 크게 놀라 움직임을 멈췄다. 수연 또한 당황한 듯 동작을 멈추고 진원명을 돌아보았다.

"수연! 물어볼 게 있다! 문 좀 열어줘!"

다시 목소리가 들려왔다. 수연이 그제야 정신을 차린 듯 황급히 손으로 침실을 가리켰다.

"일단 침상 아래에 숨으세요."

진원명이 고개를 끄덕이고는 서둘러 침상 아래로 들어갈 때 다시 한 번 대문을 두들기는 소리가 들렸다.

"수연! 뭐 하고 있는 거야?"

"지금 나가요!"

진원명이 숨은 것을 확인한 수연은 그렇게 외치고는 문을 열었다.

　수연이 문을 열자 문밖에 서 있던 사내가 피식 웃었다.

　"뭐야? 왜 이리 늦었어? 밖은 이처럼 난리가 아닌데 세상모르고 잠이라도 잤던 거야?"

　"왜… 날 찾은 거죠?"

　사내가 수연을 스쳐 집 안으로 들어오며 말했다.

　"말했잖아. 물어볼 게 있다고. 뭐… 그게 아니더라도 네가 무사한지 확인도 할 겸해서."

　수연은 밖을 슬쩍 내다보았다.

　"이제 다 끝난 것인가요? 적들은 어떻게 되었죠?"

　"도망쳤어. 환형진으로."

　"그럼 끝난 거로군요."

　"아니, 그게 확실치가 않아. 마을 안에서 소란을 피운 적들이 있었는데 종적을 완벽하게 놓쳤어. 어디로 갔는지, 몇 명인지, 전혀 파악이 되지 않더군. 배를 타고 호수로 도망친 것 같긴 한데 때마침 호수 쪽의 궁사들이 빠져 있어서 확인할 방법도 없어졌지. 참 한심한 일이야. 철 사부가 없다고 이처럼 죄다 오합지졸이 되어버리다니. 뭐, 그나마 남은 책임자가 후위장 그 녀석이었던 이유도 있겠지만……."

　진원명은 들어온 사내의 목소리를 알아들을 수 있었다. 날카롭고 조금 신경질적으로 들리는 목소리는 바로 아까 전 후위장과 다투었던 그 흑의사내의 것이었다.

"그보다 물어볼 말이란 건 뭐죠?"

불평을 늘어놓던 사내의 말을 자르고 수연이 물었다. 사내가 아, 하고 수연을 쳐다보더니 말했다.

"그러고 보니 아까 저녁 무렵 잡혀온 자들 중 한 여인을 네가 데리고 갔다는 얘길 들었어. 그녀를 좀 만나보고 싶어."

진원명은 긴장했다. 지금 사내가 말하는 그자, 단목영은 이미 배를 타고 탈출한 상태다. 사내가 말을 이었다.

"아무래도 오늘 적들이 쳐들어온 시점이 묘해. 오늘 잡혀왔던 인질이 관련되어 있을지도 모르지. 그자들과 좀 얘기해 보고 싶은데 아무래도 후위장에게 부탁하는 게 기분 나빠서 말이야. 그녀는 네 침실에 있나?"

사내는 그렇게 말하고 수연을 돌아봤다. 수연은 마주 사내를 바라보며 말했다.

"아니요. 그녀는 이곳에 없어요."

"없어? 그게 무슨 말이지? 후위장이 데려가기라도 한 것인가?"

아마 인질들이 탈주한 사실을 아직 아무도 눈치 채지 못한 듯했다. 수연은 고개를 저었다.

"내가 그녀를 놓아줬어요. 오늘 소란을 틈타 도망갈 수 있도록."

대답하는 수연의 태도는 태연했지만 내용은 그렇지 못했다. 진원명은 수연의 대답에 놀라 거칠어지려는 숨을 간신히 억눌렀다. 사내 또한 놀란 듯 순간 말을 잇지 못했다.

"그 말이 무슨?"

"말한 그대로예요. 그녀가 이곳에 있으면 무슨 꼴을 당할지 잘 알고 있으니 그녀가 불쌍해 놓아줬어요."

수연은 당연한 사실을 말한다는 듯 그렇게 말했다. 사내는 잠시 어처구니없다는 듯 그런 수연을 바라보았다.

"지금 네가 무슨 말을 하고 있는 건 줄 알아?"

사내의 물음에 수연은 대답 없이 고개를 끄덕였다. 사내는 고개를 젓고는 헛웃음을 터뜨렸다.

"그래, 넌… 넌 가끔 그렇게 이해하기 어려울 정도로 어리석은 행동을 하곤 하지. 네 입장에 어울리지 않는, 정말 아무 생각도 없는 행동. 그런 행동이 불러올 대가에 대해서 생각해 봤어? 너는, 네 입장을 등에 업고 어떻게든 무사할 수 있으리라 생각한 거야? 철 사부, 그가 어떤 자인데!"

사내는 결국 화를 냈다. 사내의 말을 잠자코 듣던 수연이 여전히 차분한 목소리로 말했다.

"물론 남들에게는 실수로 그녀를 풀어주었다가 오히려 제압당했다고 말할 거예요. 그러니까 오라버니가 날 도와줬으면 해요."

"이건 너 하나만의 문제가 아냐. 이곳이 밝혀진다면… 자칫 이번 계획에 차질이 생길 수도 있어. 그렇게 된다면 네 행동이 결국 종내에는 너 자신을 해치게 되겠지. 넌 그런 것도 생각하지 못했던 거야?"

수연은 별다른 대답을 하지 않은 채 사내를 바라봤다. 사내는 잠시 그런 수연을 마주 내려다보다가 거칠게 고개를 저으며 시선을 피했다.

"아니, 너는 다 알고 있었겠지. 젠장! 넌 바보가 아니야. 다 알면서도 그렇게 한 거야. 그래서 더 화가 나. 너의 그런 방식은 나와 너무도 닮았으니까!"

사내는 그렇게 말하고는 거칠게 눈앞에 있던 의자를 빼 그곳에 걸터앉았다.

수연이 길게 한숨을 내쉬고는 주방을 향했다.

"차라도 한 잔 내오겠어요."

"그냥 냉수로."

수연이 고개를 끄덕이고는 주방으로 들어가 물을 한 잔 떠왔다.

수연이 사내의 앞에 있는 탁자에 물잔을 내려놓았다. 하지만 사내는 자신의 앞에 놓인 물잔에 시선조차 두지 않았다. 잠시 뭔가 고민하던 사내가 한숨을 내쉬었다.

"후위장이 가만히 있지 않을 거야. 그 미친 자식은 이런 일이 없더라도 뭔가 트집을 만들어서 널 모함했을 그런 녀석이니까. 그 자식이 너희 자매를 보던 그 눈을 봤어?"

"그녀를 놓친 것은 단순히 내 실수라 말하겠어요."

"그렇다면 그 실수에 대한 책임을 물으려 하겠지. 할 수 있다면 오늘 일에 대한 책임까지 너에게 떠넘기려 할걸. 차라리 그녀가 숨겨둔 칼로 스스로 포박을 풀었다고 하는 게 나을 거야. 그래야만 몸수색을 제대로 하지 않은 후위장에게도 책임이 생기니까."

여기까지 두 사람의 대화를 듣던 진원명은 사태를 깨닫고 안심했다.

두 사람은 제법 절친한 사이인 듯 보였다. 흑의인은 지금 수연을 걱정해 주고 있는 것이었다. 그리고 보면 과거로 돌아온 뒤 처음 수연을 보았을 때에도 수연은 저 흑의인과 함께 있었다.

"오늘 그녀를 놓아준 뒤 나 이외에 다른 사람과 만난 적이 있었어?"

"아니요."

"그럼 넌 내가 이곳을 찾아올 때까지 이곳에 묶여 있던 것으로 하지. 남들이 물을 때에도 그렇게 말하도록 해. 후위장에게는 내가 대신 보고하겠어. 넌 그냥 이곳에 있도록 해."

흑의인은 이제 대놓고 수연을 도우려 하고 있었다. 수연이 흑의인을 바라보며 말했다.

"고마워요, 강민 오라버니."

"쳇, 이왕 일이 이렇게 되었으니 어쩔 수 없이 돕는 거야. 날이 밝으면 곧바로 네가 놓아준 그들을 추적할 거다."

흑의인이 그렇게 투덜거리고 있을 때 진원명은 방금 전 수연이 말한 이름을 되뇌어보고 있었다. 강민이라면 한유민의 동생 이름이 아니었던가? 이자가 바로 한유민에게 반기를 들었다는 한강민인 것일까?

"강민 오라버니가 가장 먼저 찾아와 줘서 다행이에요. 내가 믿을 사람은 이곳에 강민 오라버니뿐이니까요."

"그런 인사치레 따윈 됐다고. 덕분에 나도 너와 공범이 되어 버렸으니……."

두 사람의 대화를 들으며 진원명은 문득 묘한 거리감과 익숙함을 느꼈다. 요즘 들어 간혹 느끼는 그런 기분이다.

자신은 이들을 알고 있었던 것인지도 모른다. 그런 기분이 들었다.

이들의 정체와 이들의 관계… 지금과 같으면서도 전혀 다른 이들의 모습과, 자신이 느꼈던 불행한 흐름에 비틀려 버린 이들의 어두운 미래를 말이다.

그리고 자신이 아는 그 모습이야말로 자신의 기억 이전의 자신이란 틀의 가공을 거치지 않은 순수한 진실임을 진원명은 어렴풋이 짐작할 수 있었다.

*   *   *

수연은 멀리서 다가오는 한강민을 바라보았다. 오랜만의 만남이었지만 그녀는 한강민을 호들갑스럽게 반기거나 하지 않았다.

많은 시간이 흘렀고 많은 것이 변해 있었기 때문이다.

오늘 두 사람의 만남 또한 마찬가지다. 서로의 모습을 통해 과거의 아픈 상처를 되새길 수밖에 없는 이런 만남은 두 사람의 반가움과 무관하게 두 사람의 거리감을 만들어내고 있었다.

"정말 오래간만이군요. 건강해 보여요, 강민 오라버니."

먼저 말을 꺼낸 것은 수연이었다. 수연의 말에 한강민은 고개를 저었다.

"썩 기분 좋지는 않은 인사치레군. 자신의 건강함에 죄책감을 느끼는 나 같은 사람에게는."

수연은 한숨을 내쉬었다. 한강민의 첫 대답을 통해 수연은 요 몇 년간 한강민이 어떤 마음으로 생활해 왔을지 그 대강을 짐작할 수 있었다. 아마도 그 삶은 자신과 그리 큰 차이가 없었을 것이다.

"건강함은 잘못이 아니에요. 당신이라도 이처럼 살아남아 건강하다면 그것은 그렇지 못한 것보다는 가치있는 것이겠죠."

"그깟 궤변을 떠올리는 것은 아무 위안도 되지 않아. 그들의 죽음은 내 건강 따위를 위한 것이 아니었어. 무엇보다 아무것도 이루지 못하게 된 지금은 내가 설사 황제가 된다 해도 의미가 없지."

한강민은 말을 하면서 오히려 거칠어졌다. 한강민은 날카로워져 있는 것처럼 보였다. 예전에도 분명 날카로웠지만 지금은 마치 남과 자신을 동시에 상하게 하는 양날의 검과 같은 모습이다.

서로가 서로의 상처를 들춰내게 될 뿐인 이런 만남에 서로의 변해 버린 모습마저 보아야 한다는 것은 더 큰 괴로움이었다. 수연은 고개를 저으며 본론으로 들어갔다.

"왜 나를 찾아온 거죠?"

"해야 할 일이 있으니까. 네 말처럼 어떤 가치가 있는 일이
아니라, 살아남았기에 해야 할 일이다."

"그게 뭐죠?"

수연의 질문에 한강민은 씹어뱉듯 말했다.

"복수."

수연은 고개를 저었다.

"이제 와 누구에게 복수한다는 것이죠? 무엇보다 우리 둘만
으로 그것이 가능한가요?"

"어려운 일이지만 해내야 한다. 이 모든 게 어긋난 중심에
그 녀석이 있으니까. 그 녀석만큼은 도저히 용서할 수 없다.
용서해서는 안 된다."

"누구를 말하는 거죠?"

수연은 왠지 씁쓸한 느낌을 받으며 물었다.

"아마 너도 알고 있을 거야. 세간에 불사귀라 불리는 자를."

"진원명. 그자를 말하는군요."

"역시 알고 있나 보군. 맞다. 진원정의 동생이지."

수연은 고개를 끄덕였다. 알고 있었다. 그와는 이미 한 차례
만난 적도 있었다.

"그자는 마공을 얻고 무섭게 강해졌지. 하지만 방법이 아주
없지는 않을 거다. 난 그를 죽일 생각이다."

과거 그들의 행동을 누구보다 현실적이고 객관적으로 바라

봐 왔던 한강민이 이제 와 이런 식의 타당치도 않은 복수를 말하고 있다.

"하지만, 그자는 엄밀히 말한다면 우리의 계획에 휩쓸린 피해자죠."

"그런 것 따윈 상관없어! 날 도울 건가? 그에 대한 대답이면 족하다. 우리의 일이 망쳐진 것에 그 녀석이 관련되어 있는 것은 분명한 사실이니까. 게다가 그 녀석으로 인해 네 언니가 어떤 꼴이 되었는지 너도 모르지는 않겠지."

아마 수연의 말이 한강민의 심기를 건드린 것인지 한강민의 목소리는 다시 날카롭게 울려 퍼졌다. 수연은 안타까운 시선으로 한강민을 바라보았지만 그것은 잠깐이었다.

한강민의 이런 모습은 모든 게 사라진 지금 어떻게든 그의 삶에 의미와 생기를 부여하고자 하는 마지막 발악인지도 모른다. 적어도 수연에게는 그렇게 보였다.

"돕겠어요."

수연은 대답했다. 그 목소리는 사무적인 느낌으로 들려왔다. 애초 수연은 그런 한강민의 의견에 부정할 생각이 없었다. 부정할 수 없었다.

어찌 보면 한강민처럼 저렇게 자신의 상처와 좌절을 밖으로 드러내는 것이 더 나을지 모른다. 수연은 지금 그런 상처 입은 모습을 내보이지조차 못할 만큼 망가져 있었다.

한강민이 자신을 이끌어준다면 그렇게 할 것이다. 그렇게 하고 싶어서도, 그게 옳다 여겨서도 아닌 그저 그렇게 하는 것

외에 어떤 다른 할 일도 찾지 못했으니까, 다른 무언가를 생각
조차 할 수 없었으니까.

수연은 진원명에게 복수할 것이다.

$$*\qquad *\qquad *$$

"이봐요? 진 공자?"

진원명은 아련히 들려오는 여인의 목소리에 잠에서 깨어났
다.

"후후, 그새 잠이 들었던 것인가요? 피곤했던 모양이에요."

진원명은 일어나며 천장에 머리를 부딪치고서야 깨달았다.
자신은 수연의 침상 아래에서 잠이 들어버린 듯하다.

"그자, 한강민은 떠났소?"

진원명이 침상 아래에서 빠져나오며 묻자 수연이 의아하다
는 듯 되물었다.

"강민 오라버니를 아나요?"

"당신이 말하는 것을 듣고 알게 된 것이오."

수연이 멋쩍게 웃으며 말했다.

"어쨌든 죄송해요. 이야기가 길어지는 바람에……."

"아, 아니, 괜찮소. 내가 신세를 지는 몸인데 그 정도는……."

진원명이 말을 흐리자 수연이 황급히 말했다.

"그러고 보니 씻을 물을 준비해 드린다고 했었죠."

"아, 그 정도는 내가 직접 하겠소."

두 사람은 서로 나서 주방을 향하다가 좁은 문 사이에서 마주쳤다.

수연이 쑥스럽다는 듯 고개를 숙이자 진원명 또한 덩달아 어색함에 얼굴이 달아올랐다.

수연은 방금 전 한강민에게는 제법 의연한 모습을 보이더니 왜 자신에게는 이처럼 낯을 가리는 것인가?

진원명이 내심 불평하고 있을 때 수연이 말했다.

"다, 당신은 혼자 사는 여인의 주방이 그처럼 궁금한가요?"

그렇게 말하고 주방으로 쏙 들어가 버리는 수연을 진원명은 멍청한 표정으로 바라보았다.

"이제껏 혼자 사는 여인의 침실에 숨어 있었는데……."

그렇게 중얼거린 진원명은 또 괜히 쑥스러운 기분이 드는 것을 느끼고 한숨을 내쉬었다.

방금 중얼거렸듯 이곳은 젊은 규수가 혼자 사는 집이다. 그런 곳에 숨게 되었으니 앞으로 며칠간은 꼼짝없이 이처럼 어색한 분위기를 견디며 지내야 할 것이다.

진원명은 자신의 처지를 떠올리고는 다시 한 번 길게 한숨을 내쉬었다.

대치(對峙) 1

기묘한 동거는 나흘간 계속되었다. 첫 이틀간 후위장이 몇 번 이곳 문 앞까지 찾아와 긴장감을 조성했지만 한강민의 질 타를 받은 이후 더 걸음하지 않게 되었다. 수연의 말에 따르면 그 이후 후위장은 일이 생겨 이곳을 잠시 나가게 되었다고 했 다.

진원명은 사흘째 되는 날부터는 수연의 집 밖을 돌아다녔 다.

수연의 말에 따르면 지금 이곳에는 서로 다른 두 무리의 사 람들이 같이 생활하고 있기에 모르는 사람이 돌아다닌다 하여 크게 신경 쓰지 않을 것이라 했다. 때문에 나중에 기회가 생겼 을 때 좀 더 수월하게 탈출하기 위해 진원명은 수시로 집 밖에 나서 주변의 지리와 보초들의 위치를 살피곤 했다.

사실 진원명으로서는 이렇게 의미없이 시간을 흘려보낸다는 사실이 무척 답답하지 않을 수 없었다. 자신은 철영의 계획을 막고자 이곳에 왔다. 그래도 철영의 본진을 발견한 성과를 거두긴 했지만 지금의 꼼짝도 할 수 없는 상황에서 그 성과는 아무 의미가 없었다.

수연은 집에 있을 때는 과거 언젠가 그랬던 것처럼 장포를 가져다 수를 놓았다. 진원명은 그 곁에서 이런저런 생각들을 떠올리다가 간혹 궁금함을 참지 못하고 수연에게 지금 벌어지는 상황에 대한 의문을 표시하곤 했는데 대개 곧바로 후회했다.

수연은 철영의 딸이고 진원명이 하려 하는 행위는 철영을 막는 것이다. 진원명은 수연이 자신에 대한 은혜갚음으로 이처럼 호의를 베풀고 있다지만 그 이상을 바라는 것은 너무 뻔뻔한 일이라 여겼던 것이다.

하지만 수연은 진원명의 기색을 읽은 것인지 이렇게 말했다.

"날 너무 배려하지 않아도 좋아요. 내 입장은 이 일에서는 중립에 가까우니까요. 한쪽은 아버지의 편이고 한쪽은 언니의 편이죠. 지금 아버지의 편에 머물고 있지만 그렇다 해서 언니의 편에 서 있는 당신을 돕지 못하는 것은 아니에요."

그 말은 그동안 진원명이 내심 품어왔던 어떤 의문을 떠오르게 했다. 수연이 먼저 그 사실을 털어놨다.

"아마 제가 이곳에서 자유롭게 생활하는 것을 보고 아셨겠죠. 제가 충용위에 머물렀을 때 그곳에서 전 아버지가 원하는 정보를 빼돌렸어요. 첩자였던 거죠."

역시라는 생각과 함께 진원명은 씁쓸한 느낌을 받았다.

"그럼 날 돕는 것은 이제 언니의 편에 서고자 한다는 것이오?"

수연은 고개를 저었다.

"아니요. 난 어느 편에도 설 수 없을 거예요. 어느 쪽도 돕지 않았다면 모를까 난 양쪽 모두를 도운 셈이니까요. 충용위에 머무를 때 특히 아버지에 대해 의심했던 사람들은 모두가 나 또한 경계했어요. 난 언니만큼 그들에게 신뢰받지 못했죠. 이곳에서도 마찬가지예요. 아버지나 아버지의 수하들은 날 그다지 신뢰하지 않아요. 그래서 난 양쪽 모두에 대해서 그리 잘 알지 못해요. 사실 전 충용위에서 그들의 정보를 빼냈고 이곳에선 내가 아는 사실을 모두 전달하지 않았어요. 그들의 의심이 먼저인지 내 배신이 먼저인지는 알 수 없지만 그들은 사람을 제대로 본 것이라 생각해요."

수연의 자조적인 목소리를 들으며 진원명은 안타까움을 느꼈지만 그것을 어떻게 표현해야 할지 알 수 없었다.

수연은 진원명에게 자신이 가진 이런저런 정보들을 말해줬다. 그중엔 진원명이 잘 아는 사실도 있었고 진원명이 상상조차 해보지 못한 그런 사실도 있었다.

수연은 나직이 중얼거렸다.

"양보하지 않는 것은 제 집안의 내력인지도 몰라요. 아버지도, 언니도, 저도 마찬가지죠. 서로가 원하는 것이 다르고 그것을 고집한답니다. 어찌 보면 전 두 사람이 모두 실패하길 원하는지도 모르겠어요."

나흘째 되는 날 마을은 무척 소란스러워졌다. 철영이 돌아왔던 것이다. 수연이 그 사실을 전했을 때 진원명은 드디어 자신이 빠져나갈 때가 왔음을 알 수 있었다.

철영은 이곳에서 하루를 머물고 다음날 많은 수하들과 함께 이곳을 빠져나갔다. 나간 자들 중 한강민과 그의 수하들 또한 다수 섞여 있었다.

진원명은 호숫가 적당한 곳에 숨어 떠나는 자들을 지켜보았다.

먼발치에서 수하들을 지시하는 철영의 모습이 보였다.

진원명은 철영을 바라보며 묘한 감정을 느꼈다. 일말의 두려움과, 일말의 적개심과, 일말의 호승심이 혼합된 그런 딱히 짧은 말로 정의하기 어려운 감정이었다.

그런 감정은 진원명에게 익숙하지 않았다. 처음의 두 감정은 그렇다 쳐도, 그를 떠올리며 생기는 호승심이란 것은 진원명으로서는 제법 오랫동안 경험하지 못했던 낯선 감정이기에 더욱 그랬다.

자신의 이런 호승심은 철영에게 느껴지는 적개심의 연장인 것일까?

아니, 생각해 보면 진원명은 마공을 완성한 뒤 이런 식으로 변명의 여지가 없을 정도로 누군가에게 완패해 본 적이 없었다. 진원명은 자신이 의식하지 못했을 뿐 다른 무인들처럼 자신의 무공에 상당한 자부심을 가지고 있었던 것인지도 모른다는 생각을 했다.

진원명이 이런저런 생각을 떠올리는 동안 철영과 한강민의 무리가 모두 배를 타고 떠났다. 진원명은 그들이 떠나고도 어느 정도 시간이 지난 뒤 모습을 드러냈다. 그리고는 호숫가를 지키는 자들에게 다가가 북에서 서신이 도착해 급히 한강민에게 보고해야 한다고 말했다.

"젠장, 이제 배도 몇 척 남지 않았는데……."

호수를 지키던 자들은 그렇게 불평했지만 결국 배를 내줬다. 수연의 말에 의하면 내용은 잘 모르지만 최근 한강민에게 그런 서신이 자주 도착하는데 제법 중요하게 취급된다 하였다.

걱정한 것치곤 너무도 쉽게 배에 오른 진원명이 내심 기뻐하며 노를 저어가고 있을 때 방금 떠나온 호숫가 쪽에서 급하게 자신을 부르는 소리가 들려왔다.

"이봐! 자네! 잠깐만 돌아와 보게!"

진원명은 내심 욕설을 내뱉었다. 어쩐지 일이 너무 간단히 풀린다 했다.

"어이! 안 들리는가? 잠시만 좀 돌아와 보란 말일세!"

고민하던 진원명은 결국 배를 돌렸다. 괜한 의심을 산다면 배 위에서 화살 세례를 받게 될지 모른다.

"여기 이 사내도 자네처럼 출진한 자들을 쫓아 전할 말이 있다는군. 같이 배를 타고 가면 될 듯해 불렀네."

진원명이 배를 대자 경비를 서던 사내가 그리 말했다. 그 곁에 서 있던 젊은 사내가 살짝 고개를 숙이고는 배에 올랐다.

진원명은 별다른 대답 없이 다시 배를 저어 이동하기 시작했다. 이자가 한강민의 수하인지 철영의 수하인지 알 수 없으니 괜히 입을 열어 쓸데없는 의심을 사고 싶지 않았던 것이다.

다행히 사내 또한 과묵한 편인지 진원명에게 별다른 말을 걸지 않았다. 사내가 처음 입을 연 것은 배가 절벽 사이를 지나 마을의 모습이 거의 보이지 않게 될 무렵이었다.

"한 공자는 사람을 제법 부릴 줄 알더구려."

진원명은 사내의 말한 의도를 알 수 없어 침묵했다.

"지난번 이귀의 습격에 당신네들은 전혀 피해를 입지 않았으니 말이오. 참 경제적이더군. 우리도 그처럼 싸웠다면 좋았을 텐데 말이오."

사내의 목소리에는 명백하게 비꼬는 기색이 담겨 있었다.

"아, 그러고 보니 당신은 잘 몰랐겠군. 얼마 전 마을을 습격한 자들은 동창의 철수귀와 고목귀였다오. 환형진에 빠져 무력화된 그들을 어제 동료들이 발견해 방금 전 데려왔소. 내가 이처럼 황급히 보고하기 위해 달려온 것도 그 때문이지. 당신들과는 달리 우린 얼마 전 그자들에게 절친한 동료들 다수를 잃었거든."

진원명은 이자가 원래 말수가 적었던 게 아니라 자신에게 좋지 않은 감정을 품었기에 말이 적었음을 알 수 있었다. 한강민의 세력과 철영의 세력은 썩 사이가 좋지는 않은 모양이었다.

어쨌든 이귀의 안위가 궁금했던 진원명이 물었다.

"그자들의 상태는 어땠소? 부상이 심했소?"

"큰 부상은 없었지만 탈진해서 정신을 잃고 있었소. 철 사부의 허락만 떨어진다면 당장 그놈들의 사지를 잘라낸 뒤 개의 먹이로 줄 것이오."

이귀쯤 되는 인물들이 일주일을 굶었다 해서 탈진해 정신을 잃는다는 것은 조금 이상했다. 진원명은 문득 이귀가 이처럼 사로잡힌 것이 위장이 아닌가 하는 생각이 들었지만 드러내 말하진 않았다.

둘은 다시 말없이 배를 저어 이동했다.

진원명은 다시 철수귀를 떠올리고 있었다. 요 며칠 철수귀에 대해 많은 것을 알게 되었다. 단목영과의 관계도 그렇고 철영과의 관계도 그렇다. 그는 분명 얼마 전 철영을 사부라 불렀었다. 그러면서도 철영에게 복수하고자 했었다.

"그 둘 사이에는 대체 무슨 일이 있었던 것이지?"

진원명이 생각에 잠겨 두 사람을 떠올리고 있을 때 사내가 외쳤다.

"이보시오! 앞을 좀 보시오! 무슨 생각을 하는 거요?"

진원명이 돌아보자 큰 바위가 눈앞에 보이고 있었다. 진원명이 재빨리 방향을 바꾸었지만 결국 배는 바위에 부딪히고 말았다. 사내가 화를 냈다.

"젠장, 배가 부서지겠구먼. 좀 똑바로 못하겠소? 차라리 노를 이리 주시오. 내가 저을 테니."

진원명은 잠시 멍하게 주변을 둘러보고 있다가 사내에게 노를 건네줬다.

오히려 다행이란 생각이 들었다. 지금 진원명의 눈앞에 보이는 것은 어떻게 보아도 막다른 절벽이었으니 말이다.

사내는 배의 방향을 바꾼 뒤 바위 사이로 배를 몰아가기 시작했다.

바위를 몇 차례 돌자 진원명은 눈앞의 절벽 아래로 제법 큰 틈이 나 있는 것을 발견할 수 있었다. 그곳을 통해 절벽을 빠져나가자 다시 또 절벽 사이로 이어진 물길이 나타났다.

"참 교묘하군."

진원명이 그렇게 중얼거렸다. 밖에서 보든 안에서 보든 이런 곳에 통로가 있음을 쉽게 알아보기 어려웠다. 그 물길을 따라 우측으로 이동하니 진원명이 처음 이곳에 올 때 보았던 호수가 나타났다. 사내는 호숫가의 수풀이 우거진 부근으로 배를 몰아 그곳에 배를 댔다.

진원명은 배에서 내려 사내를 슬쩍 바라보았다. 진원명이 수연에게 들은 정보는 대략적인 일의 개요일 뿐으로 진원명은 지금 상황이 얼마나 진척되어 있는지에 대해서는 알지 못했다.

사내는 진원명의 시선에 살짝 불쾌한 기색을 띄우고는 말없이 이동하기 시작했다.

아마 자신 혼자 이곳에 내렸다면 그들이 이동한 흔적을 찾아 제법 헤매고 돌아다녀야 했을 것이다. 진원명은 이처럼 사내와 함께 나오게 된 것이 분명 다행스러운 일이라 생각했다.

사내는 진원명이 이곳으로 찾아왔던 길을 역으로 밟아나가다 갑자기 옆으로 방향을 틀어 이동했다.

상당히 비좁고 가파른, 길이라 부르기도 어려울 만한 경로였지만 사내는 익숙한 듯 용케 움직일 만한 지형을 찾아 이동했다.

설마 그 많은 사람이 이런 곳을 통해 이동해 간 것일까?

진원명이 그렇게 의문을 가졌을 때 사내가 이동을 멈췄다.

이어진 사내의 행동을 본 진원명은 그제야 사내가 이곳으로 온 이유를 눈치 챌 수 있었다.

"구 충용위와 악벌단이 동쪽에 대치하고 있구려. 아마 철 사부는 이곳을 빙 돌아 서쪽으로 향했을 것이오."

사내가 선 곳은 튀어나온 절벽으로 이 일대가 한 번에 조망될 수 있는 장소였다. 사내는 전체적인 상황을 살피기 위해 이곳에 올라온 것이다.

수연의 말에 의한다면 계곡 안의 마을에 있는 이들은 철영 무리의 주력이 아니었다. 철영의 주력은 충용위와 악벌단의 뒤를 따르고 있었다.

아마 철영의 주력은 저 뒤편 수풀 어딘가에 숨어 있을 것이고 철영은 방금 전 새로운 자들을 이끌고 그들과 합류했을 것이다.

악벌단과 충용위로서는 이것만으로도 지극히 좋지 않은 상황이었는데 그것으로 모자라 이 두 무리가 서로 대치한 모양새는 금방이라도 싸움이 일어날 듯 긴박해 보였다.

"당신 아까부터 정신이 없구려. 뭐 하고 있소?"

아래를 내려다보며 생각에 잠긴 진원명을 바라보며 사내가 인상을 찌푸리고 있었다. 진원명이 머쓱한 미소를 지어 보였다.

"미안하게 되었소. 생각할 게 좀 있어서……."

"되었으니 어서 내려가기나 하시오."

사내가 그렇게 이야기하며 다가왔지만 진원명은 제자리에서 움직이지 않은 채 고개를 저었다.

"기다리시오. 그보다 당신에게 미안할 일이 하나 더 있소. 그러니까 그게 말이오……."

진원명이 말을 흐리자 사내는 짜증을 부렸다.

"허, 시급을 다투는 전갈이라 했으면서 아주 여유가 넘치는군! 당신네 백련교는 항상 그런 식으로… 컥!"

사내는 말을 채 마치지 못한 채 허물어졌다. 순간적으로 진원명의 주먹에 명치를 얻어맞았던 것이다.

"신세를 졌는데 이런 식으로밖에 갚지 못하게 된 것이 말이오."

진원명은 그렇게 중얼거리며 절벽 아래를 다시 내려다 봤다.

"일단 싸움부터 말리고 봐야겠군."

진원명은 그렇게 중얼거리고는 절벽을 내려가기 시작했다.

대치(對峙) 2

사십여 명의 무리와 그보다 좀 더 많은 약 육십 명의 무리가 마주해 있었다. 숫자가 적은 무리는 충용위였고 많은 무리는 악벌단이었다.

둘 사이에는 제법 흉흉한 공기가 흐르고 있었는데 근 이 주간 서로 쫓고 쫓기며 상당히 힘이 들었던 터라 이젠 그만 결판을 내고 끝내자는 그런 자포자기식 분위기가 퍼진 탓이 컸다.

"하지만 지금 상황에서는 가장 지양해야 할 생각이지."

충용위의 선두에 서 있는, 적인 악벌단이 그를 바라보고 놀라 수군거릴 외모를 소유한 사내, 무민이 그렇게 중얼거렸다.

"그러니까 당신의 말은 지금 우리가 이곳에 와 있는 것이 누군가의 계략이고 그 계략에서 벗어나기 위해서는 서로 힘을

합해야만 한다는 것이오?'

무민의 맞은편에 서 있던 중년인 청허의 물음에 무민이 고개를 끄덕였다.

"그렇습니다."

"그것을 뭘 보고 믿지? 당신들이 궁지에 몰린 김에 수작을 부리는 게 아닌지 어떻게 구별하냔 말이오?"

이번엔 장수생이 물었다. 무민이 대답했다.

"그들은 우리를 이대로 내버려 두진 못합니다. 아마 우리가 하산하기 시작한다면 그들은 곧 모습을 드러낼 겁니다."

"그리고 이곳에서 벗어나는 순간 간신히 궁지로 몬 당신들은 다시 도망가겠지."

장수생의 비꼬는 듯한 목소리가 들려왔다. 무민의 곁에 서 있던 박철우가 화난 목소리로 말했다.

"아마 당신들은 이곳에 오며 수없이 악주로 전령을 보냈겠지. 그중 한 명이라도 돌아온 적이 있소? 당신들은 지금 밖에서 실종자로 취급되고 있소. 당신들 뒤를 따른 그자들이 당신들이 보낸 전령을 모두 해치워 버렸으니까."

악벌단의 대표로 나선 다섯 사람은 모두 살짝 낯빛이 변했다. 박철우의 말이 사실이기 때문이다.

"당신들의 말이 사실이고, 당신들이 정말 죄가 없다면 당신들의 신병을 우리에게 맡길 수는 없소? 조금 무리한 요구일지라도 당신들이 그리한다면 우리가 당신들을 믿어주지 못할 이유가 없소."

청허는 그리 말했지만 그것은 있을 수 없는 일이다. 박철우가 장수생을 따라 비꼬았다.

"그리고 당신들은 우리의 목을 베고 현상금을 받아 챙기려 하겠지."

서로의 의견이 좁혀지지 않는 듯하자 무민은 한숨을 내쉬며 뒤를 돌아봤다.

충용위의 무리 속에 섞여 자신을 바라보는, 자신을 충용위와 합류하게 도와준 화산파의 사남매들의 모습이 보였다.

구장혁은 이곳에 도착한 뒤로 줄곧 지금의 상황에 불만스러워하며 떠나길 원했지만 양소와 주민국은 무민을 끝까지 신뢰해 줬다.

이처럼 자신을 신뢰해 주는 그들이 자신으로 인해 해를 입을지도 모른다는 게 안타까웠다. 자신의 부족한 능력이 한스러웠다.

자신은 이곳에 합류한 지 이미 사흘이 지났다. 아마 한유민이라면 그만한 시간이 주어졌다면 무언가 나은 결과를 이끌어 냈을지도 모른다. 하지만 자신은 이곳에 도착해 별달리 한 역할이 없었다.

이곳에 있는 충용위 무사들 중 쓸 만한 고수가 없었던 탓도 있을 것이다. 아민이나 이등과 같이 무민을 구하기 위해 떠났던 무사들이 아직 합류하지 못한 터라 위장급 무사라곤 지금 무민의 곁에 서 있는 박철우밖에 없었으니 말이다.

그런 상황에서 무민이 취할 수 있는 방법이라곤 어떻게든 악벌단을 피해가는 것밖에 없었다. 하지만 악벌단의 추격은 집요했다. 사흘간의 실랑이 동안 충용위가 전혀 이곳을 벗어나지 못했을 정도로 말이다.

지금 무민은 어쩔 수 없이 최후의 수단으로 적들과 교섭을 시도하고 있었다.

잠시 누구에게도 말이 없었다. 그때 악벌단 측에서 그동안 조용히 있던 한 사내가 나섰다.

"쓸데없는 것으로 고민하고 있군. 이자들에게 내 한 가지만 확인하지."

모두가 관심을 보이자 그 사내가 이어서 말했다.

"이보게 자네들, 상근명의 저택을 습격한 흉수는 누군가? 그것도 자네들 본인이 아니라 자네들을 노린다는 그자들인가?"

순간 무민이 말을 망설였다. 사내가 큭큭 하고 웃었다.

"그래도 곧바로 반박하지 못하는 것을 보니 양심은 있는 자들이군. 자네들이 투항하지 못하는 것은 자네들에게 죄가 있기 때문이지. 난 자네들을 오랫동안 쫓았네. 악벌단이 채 만들어지기 전부터 말이야. 자네들이 어디에서 와서 어디로 향했는지, 그리고 얼마나 무자비하게 한 가문의 식솔 모두를 살해한 것인지 잘 알고 있지. 더불어 자네들이 그 흉수가 확실하다는 것도 내가 증명할 수 있네. 뭐 더 고민이 필요한가? 이자들의 잘못을 벌하는 데?"

"그렇게 말하시니 과연 고민할 이유가 없구려. 악적들은 응분의 보상을 치러야 할 것이오!"

장수생이 사내의 말에 동조하고 나섰다.

무민을 인질로 협박받아 한 일이긴 하지만 분명 악벌단이 무고한 자들의 목숨을 빼앗은 것은 사실이다. 하지만 지금 그것을 긍정한다면 이자들과 협상은 물거품이 될 것이다.

"젠장! 그자가 누구기에 그자의 말을 그처럼 신뢰할 수 있다는 거요?"

박철우의 말에 청허가 답했다.

"이분은 몇 년째 강호를 주유하고 계신 제 사형이십니다. 도호는 청림이라 하지요."

박철우가 낭패한 기색을 보였다. 상대가 무당파의 도사라면 허언을 말하지는 않았을 것이고, 설사 허언이라 해도 저들이 그 말을 믿을 것이다.

박철우의 생각대로 악벌단의 다른 인원들 역시 청림의 말을 신뢰하는지 새삼 적대감 어린 눈으로 충용위를 바라봤다.

"이제 할 말은 다 끝난 건가?"

장수생이 칼집을 두드리며 험악한 표정을 지어 보였다. 무민이 고개를 저었다.

"기다려 보십시오."

"뭡니까?"

청허의 물음에 무민은 슬쩍 뒤를 돌아보곤 말했다.

"잘못이 있다면 처벌이 있어야겠죠. 하지만 그것은 지금의 난국을 벗어난 뒤가 되어야 할 것입니다. 지금 상황에서 우리 모두가 당신들에게 투항하는 것은 불가능합니다. 하지만 나

혼자 당신들에게 신병을 의탁한다면… 그것은 어떻겠소? 사실 이 일은 모두 나 하나 때문에 일어난 것입니다. 그런 만큼 그 책임 또한 내가 물어야 할 일이라 생각합니다."

"그건 안 될 일입니다!"

박철우가 무민의 말을 자르고 들어왔다. 무민이 박철우를 달랬다.

"하지만 지금 상황에서는 다른 방법이 없지 않은가?"

"그의 말은 사실이에요!"

그때 무민의 뒤편에서 여인의 외침이 들려왔다. 바로 화산파 사남매 중 주민국의 목소리다.

"우린 얼마 전 괴한들에 의해 감금되어 있던 그를 구출했어요. 게다가 그는 꼼짝도 하지 못할 만큼 몸이 상했음도 아랑곳하지 않고 여기 있는 사람들을 돕기 위해 이 위험한 곳으로 왔어요. 그런 그가 거짓을 말할 리 있나요?"

"그렇게 말하고 있는 소저는 대체 누구요?"

청허가 물었다. 주민국의 사형 구장혁이 곁에서 만류했지만 주민국이 먼저 외쳤다.

"전 화산파 사대제자인 주민국이에요."

화산파 또한 무당에 버금가는 명문정파이다 보니 양측에 다시금 의혹의 기운이 퍼졌다.

그러자 또다시 청허의 사형인 청림이 나섰다.

"하, 명문정파의 제자가 저런 살인자들을 돕다니 믿을 수 없는 일이로군. 아니, 어차피 한 가문을 몰살시킨 살인자들인데,

거짓말 따위 어려운 일도 아닐 것이네. 저 여자가 화산파 제자라 말하지만 그것을 어찌 믿을 수 있지? 그리고 지금 앞에 나선 저 남자가 저들의 책임자인 척하지만 그것이 진짠지 아닌지는 또 어떻게 확신하지? 자네들은 지금 거짓을 말하고 있네. 일단 지금 당장의 위험을 넘기기 위해 말일세."

"내가 화산파 제자인지 아닌지는 내 검으로 증명할 수……."

주민국이 계속 반박하려 할 때 구장혁이 그녀의 입을 막았다.

사실 무민이 거짓에 익숙했다면 애초 그들이 흥수냐는 질문에 망설이지 않았을 것이다. 그리고 무민에게서 풍기는 기품과 기도는 누가 가르쳐 주지 않더라도 적진에서 무민의 위치가 그리 낮지 않을 것이라 짐작하게 만들어주고 있었다.

하지만 사람이란 결국 자신이 원하고 믿고자 하는 말만 귀에 들어오는 것이라 악벌단의 인물들은 모두 청림의 의견에 마음이 쏠린 듯했다.

"사형의 말씀대로 당신들이 흥수라면 당신들의 말 또한 신뢰하기 어렵군요."

청허의 말에 무민이 안타까운 듯 고개를 저었다.

"하지만 내 말은 정말 사실이오. 우릴 노리는 자들이 있고, 입막음을 위해 당신들마저 해칠 것이오. 지금 이처럼 우리가 다퉈서는 안 된단 말이오."

청림이 노한 듯 외쳤다.

"끝까지 거짓으로 사람들을 현혹하려 하는군! 게다가 속죄의 기미가 보이지 않으니 자네들의 죄가 더욱 크다! 오늘 이 자리에 모인 모두는 저들을 처단하는 데 손속에 정을 둘 필요가 없을 거요!"

"이자들의 말에 더 놀아날 것 없소! 이젠 칼로써 저들의 죄를 물을 차례요!"

장수생이 덩달아 외치자 악벌단원들 다수가 그에 호응하여 함성을 질렀다.

무민과 충용위가 그들의 기세에 긴장하여 무기를 움켜잡았을 때 어디선가 한 사내의 목소리가 들려왔다.

"거짓으로 사람들을 현혹하는 건 바로 당신을 말하는 것 아닌가, 후위장?"

모든 좌중이 순간 목소리의 주인을 찾아 주변을 둘러보았다. 단순한 목소리가 아닌 좌중의 소음을 압도하는 내공과 기세가 섞인 목소리였기 때문이다.

일촉즉발의 상황을 멈춘 주인공은 쉽게 발견되었다. 그는 두 무리의 우측 가운데에 있는 한 노송 위에 서서 양측을 바라보고 있었다.

"설마 방금 저자가 말한 것인가?"

생각보다 어린 나이로 돌아보는 모두를 놀라게 한 그 사내는 바로 진원명이었다.

대치(對峙) 3

진원명의 머릿속에 오랜 기억과 감정이 뒤섞여 들었다.

방금 전 대치한 양측의 대화를 들으며 진원명은 곧바로 지금 이야기하는 사내의 목소리가 바로 며칠 전 들었던 후위장이라는 자의 목소리와 같다는 것을 깨달을 수 있었다.

하지만 의아한 것은 이제야 처음 보게 된 후위장의 모습이 자신에게 너무도 익숙하게 느껴졌다는 것이다. 때문에 진원명은 곧장 나서지 않고 망설였다. 진원명은 잠시 후 청허가 후위장의 도호를 청림이라 소개한 뒤에야 자신이 잊고 있던 그의 정체를 떠올릴 수 있었다. 그리고는 잠시 자신이 알게 된 사실에 멍해졌다.

그는 전생에 자신이 얻었던 마공서를 갖고 있었던 사내였다.

오랜 기억이 두서없이 머릿속에 떠올랐다.

복수를 위해, 형을 찾아 길을 떠난 자신과 우연히 만나 길동무 이상의 호의를 보였던 청림의 모습, 그리고 우연한 기회에 청림이 마공이 수록된 비급을 가지고 있다는 사실을 알고 그가 자리를 비운 사이 그 비급을 훔쳐 도망갔던 자신의 모습.

"우연이 아니었던 것인가?"

돌이켜 보면 분명한 일이었다. 이자가 철영의 수하였다면, 그 당시 진원명에 대한 접근 또한 의도를 가진 것이다. 그리고 자신에게 마공서의 존재를 가르쳐 주고 그것을 방치한 것 또한 마찬가지로…….

"당신네들은 얼마나 내 인생에 관여해 왔던 것이지?"

그들은 타인의 인생 전부를 그들 멋대로 재단해 버렸다. 전생의 자신은 그 피해자였고.

진원명은 그들의 오만에 새삼 분노가 치미는 것을 느꼈다.

"끝까지 거짓으로 사람들을 현혹하려 하는군! 게다가 속죄의 기미가 보이지 않으니 자네들의 죄가 더욱 크다! 오늘 이 자리에 모인 모두는 저들을 처단하는 데 손속에 정을 둘 필요가 없을 거요!"

그때 후위장의 질책과 악벌단의 호응이 울려 퍼졌다. 진원명은 더 참지 않고 전신의 힘을 모아 외쳤다.

"거짓으로 사람들을 현혹하는 건 바로 당신을 말하는 것 아닌가, 후위장?"

"너, 너는 누구냐? 지금 무슨 소릴 하는 것이지?"

청림, 아니, 철영의 무리 내에서 후위장이라 불리는 그 사내는 크게 당황한 표정으로 진원명을 바라보았다.

"내 말의 의미를 모르겠소? 당신은 이제껏 강호를 주유하기는커녕 이런 심산유곡 안에서 사람들을 고문하는 즐거움으로 살아왔지 않소? 난 아무리 봐도 당신 같은 자가 대무당파의 제자라는 사실이 믿기지가 않는구려."

다시 진원명의 목소리가 울려 퍼졌다. 그 목소리는 단순히 내공이 실린 음성이라고 표현하기엔 무리가 있었다.

"으, 음공(吸功)인가?"

장수생이 두려운 표정으로 진원명을 바라봤다.

진원명의 목소리에는 알 수 없는 힘이 실려 있었다. 듣는 이라면 누구나 자연스럽게 두려움을 느끼게 하는 그런 분노의 감정이 말이다.

실제 악벌단뿐 아니라 충용위의 무사들이나 진원명을 알고 있는 화산파의 사남매들마저 진원명을 바라보며 두려운 감정을 느끼고 있었다.

그리고 그 목소리가 직접적으로 향한 대상인 후위장은 떨리는 다리를 감추지 못할 정도의 두려움을 느끼고 있었다.

"마, 말도 안 되는 소리를 하는군."

"말도 안 되는 소리라."

진원명은 그렇게 말하며 나뭇가지를 차고 몸을 날렸다. 두 무리의 가운데로 내려서는 진원명을 바라본 악벌단의 모두가 자신도 모르게 몇 걸음 뒤로 물러났다.

"당신은 이 사건을 뒤에서 조장한 자들의 편이지. 그들 사이에서는 후위장이라고 불리고 있고… 바로 며칠 전까지만 해도 저 절벽 안에 숨겨진 그들의 본거지에서 사로잡힌 악벌단의 인물들을 고문하고 있지 않았나?"

"개, 개소리를 하고 있군. 누구도 믿지 않을 소리를……."

"공자는 믿기 어려운 이야기를 하시는구려."

청림뿐 아니라 청허 또한 나서서 이야기했다. 진원명은 청허를 돌아봤다. 진원명은 청림의 외도(外道)가 다른 무당파의 인물들과 무관하게 이루어진 일일 것이라 여기고 있었지만 만약의 경우를 대비해 청허 또한 경계했다.

"그들은 설공현과 단목영, 장영길이라 하오. 청허 도사, 그들을 알고 있소?"

"이번 결행일에 갑자기 사라져 버려 이상하다 여겼던 자들이오."

청허가 고개를 끄덕이며 말했다. 진원명은 청허의 기색을 잠시 살피고는 말을 이었다.

"그들은 후위장이 속한 자들에게 붙잡혔다가 그곳에 일어난 소란을 틈타 탈출했소. 바로 동창의 고수인 고목귀와 철수귀가 난입해 일으킨 소란이었지."

진원명은 그렇게 말하고는 백무귀와 무정귀를 바라보았다. 과연 그들은 진원명의 말에 약간 표정이 변해 있었다.

"아마 후위장은 눈치 챘을 것이오. 내가 바로 그날 이귀를 도와 마을에 불을 지르고 그 세 사람을 탈출시킨 자요. 그때 보았던 당신의 잔인함이란 제법 인상적이었다오."

진원명의 말에 다시 다소의 분노가 실렸다. 그걸 듣는 악벌단의 모두가 다시 부르르 몸을 떨었다.

"이, 이해하지 못할 소릴 하는군. 아니, 그렇게 말하는 것을 보니 그자들이야말로 당신과 한 패거리인 모양이군. 이제 와 그런 거짓으로 혼란을 주려 해보았자 통할 것 같나? 자네 제법 실력은 있어 보이지만 어차피 혼자의 몸, 우리가 죽기를 각오하고 덤빈다면 자네도 결국 당해낼 수 없을 거네. 그리고 우리가 죽기를 겁낼 사람이었다면 여기 모이지도 않았을 것이네."

겁내지 않는다는 말과는 달리 후위장의 목소리는 억누르려 애를 씀에도 가늘게 떨리고 있었다. 진원명이 비웃었다.

"하하, 아쉽게 그들과는 곧바로 헤어졌소. 그리고 악벌단의 모두는 당신을 제외한다면 굳이 나를 겁낼 이유가 없는 사람들이오. 문제는 과연 당신이 날 상대할 배짱이 있을까 하는 것이지?"

진원명은 그렇게 말하고는 앞으로 나섰다. 제법 위협적인 모습이라 후위장은 순간 뒤로 물러나고 싶은 마음을 가졌지만 악벌단의 다른 인원들에게 그런 모습을 보일 수 없었기에 억지로 참았다.

하지만 대신 후위장의 위기를 느낀 청허와 장수생, 그리고 무정귀 등이 무기를 빼 들고 후위장의 앞으로 나서주었다.

진원명 또한 가볍게 칼을 빼 들고 어깨를 으쓱해 보였다.

"난 단지 혼자요. 그러니 상대도 후위장 혼자였으면 좋겠소. 무인들답게, 정당한 방식이 좋지 않겠소?"

"그것은 불가하오. 당신은……."

진원명의 말에 청허가 뭐라 답하려 하는 순간 진원명이 뛰어들었다.

순간적인 기습에 장수생이 가장 먼저 반응해 칼을 휘둘러 왔다. 하지만 진원명이 강한 힘으로 쳐내 버리자 통겨지듯 뒤로 물러났다. 청허가 그다음이었는데 진원명은 장수생과 반대로 청허의 검에 상대해 주는 척하며 오히려 그 곁을 스쳐 지나가 버렸다. 임기응변에 서투른 청허가 뒤늦게 진원명을 따라 돌아봤을 때 진원명은 후위장과 무정귀에게 짓쳐들어가고 있었다.

쨍!

후위장의 무공은 생각보다 대단해 보이지 않았다. 진원명은 곧바로 후위장의 공격을 마공으로 잡아채 무정귀에게 흘렸다. 무정귀가 살짝 뒤로 물러서 그 공격을 피했을 때 진원명은 이미 후위장의 뒤로 돌아가 있었다.

"멈춰라!"

청허가 다시 뒤따라와 진원명에게 검을 날렸지만 진원명은 검을 뒤로 돌려 청허의 검을 맞으며 왼손으로 후위장의 요혈을 제압했다.

청허는 애초 진원명의 상대가 되지 못한 데다 경험이 모자랐다. 청허를 상대하던 진원명이 재빠르게 제압한 후위장의 몸을 방패로 내세우자 청허는 당황하며 뒤로 물러섰다.

그때 반대 방향에서 달려들어 왔다. 무정귀는 청허와 같이 함부로 대할 수 없기에 진원명이 제대로 칼을 내밀어 대응하려 하자 흠칫하는 표정으로 뒤로 물러났다. 진원명은 이상하다 여겼지만 그 틈을 타 후위장의 몸을 끌어안고 다시 자신이 원래 섰던 자리로 몸을 날렸다.

진원명이 후위장의 곁으로 다가가 후위장을 제압하고 다시 제자리로 돌아오는 동작은 하나하나가 눈부시게 빨랐다. 게다가 그 과정에 상대한 대상들이 그들 또한 잘 알고 있는 절정의 고수들이니 양측 모두에서는 진원명의 무용에 감탄한 탄성이 자연스럽게 터져 나왔다.

한편 진원명은 의아한 표정으로 백무귀와 무정귀를 바라보았다. 방금 저 두 사람이 적극적으로 나섰다면 이처럼 쉽게 후위장을 제압할 수 없었으리라 생각했던 탓이다.

"너… 그 검은……?"

그때 무정귀가 진원명을 바라보며 말했다. 진원명은 아차 싶었다. 얼마 전 원래 차고 있던 검을 단목영에게 넘겨주고 무정귀에게 빼앗았던 검을 꺼내 쓰고 있던 것을 깜빡 잊었던 것이다.

생각해 보니 무정귀는 예전 이 검을 빼앗을 때 자신이 이기어검을 썼던 것을 기억하고 자신에게 겁을 먹었던 것으로 보였다. 그게 사실이라면 자신이 이 검을 들고 있던 것은 오히려 다행인지도 모른다.

"사형을 놔주시오!"

청허가 다시금 진원명에게 달려들려 할 때 백무귀가 말렸다.

"일단 당장 죽일 생각은 없어 보이니 저자의 말을 들어봅시다."

적들이 당장 달려들 기미가 없자 진원명은 사로잡은 후위장을 자신의 몸 앞에 내세우고는 말했다.

"죽기를 각오한 당신들이라면 인질에 신경 쓸 필요 없으니 이런 납치는 무의미한 짓일 거요. 하지만 난 이자에게 달리 원하는 게 있소. 바로 방금 전 내가 한 말을 증명해 주는 것이오."

"네, 네가 날 협박한다 해서 내가 굴복하리라 생각하느냐?"

후위장은 두려운 듯 떨면서도 그렇게 말했다.

"그건 해봐야 아는 일이지. 하지만 난 협박보다 좀 더 깔끔한 방법을 원하오. 얼마 전 당신이 설공현을 고문하다 빼앗았던 단도 말이오. 그게 당신 수중에 있다면 당신의 거짓말이 쉽게 들통나지 않겠소?"

진원명의 말에 순간 후위장의 호흡이 거칠어졌다.

"다, 단도라니… 그깟 호신용 단도라면 누구라도……."

쫘악!

후위장이 뭐라 변호하려 할 때 진원명의 칼이 번뜩였다. 청허가 놀라 뛰쳐나오려 하는 것을 다시 백무귀가 막았다. 진원명의 칼은 그저 후위장의 오른쪽 소매를 갈랐을 뿐이었다.

진원명이 소매를 들어 올리자 살색의 칼집 사이에 꽂혀 있는 얇은 단도가 모습을 드러냈다.

진원명은 자신의 예상이 들어맞은 것에 씩 웃으며 말했다.

"어떻소? 이래도 부정하시겠소?"

진원명의 말에 후위장이 짐짓 헛웃음을 터뜨렸다.

"하, 이 칼은 내가 오래전에 잘 아는 장인으로부터 구입한 거요. 도대체 이 이 칼이 어찌 설 방주의 칼이라는 거요?"

진원명은 잠시 적진을 슥 살피며 의아한 표정을 지었지만 이내 후위장의 팔에서 칼을 풀고 그것을 들어 앞으로 내보였다.

"이 단검의 내력을 안다면 그리 말하지 못하겠지. 이 검은 그냥 단검이 아니오. 그것은 설 방주가 지난 생일에 청호상주의 선물로 받은 것이오. 얼핏 투박한 보통 단검으로 보이지만 이처럼 검집 뒤쪽에 작게 호랑이 문양이 음각되어 있지. 아마 내 생각에 그런 단검은 그리 흔한 물건은 아닐 것이라 생각되오만."

"다 거짓말이오. 이자는 날 모함하기 위해 정말 제대로 준비한 듯하군. 속지 마시오! 이자는 나에게 이처럼 호랑이 문양을 한 검이 있음을 미리 알았던 것이오. 그리고… 설 방주의 수하들이 설 방주를 찾기 위해 떠나 이곳에 없다는 것도 미리 알았던 것이고."

"녹양방의 무사들이 없다는 거요?"

진원명의 질문에 후위장이 득의에 찬 표정을 지었다.

"그렇다. 그들은 지금 이 자리에 없다. 네놈은 이미 알고 있던 것이 아닌가?"

진원명은 방금 전 설공현의 칼을 알아본 자가 없었던 이유가 그것임을 깨달았다. 그리고 피식 웃었다.

"하지만 그래도 상관없소. 당신은 스스로 고백해 버렸으니까. 앞에 있는 당신의 사제에게 물어보시오."

"뭐라고?"

후위장은 그렇게 묻고는 깨달았다. 악벌단의 앞에서 자신을 바라보는 네 사람이 기이한 표정을 짓고 있음을 말이다.

"사제, 무슨 일이지? 왜 그러고 있는 것인가?"

후위장은 이상한 기색을 느끼고 다급히 물었다. 청허는 믿을 수 없다는 표정으로 입을 열었다.

"사형, 그가 들고 있는 검에는… 아무 문양도 새겨져 있지 않습니다."

후위장은 순간 말문이 막혔다. 그리고 자신이 진원명에게 속아 넘어갔음을 깨달았다.

진원명은 내심 다행이라 여겼다. 방금 전 호랑이 문양에 대한 이야기는 설공현이 얼마 전 생일 청호상주에게 단검을 받았단 이야기가 떠올라 순간 지어낸 거짓말이었다. 지금 진원명이 들고 있는 단검이 그 단검인지는 알 수 없었지만 그 뒷면에 호랑이 문양이 없음은 분명했다.

"이제 모두 내 말이 사실임을 믿겠소?"

"다, 다 거짓말이오! 나, 난 이자의 술수에 넘어간 거요! 설마 이런 녀석의 말을 내 말보다 믿는 것은 아니겠지?"

진원명의 말에 후위장이 필사적으로 외쳤다. 그리고 그때 그 외침을 사이에 두고 누군가의 목소리가 울려 퍼졌다.

"그만 해라. 쓸모없는 녀석, 네 녀석의 출신과 저열한 성품을 높이 사 중용해 줬지만 자질은 기대에 미치지 못하는구나."

진원명은 놀라 옆을 돌아봤다. 진원명이 등장했던 곳과 정반대 방향에 언제부터 있었는지 모르게 중년인이 서 있었다.

"철영."

진원명은 입술을 깨물며 그자의 이름을 중얼거렸다.

대치(對峙) 4

후위장은 철영의 질책에 창백한 표정이 되어 입을 다물었다.

진원명과 무민은 긴장한 표정으로 철영을 바라보았고, 충용위의 무인들은 반신반의하는 표정으로, 악벌단의 무인들은 의아함이 담긴 표정으로 각각 철영을 바라보았다. 하지만 개중 예외도 있었는데 바로 무정귀와 백무귀와 같은 경우였다.

두 사람은 명백한 증오의 표정으로 철영을 노려보고 있었다.

"드디어 만나게 되었군요. 사부."

백무귀의 말에 철영이 고개를 돌려 이귀를 바라보고 말했다.

"허허, 이귀가 악벌단에 끼어들었다고 들었는데 그게 바로 너희 두 명이었구나. 등잔 밑이 어둡다더니 바로 내가 그러했던 것 같다. 너희 사형제 셋이 모두 동창에 투신해 있었으리라곤 상상도 못했으니 말이다. 수하들에게 들은 너희 셋의 특징이 과거와 판이하게 달랐다 해도 그것을 주의 깊게 살피지 못한 것은 나의 실책이겠지."

진원명은 의아한 표정으로 세 사람을 번갈아 바라보았다. 설마 세 사형제라면 무정귀와 백무귀가 철수귀처럼 철영의 제자였단 말인가?

"너희들의 사형을 만났었다. 나에게 복수하려 하더구나. 아마 너희 또한 마찬가지일 것이니 이처럼 만난 게 나로선 잘된 일인지도 모르겠다. 너희를 버렸을 때 그랬듯, 난 내 일을 방해할 여지가 있는 자를 용납할 입장이 아니니까. 하지만 마음은 편치 못하구나. 차라리 너희가 멀리 도망쳐 숨어버렸다면 이처럼 내가 손을 써야 할 일은 없었을 것을……."

"당신은 결국 우리에게 사과 한마디 하지 않는군. 당신 같은 자를 믿고 있다가 이 사형은 그곳에서 목숨을 잃었는데……."

무정귀가 철영을 똑바로 바라보며 조용한 목소리로 그렇게 말했다.

"사과하는 것만으로 모든 것이 바뀐다면 그리했을 것이다."

철영과 이귀가 대화하고 있을 때 청허가 당황한 듯 후위장에게 물었다.

"사형, 저자는 대체 누구입니까?"

"우리가 말했던 이 사건의 원흉이오."

대답은 진원명이 대신했다. 청허는 아직도 믿을 수 없다는 듯 후위장을 바라봤지만 후위장은 아무 변명도 하지 않았다.

철영이 이귀를 바라보던 시선을 돌려 진원명을 향했다.

"너는 보원이의 검을 지녔구나. 그 아이와 아는 사이였던 것이냐? 어쨌든 너는 벌써부터 아무 기교 없이 내공에 의지를 싣는 법을 알더구나. 정말 볼 때마다 나를 놀라게 하는 녀석이다. 네가 성장해 나와 같은 나이가 된다면 아니, 그보다 네가 삼 년만 내게 가르침을 받는다면 지금의 나를 아래로 둘 성과를 얻을 수 있을지 모르지. 아민이 나의 진전을 이어받기 어려운 재능을 가진 것을 생각한다면 넌 정말 아쉬운 재목이 아닐 수 없다. 정말, 진심으로 아쉬운 인재다."

진원명은 상대의 말을 반쯤 이해하지 못했다. 방금 진원명이 사용한 음공은 진원명이 의도한 것이 아니었던 탓이다. 진원명은 단지 자신의 목소리에 내공을 실어 적을 위협하려는 목적을 가지고 있었을 뿐이다. 진원명은 적들이 과도하게 자신에게 겁을 먹는 것에 단순히 조금 이상하지만 다행인 일이라고만 생각했다.

"어쨌든 너는 지난번부터 계속 내 일을 방해했다. 게다가 네 자질이 이처럼 뛰어나니 더더욱 이 이상 그것을 용납할 수 없다. 이번엔 지난번과 같은 수를 쓸 여지는 없을 것이다."

진원명은 철영의 목소리에서 얼마 전 보았던 철영의 무공을 상기했다. 이자를 자신이 과연 상대할 수 있을까?

"빌어먹을, 아무래도 당신들의 말이 사실인 모양이군. 하지만 그래 봐야 저자는 일단 혼자가 아니오? 그럼 수하들이 아무리 많이 숨어 있다 해도 우리가 달려들어 저자만 사로잡는다면 일은 끝나지 않겠소?"

장수생이 진원명을 바라보며 그렇게 말했다. 진원명은 고개를 끄덕였다. 가능성은 희박했지만 일단 노려볼 만한 시도라 할 수 있을 것이다.

"아무리 당신이라도 무적은 아니야. 저 소년과 아는 사이인 것 같은데, 당신이 그가 사용하는 검술을 보았다면 이처럼 자신있어하진 못했을걸. 당신은 실수했어. 오늘 이곳이 당신의 무덤이 될 거야."

무정귀가 말했다. 철영은 고개를 저었다.

"확실히 많이 변했구나. 예전의 넌 누구보다 조용하고 얌전한 아이였는데 무엇이 너희를 그토록 변하게 했지? 둘째가 죽었던 그 사건인가?"

"그를 함부로 거론하지 마! 당신 따위가 어떻게 감히!"

무정귀가 분노해 외쳤다. 하지만 철영은 조용한 목소리로 말을 이었다.

"내 말이 사실이군. 하지만 넌 네 곁의 셋째를 좋아하지 않았나? 둘째가 널 좋아했지만 넌 항상 매몰차게 그를 거절하기만 했을 뿐……."

"그 입 닥치지 못해!"

무정귀는 참지 못하고 철영에게 달려들었다. 백무귀가 막으려 했지만 무정귀가 더 빨랐다.

"성급해졌구나. 마음이 급하다고 검이 빨라지는 것은 아니다."

철영은 그렇게 말하며 검을 뺐다. 그리고 그 순간 무정귀의 돌진이 멈췄다.

무검이다. 무정귀가 멈춘 이유를 아는 진원명은 재빠르게 앞으로 나섰다.

"멈춰!"

순간 수많은 환영이 자신을 감싸왔다. 진원명은 요 며칠간 수없이 철영의 검술을 생각해 보았다. 그 검의 이치를 깨달아 보려 했고 그것을 파훼해 보려 했다.

그 시도는 어느 정도는 결실을 거두었다. 적어도 상대의 검술에 대해서는 미루어 짐작해 낼 수 있었다. 지금 자신이 느끼는 위기는 상대가 가진 가능성이라는 것이다. 어떻게 그런 것이 가능한지 알 수 없지만, 상대가 펼칠 수 있는 모든 가능성이 단 일검에 압축되어 있는 기술 그것이 무검이었다. 그런 상대를 제압하기 위해서는 상대의 어떤 검리로도 풀어낼 수 없는 완벽한 검술, 상성이 존재하지 않는 검술을 펼쳐야만 할 것이었다.

진원명은 검을 휘둘렀다. 사방으로 몰아쳐 오는 적의 환영을 제거하며 앞으로 나아가려 했다. 난무하는 적의 환영들을 제거하며 적의 가능성이 자신의 정면으로만 집중되도록 했다.

무검을 뚫어내는 것이 쉽지는 않겠지만 완전히 불가능한 것은 아니다. 자신에게는 피할 수는 있지만 막을 수는 없는 그런 검술이 있지 않은가?

그때 적의 정신이 집중되지 못함이 느껴졌다. 아마 백무귀와 다른 사람들이 뛰어들었던 것이리라. 진원명은 자신이 느끼는 위기가 현저하게 줄어든 것을 느꼈다. 기회였다.

진원명은 검을 휘둘러 좀 더 상대에게 전진한 뒤 검을 뻗었다.

후우우우웅!

엄청난 파공성이 울려 퍼졌다. 바로 진기의 방출이었다.

진원명이 뿜어낸 진기가 자신을 노리던 가능성과 마주쳤다. 그리고 그 범위에 속한 가능성들이 모두 사라지는 것이 느껴졌다.

철영의 환영이 사라지고 철영의 진짜 모습이 드러났다. 그는 놀란 표정으로 진원명을 바라보았다. 진원명의 생각은 들어맞았다.

우우우웅!

하지만 그것은 완벽하게 들어맞지는 않았다.

진기가 지나간 뒤 철영은 여전히 무사한 모습으로 그 자리에 서 있었기 때문이다. 철영은 방금 무검을 풀고 뒤로 물러서 진기를 피해 버렸다.

"단순한 검기나 검풍은 아니군. 이런 엄청난 위력은 아마도 마공인가? 어쨌든 대단하군. 자네에게 집중하지 않았다지만 내 무검을 깨뜨리다니. 이것은 자네가 확실히 처음일세."

"뭐, 뭐였지? 방금 이건……."

철영이 검을 멈추고 물러나자 무정귀 또한 기가 막힌 표정으로 물러났다. 그녀뿐 아니라 백무귀와 청허, 장수생, 박철우 등도 철영에게서 물러서며 비슷한 표정을 지어 보였다. 개중 장수생과 박철우는 그사이에 검상을 입은 듯 피를 흘리고 있었다.

진원명은 마음속에 피어오르는 무력감에 이를 악물었다.

이 많은 고수가 달려들었음에도, 그리고 그 틈을 이용해 비장의 일격을 날렸음에도 고작 적을 놀라게 했을 뿐이란 말인가? 이것은 진원명의 예상을 훨씬 능가하는 너무도 압도적인 격차였다.

"무검이라고 하는 기술이다. 예전보다 훨씬 대단해졌군."

백무귀는 그나마 아는 것이 있는 듯 그렇게 말했다. 철영이 고개를 끄덕였다.

"예전에 무검을 펼치면 그것을 쉽게 풀고 움직이는 게 불가능했지. 그때라면 방금 전과 같은 공격에는 꼼짝없이 당했을지도 모른다. 하지만 지금은 그렇지 않다. 내 무검은 이제 수발이 완전히 자유롭다. 한때 내 전인으로 삼을 생각까지 했던 너라면 내 말의 의미를 알 수 있겠지."

철영의 말을 들은 백무귀가 말없이 입술을 지그시 깨물었다. 백무귀의 표정에서 절망을 읽은 무정귀가 황급히 말했다.

"아직 끝난 게 아니에요. 다시 달려들어요. 다시 한 번 모두 전력을 다해 덤벼든다면……."

"안 된다. 저자는 지금 무엇으로도 상대할 수 없다. 저자의 유일한 약점이었던 거리도… 이제는 저자가 극복해 버렸으니까. 게다가 저자가 나타났다면 저자의 수하들 또한 근처에 있을 것이다. 지금은 우리 모두가 달려들어 봐야 개죽음을 당할 뿐이다. 그러니 어떻게든 도망쳐 목숨을 구해야 한다."

백무귀의 말에 무정귀가 고개를 돌렸다.

"아니요. 아직은 몰라요. 아직 포기해선 안 돼요. 내가 말한 것을 잊었었나요? 내게 검을 빼앗은 자가 이기어검술을 사용했다는 것을?"

"이기어검?"

철영이 무정귀의 말을 들은 듯 관심을 보였다. 백무귀가 진원명을 가리켰다.

"저자가 그때 그자가 확실하다 여기느냐?"

무정귀가 고개를 끄덕였다.

"지난번 얼굴을 검게 칠해 처음엔 알아보지 못했지만 이젠 확실히 알겠어요. 저자가 분명해요."

"허허, 이기어검술이라니. 정말 그런 재주가 세상에 존재한다는 것인가?"

그들의 대화를 그냥 지켜보고 있던 철영이 놀랍다는 듯 웃더니 진원명을 바라보았다.

진원명으로서는 자신에게 기대를 걸고 희망을 품는 저들의 모습에 한숨이 나올 상황이었다. 쓸 수 있다면 진작 썼지 지금까지 아껴둘 이유가 없지 않은가?

지금으로선 그들 모두가 덤벼도 철영 한 명조차 쉽게 제압하지 못한다. 이런 상황에 적의 주력마저 달려든다면 도저히 당해낼 방법이 없었다. 악벌단과 충용위 간의 싸움을 멈추고 어떻게든 방법을 찾아보려는 이때 철영은 참으로 효과적인 절망을 안겨준 것이다.

삐익!

그때 수풀 저편에서 날카로운 호각이 울려 퍼졌다. 모두가 소리가 들려오는 방향으로 시선을 주었다.

삐익! 삐익!

호각이 점차 빨라졌고 그 범위가 좌우로 늘어갔다. 진원명은 철영의 표정이 살짝 찌푸려지는 것을 느꼈다.

이내 주변 수풀 모두에서 시끄러운 소리가 들려왔다. 그것은 사람들의 고함과 비명과 무기 부딪치는 소리였다. 악벌단과 충용위가 두려운 기색으로 주변을 살필 때 누군가 수풀 속에서 나타나 이곳으로 뛰어왔다. 그리고는 철영에게 고개를 숙이고 보고했다.

"적들의 습격을 받았습니다. 자세한 숫자는 알 수 없었지만 습격이 일어난 범위로 보아 백 명이 넘는 듯합니다. 매복해 있던 자들이 모두 제압당했는지 가까이 올 때까지 눈치 채지 못하던 기습이라 아군의 피해가 너무 큽니다."

철영이 심각한 표정을 짓다가 이내 진원명을 돌아보며 말했다.

"아쉽지만 너의 이기어검을 구경하는 즐거움은 다음으로

미뤄야 하겠군. 하지만 그리 오래 걸리진 않을 것이다. 후위장은 날 따라라."

철영은 말을 마치자마자 숲 속으로 사라져 갔다. 진원명에게서 풀려난 뒤 철영의 뒤에 서 있던 후위장 또한 철영을 따랐다.

철영의 존재에 긴장하고 있었던 터라 그가 떠나자 모두 맥이 빠진 듯 한숨을 내쉬었다. 용기있게 싸우자고 주장했던 무정귀도 마찬가지였다.

"그가 이처럼 강했었군요. 사형은 알고 있었던 건가요?"

무정귀의 침울한 목소리에 백무귀는 아무 말도 하지 못했다. 아무리 애써봐야 소용없다는 것을 아느니 차라리 모르는 편이 나은 일이지만 이 정도로 격차가 나는 줄 몰랐던 무정귀 입장에서는 백무귀의 어떤 대답도 유쾌하지 못할 것이다.

"그런데 아무래도 누가 밖을 치고 있어 보이는데 우리도 호응해야 하지 않겠소?"

장수생이 꺼낸 말이었다. 좌중은 잠시 머뭇거렸지만 그 말이 옳다는 데 동의했다.

"당신들의 정체는 모르지만 그동안 오해했던 것에 사과드리오. 일단 지금은 힘을 합쳐야 할 때인 것 같구려."

장수생이 충용위를 바라보며 그처럼 말했다. 무민이 나서서 말했다.

"장 대협의 말이 맞소. 일단은 힘을 합쳐 이곳을 빠져나가야 할 때요. 한데 지금 밖에서 호응하는 자들이 얼마나 되는지 알 수 없구려. 수가 적다면 차라리 혼란만 일으키고 도망가는 편이 나을 텐데……."

그때 수풀이 들썩였다. 일행이 경계할 때 몇 명의 사람이 안에서 튀어나왔다.

"무 형 말이 맞소. 사실 수가 적다오. 그러니 도망갑시다."

그 맨 앞에 서 있던 사내, 한유민이 말했다.

"한 형, 와줬구려. 정말이지 뭐라 말을 해야 할지 모르겠소."

무민이 기쁨을 숨기지 못하고 달려가 한유민의 손을 잡았다. 한유민은 평소와 같은 퉁명스러운 목소리로 말했다.

"됐소. 감동할 힘은 뒀다 도망치는 데나 쓰시오. 아, 그러기 위해 도움이 될 만한 이야기를 해드리겠소. 내 생각에 아마 이번은 몇 년 전보다 두 배 정도 힘든 도주가 될 거요."

한유민의 말은 큰 도움이 되었다.

대치(對峙) 5

진원명은 한유민의 말에 동의할 수 없었다. 예전보다 세 배는 힘겨운 도주였다.

물론 그게 한유민의 탓은 아니다. 그런 결과가 나온 것에는 적들의 병력 수습이 예상보다 빨랐던 탓이 컸다. 그리고 적들이 아예 뒤로 더 많이 물러서 퇴로를 막아버린 탓도 컸다. 그 사실이 한유민의 도주로에 설치되어 있던 몇몇 함정을 무용하게 만들었다. 한유민은 그 뒤에도 세 번 소수의 인원으로 적들을 유인하려 해보고, 적들의 시선을 흐리려고도 해보았지만 적들은 쉽게 말리지 않았다.

"저들은 정말 완벽하게 준비했구려. 이처럼 공든 탑이니 쉽게 무너뜨리긴 어렵겠소. 일단 물러나서 생각을 좀 해봅시다."

그런 상황에서 한유민의 이런 의견은 당연한 것이었지만 또 기습적인 것이었다. 며칠간의 유도를 통해 적들은 적어도 처음보다 확실히 동요하고 있었기 때문이다. 이번에 물러나게 된다면 그동안의 노력이 무의미해질 것이 분명했지만 한유민의 결단은 과감했다. 그 과감한 결단 덕에 적들은 그들의 물러남을 전혀 인지하지 못했고, 물러서는 아군의 움직임을 완벽하게 놓치고 말았다.

한유민의 병력은 도주하며 함정을 지키던 자들과 합류해 어느덧 오십여 명으로 늘어 있었다. 적진에 일으킨 소란을 생각해 보면 적은 병력이지만 한유민의 사정을 잘 알고 있던 무민에게는 놀랄 만큼 많은 인원인 것 같았다.

물론 개중에는 한유민의 세력이 아닌 인물들도 있었다. 예전 헤어졌던 아민의 무리나, 얼마 전 헤어졌던 단목영, 설공현, 장영길이나 악벌단의 몇몇 무인들, 그리고 유소매 등과 같은 정말 뜻밖의 인물들까지 말이다.

한유민은 이번 일을 위해 상당히 과감한 결단을 내렸던 것으로 보였다.

"뭐, 아마 아는 사람은 다 알겠지만, 나 또한 한강민의 품에 첩자들을 꽤 많이 심어놓았었소. 그리고 이번 사건에서 그들 대부분을 사용했다오. 얼마 전 도주하기 위해 일으킨 큰 소란들은 죄다 한강민의 무리 안에 있던 내 첩자들로 일으킨 거고 그들은 그 무리에서 빠져나와 다시 내 밑으로 돌아왔소. 지금 내 수하들이 많아 보이는 게 그 때문이오. 이들은 대부분 얼마 전까지 한강민의 세력에 속해 있던 자들이오. 그리고 내 수하가 아닌 이들은 그냥 철영의 세력 뒤를 따르며 자연스럽게 합류한 사람들이오. 이번 일과 관련되어 산을 오르거나 내려가다 운 좋게 철영의 무리가 아닌 우리와 먼저 만난 이들이지요."

한유민은 덤덤하게 말했지만 썩 덤덤할 만한 소식은 아니다. 그처럼 많은 첩자들을 포기했다면 앞으로 한강민과의 대립 구도에서 손해를 보게 될 것이 당연하기 때문이다. 게다가 이들은 결국 무민과 함께 이곳에 갇히게 된 셈이다.

무민은 한유민에게 새삼 미안함과 감동을 느낀 듯 보였다.

요 며칠의 도주 동안 아민이나 단목영은 간혹 진원명과 마주치곤 했지만 그저 묘한 표정을 지어 보였을 뿐 별다른 말을 건네진 않았다. 사실 바빠서 그럴 시간조차 없었다는 게 맞는 말일 것이다.

사흘 만의 휴식을 틈 타 진원명은 단목영을 찾았다. 단목영의 근황뿐 아니라 설공현의 근황도 궁금했다. 단목영은 부상자들을 돌보는 막사에 있다고 했다. 며칠간의 도주로 설공현의 부상이 제법 악화되었기 때문이다.

"연 소협이시오?"

막사 앞에 지친 표정으로 주저앉아 있던 장영길이 물어왔다. 진원명이 고개를 끄덕였다. 장영길이 다시 물었다.

"얼굴이 많이 변해 있어 처음에는 못 알아봤었소. 예전보다 더 젊어 뵈는구려. 이 모습이 진짜인 거요?"

진원명이 다시 고개를 끄덕였다. 장영길이 씩 웃었다.

"본모습이 훨씬 낫소. 인물도 훤하고… 전 소저가 갈등하는 게 이해가 가는구려."

진원명이 의아한 표정을 지어 보였다. 장영길의 말하는 모습이 왠지 평소와 다른 듯 느껴진 탓이다.

"힘들어 보이는군요. 좀 쉬는 게 어떻습니까?"

"힘들어봐야 당신만 하겠소. 나야 다른 사람들이 하라는 대로 도망만 쳤을 뿐이니… 아, 그러고 보니 지난번에 미처 이 말을 못했소. 그때 적들의 소굴에서 구해준 일 정말 고마웠소."

장영길의 말에 진원명이 씩 웃었다.

"예전처럼 편하게 말하세요."

"후후, 그때 당신을 대할 때와는 상황이 많이 변했잖소. 난 이게 편하오. 당신이야말로 말을 편하게 하는 편이 어떻소?"

"나도 이게 편하군요."

진원명이 그렇게 답하자 장영길은 한숨을 내쉬었다.

"솔직히 말하자면 난 얼마 전까지만 해도 연 공자를 원망했었소. 당신의 도움으로 몇 번이나 목숨을 구하고 이곳에서 도망치기도 했지만 그것에 대해 고맙게 생각하기보다 당신의 능력을 질투하고 당신 같은 능력이 있으니 당연히 그 정도는 해야 하는 것이라 그렇게 여겼었지. 난 오히려 당신이 좀 더 우리와 함께 머물며 끝까지 돕지 않는 것을 원망했소. 당신의 도움으로 적들의 소굴을 탈출한 뒤 다른 적들에게 쫓기다가 저한 소협이란 사람에게 구출되었을 때에도 난 그에게 고마워하기보다 내심 더 일찍 돕지 않았음을 원망했다오."

진원명은 대답할 말을 찾지 못하고 장영길을 바라보았다. 장영길이 말을 이었다.

"당신이 혐오한다 해도 이상하게 여기지 않을 거요. 나 또한 이제 와 생각해 보면 내 행동이 한심하기 그지없어 보이니 말이오. 여기서 며칠을 도망 다니면서 깨달았소. 내가 이제껏 얼마나 남들에게 폐만 끼치던 녀석인지를 말이오. 요 며칠 당신이나 한 소협이란 사람, 그리고 다른 악벌단의 고수들은 정말이지 본진과 적진을 바쁘게 뛰어다니더군. 그 바쁜 움직임엔 분명 많은 위험이 따랐을 거요. 들어서 알고 있지만 적진에는 우리 모두가 덤벼도 상대가 되지 못할 엄청난 고수가 있다고 하니까. 난 그런 당신들의 위험을 대가로 그나마 편하게 도주하고 있는 것이었지. 물론 당신들은 구하고자 하는 다른 사람들이 있을 테고 난 그냥 덤이었을 것이오. 하지만 당신들은 그것에 불평하지 않았소. 전혀 엉뚱한 내가 당신들의 희생에 대한 대가를 얻는 것에 억울해하지 않았지. 내게 어떤 보상을 기대한 것도 아니고, 오히려 당신들의 희생에도 불구하고 당신들을 원망하고만 있던 날 그냥 호의로 도왔던 것이오."

장영길은 그렇게 말하고는 잠시 진원명을 돌아봤지만 곧 시선을 돌렸다.

"당신들에게 그럴 수 있는 능력이 있으니까… 능력이 있다면 그 능력에 맞게 좀 더 많은 일을 하는 게 당연하다고 난 그렇게 생각하려 했지만 그것이 그냥 내 변명에 불과하단 걸 잘 알고 있었소. 얼마 전 부상 입은 설 방주와 함께 적들의 본진을 벗어났을 때 난 설 방주를 버릴까 숱하게 망설였소이다. 그를 끝까지 버리지 않은 것은 그에 대한 호의라기보다 그가 나에게 치를 보상을 원해서였을 뿐이오. 난 내가 할 수 있는 일이라 해도 내 이득이 없다면 하지 않소. 당신들과 나의 차이는 그것이었소. 가진 능력의 크고 작음보다, 가진 능력으로 무엇을 하느냐의 차이였소."

장영길은 잠시 눈살을 찌푸리며 생각하다가 머리를 거칠게 긁고는 자리에서 일어났다.

"장형……."

그 모습을 본 진원명이 뭐라 말하려 했지만 장영길이 앞서 말했다.

"뭐, 이렇게 말한다 해서 내가 당신들처럼 바뀌지는 못할 거요. 난 언제나 내가 제일 우선이니까. 하지만 적어도 한 가지는 분명히 하게 되었소. 진심으로 당신들에게 고마워하게 되었단 거요. 그냥, 그 말을 하려고 했던 것인데 쓸데없이 말이 길어졌구려."

진원명은 장영길의 말에 조금 무안함을 느꼈다. 자신은 감사받는 일에 확실히 서투르다.

"장 형, 그러니까……."

"설 방주와 전 소저를 만나보러 온 것 같은데 안에 있소. 요새 좀 분위기가 묘한데. 뭐라 표현하긴 어렵고 들어가 보면 알 것이오. 난 좀 걷다 오겠소."

장영길은 다시 진원명이 뭐라 말하기도 전에 휘적휘적 걸어가 버렸다. 진원명은 잠시 장영길의 뒷모습을 바라보다가 머리를 긁적이며 이내 천막 안으로 들어갔다.

매캐한 약 냄새가 풍겨왔다. 진원명은 고개를 둘러보고는 곧 입구 근처에 누워 있는 설공현과 그 곁에서 설공현을 바라보는 단목영을 발견했다. 단목영은 무슨 생각에 빠져 있는지 진원명이 곁에 다가왔음에도 그 사실을 눈치 채지 못했다.

"전 소저."

진원명의 부름에 단목영은 비로소 놀란 듯 진원명을 바라보았다.

"진 공자?"

"설 방주는 좀 어떻소?"

단목영은 설공현을 내려다보았다.

"어제부터 제대로 의식을 차리지 못했어요."

"부상을 입은 몸으로 이런 도주행을 견딘다는 것은 어려웠을 것이오."

단목영은 고개를 끄덕였다. 진원명은 고개를 돌려 단목영을 바라보았다. 단목영은 복잡한 감정이 깃든 표정으로 설공현을 바라보고 있었다.

그 표정을 잠시 바라보던 진원명은 의아함을 느꼈다. 지금의 단목영에게 나올 것 같지 않은, 생소한 표정을 보았던 것이다. 바로 분노였다.

그때 단목영이 진원명에게 시선을 옮겼다. 진원명은 무어라 말하려 하다가 단목영의 시선이 향하는 곳을 보고 입을 다물었다.

단목영은 자신이 허리에 차고 있던 무정귀의 검을 바라보고 있었다.

"확실히 그 검이군요."

"전 소저, 이건……."

진원명이 황급히 해명하려 할 때 단목영이 고개를 저었다.

"됐어요. 당신이 왜 사실을 숨겼는지는 굳이 설명할 필요 없어요. 내가 그 검을 통해 얻으려 했던 사실을 이미 다 알았으니까."

진원명은 단목영의 표정이 얼마 전 보았던 모습과 다르다는 것에 우려했다. 진원명은 묻지 않을 수 없었다.

"전 소저, 괜찮으시오? 안색이 좋지 않소."

지금 단목영이 짓고 있는 표정은 자신이 전생에 보았던 아무 생기도 의지도 보이지 않던 그 표정과 닮아 있었기 때문이다.

"괜찮아요. 아마… 곧 괜찮아질 거예요. 그러니 나에게 너무 신경 쓰지 마세요."

단목영은 그렇게 말했지만 진원명은 그녀에게 신경을 쓰지 않을 수 없었다. 무엇보다 자신은 그녀에게 지금 해주어야 할 말이 있었다. 바로 얼마 전 그녀의 아버지를 만났다는 이야기 말이다.

"전 소저… 그러니까……."

"진 소협, 여기 있었군요."

진원명이 조심스럽게 이야기를 꺼내려 할 때 진원명을 부르는 누군가의 목소리가 들려왔다.

진원명이 고개를 돌리자 왠지 차가운 표정으로 자신을 바라보는 아민의 모습이 있었다.

"아민? 무슨 일이지?"

"한 소협이 찾으세요. 다음 계획을 토의하기 위해서요."

"아, 그래? 어디로 가면 되지?"

"그걸 안내하기 위해 온 거예요. 두 분 아직 볼일이 남으신 건가요?"

아민의 질문에 단목영이 대답했다.

"아니요, 여긴 별다른 일이 없답니다. 바쁘신 듯하니 진 공자는 이만 가보세요."

단목영이 그렇게 말하니 더 남아 있기가 애매했다. 진원명은 철수귀에 대한 이야기는 다음에 하기로 마음먹고 자리에서 일어났다.

"그럼, 가보겠소."

아민의 뒤를 따라 천막을 나서며 진원명은 힘들어 보이는 단목영에게 적진에 붙잡혀 있는 철수귀의 이야기를 해주는 것은 가혹한 일이었을지도 모른다는 생각을 떠올렸다.

"차라리 말하지 않은 게 다행인지도 모르겠군."

"뭐라고 하셨나요?"

진원명의 중얼거림을 들은 것인지 아민이 물어왔다. 진원명은 황급히 고개를 저었다.

"아니, 아무것도 아니야."

아민은 쌀쌀한 기색으로 고개를 돌리고는 다시 앞장서 걷기 시작했다.

진원명은 이내 관심을 아민에게 돌렸다. 아무래도 아민은 자신에게 기분이 나빠져 있는 듯 보였다.

생각해 보면 아민은 예전 자신에게 그들의 일에 상관하지 말 것을 부탁했었다. 아민이 자신에게 화가 나 있는 것은 혹시 그 때문인 것일까? 진원명은 살짝 눈살을 찌푸렸다.

"하지만, 나 또한 어쩔 수 없었는걸."

자신 역시 그때 아민의 축객령을 받고 그들과 다시 인연을 맺지 않으려 했었다. 그들이 겪게 될 불행 따위 나 몰라라 하고 평범한 자신의 일상으로 돌아가려 했다.

그 중간에 철영을 만나지 않았다면, 그래서 아직 끝나지 않은 자신의 불행한 흐름을 떠올리지 못했다면 자신은 아마 그렇게 되었을 것이다.

진원명은 문득 그 당시 느꼈던 느낌을 떠올렸다. 기억해 내려 한 게 아닌 그냥 자연스러운 떠오름이었다. 마치 꿈결처럼 아련하지만 자신이 아는 어떤 현실보다 확실하게 체감할 수 있는 그런 이상한 확신.

진원명은 자신이 그 당시와 비교해 지금 좀 더 그 '꿈'에 가까워져 있다는 것을 알 수 있었다.

"무슨 생각을 하고 있죠?"

진원명은 정신을 차렸다. 눈살을 살짝 찌푸린 채 자신을 바라보는 아민의 모습이 보였다. 그 모습에서 언젠가 오래전 느꼈었던 설렘을 기억해 낸 진원명은 살짝 고개를 숙여 아민의 시선을 피했다.

"아, 왠지 네가 화난 듯 보여서."

아민은 잠시 멈칫하더니 다시 고개를 돌리고 앞서 걸어갔다. 진원명은 그 뒤를 따르며 생각했다. 예전에도 느꼈지만 지금의 자신은 오히려 편안해하고 있는 것인지도 모른다. 아니, 분명 자신은 지금 편안함을 느끼고 있었다.

하지만, 그렇다면 과거 자신이 이들과의 인연을 끊으려 했을 때 느꼈던 그 해방감은 무엇이었을까?

"화나지 않았어요. 나에게 그럴 이유가 없는걸요."

진원명의 생각을 끊고 아민의 목소리가 들려왔다. 아민은 걸어가는 상태 그대로, 진원명을 돌아보지 않은 채 말하고 있었다.

"난 그냥 나에게 화가 났을 뿐이에요. 내 멋대로… 당신을 오해하고 있었던 나 자신에 대해서 말이에요. 당신이 그것 때문에 불쾌했다면 사과드리겠어요."

"무엇을 오해했다는 것이지?"

진원명이 의아하다는 듯 물었다.

"나도 잘 모르겠어요. 아직도… 내가 왜 그런 생각을 했는지 이해하지 못하겠어요. 단지… 난…….."

아민은 잠시 망설이다가 말을 이었다.

"당신이 날 좋아한다고 생각했어요."

진원명은 잠시 멍해졌다.

"전… 지금 생각해 보면 질투하고 있었던 것인지도 몰라요. 당신이 날 좋아한다고 여겼기에 당신이 해서파의 여식과 친하게 지내는 것을 질투했어요. 하지만……."

진원명은 머릿속이 정리되지 않는 기분이었다. 아민은 그 때문에 지금까지 나에게 화를 냈다는 것인가?

"하지만 당신은 그저 나에게 호의를 보여준 것일 뿐이었겠죠. 당신이 비웃더라도 어쩔 수 없다고 생각해요."

왠지 진짜로 웃음이 나올 것 같은 느낌이 들었기 때문에 진원명은 필사적으로 억눌렀다. 자신은 무엇 때문에 고민했던 것이지? 그녀는 또 무엇 때문에 고민했던 것인가?

진원명은 아민과 자신 둘 모두 똑같이 바보 같았다는 생각을 했다. 그냥 말했다면, 서로 털어놓았다면 되었을 텐데…….

"아민, 나는……."

진원명이 뭐라 말하려 할 때 아민이 말을 끊었다.

"제가 이런 말을 한다고 해서 저에게 굳이 해명해 줄 필요는 없어요. 저 또한 들어서 알고 있으니까요. 당신이 해서파의 여식과 약혼한 사이라는 것을요."

진원명은 순간 황당하다는 표정으로 아민을 바라보았다. 지금 도대체 무슨 소릴 하는 것인가?

"그녀에게 쓸데없는 말을 하거나 해서 당신께 누가 되지는 않을 거예요. 그러니 도련님 진 소협께서는 방금 이야길 굳이 마음에 두지 않으셔도 돼요."

"이봐, 아민. 기다……."

"도착한 것 같군요."

진원명이 뭐라 반박하려 할 때 아민이 다시 앞서 말했다. 그러고 보니 눈앞에 널따란 바위 위에서 자신들을 내려다보고 있는 한유민과 몇몇 사람들이 보였다.

아민이 바위 위로 먼저 뛰어올라 가자 한유민이 진원명을 바라보며 말했다.

"어서 올라오시오, 진 소협. 모두 기다리고 있었소."

진원명은 한숨을 내쉬며 가볍게 툴툴거렸다.

"왜 다들 내 말을 좀 차분히 들어주지 않는 거야."

대치(對峙) 6

회의는 길지 않았다. 사실상 한유민이 짠 작전을 모두에게 전달하는 정도의 회의였던 것이다. 회의 중에 충용위의 네 위장이 이귀에게 시종 좋지 않은 시선을 보냈다. 아마 그들이 동창의 인물이라는 것이 마음에 들지 않았던 모양이었다.

하지만 그들의 시선에 안절부절못해한 것은 애꿎은 청허와 장수생이었다.

아마 두 사람은 악벌단이 무고한 자들을 해치려 했다는 것에 죄책감을 느끼고 있는 듯했다. 물론 상근명의 장원을 습격한 것은 충용위의 무사들이 맞지만 무민을 납치하고 그를 인질로 이 같은 일을 꾸민 진짜 흉수는 철영과 한강민이었으니 저들의 이런 착각이 사실과 크게 다른 것은 아니었다.

진원명은 회의가 끝난 뒤 아민을 만나보려 했지만 아민은 네 위장들과 함께 뭔가 의논하며 떠나가고 있어 말을 걸기 어려웠다.

아민은 일단의 충용위 무사들을 맡아야 했기에 이번 작전에서 할 일이 많았다. 진원명은 아민을 만나는 것은 조금 뒤로 미루자고 생각했다. 그리고 그것에 안도했다.

회의를 하는 동안 방금 전의 기쁨이 사라지고 알 수 없는 걱정이 마음속에 떠올랐던 것이다. 과거 그녀와의 어긋났던 인연과 그 결과에 대한 우려다. 진원명은 이 얼마 안 되는 시간 만에 아민에게 사실을 털어놓을 자신감을 거의 다 잃어버린 상태였다.

"진 소협, 잠시 와보겠소?"

그때 한유민이 진원명을 불렀다. 한유민은 무민과 함께 서 있었다. 진원명은 생각을 털어버리고는 두 사람에게 다가갔다.

"무슨 일입니까?"

"적들의 규모를 한 번 더 확인해 보려는 것입니다. 가장 최근 그들의 본진을 드나들었던 것이 진 소협이니 귀찮아도 이해해 주세요."

무민이 빙긋 웃으며 말하자 진원명 또한 씩 웃으며 대답했다.

"난 그다지 할 일도 없으니 상관없습니다."

진원명은 자신이 철영의 본진을 드나들었던 일에 대해 이들에게 한 번 말했던 터였다. 당시 수연을 만났다는 이야기에 충용위의 위장들은 수연이 첩자라는 사실을 깨닫고 몹시 분개했었지만 곧이어 수연이 진원명을 도왔다는 말에 의아해했었다.

수연은 원래 한강민과 절친했으니 배반할지도 모른다고 예상하긴 했었지만 한 번 배반한 상태에서 진원명을 다시 도운 것은 이해하기 어렵다는 것이었다.

아마 수연이 진원명을 자신의 집에 숨겼다는 이야기까지 했다면 더더욱 사람들을 혼란스럽게 했겠지만 진원명은 수연의 체면을 위해서라도 그 사실은 숨겼다.

"남은 배가 두 척이라면 아마 남은 자들이 밖으로 나오려면 조금 귀찮겠군요."

"배를 그냥 숨겨두었을 뿐이라 했으니 배 두 척에 스무 명을 태우고 와 애초에 타고 왔던 배 이십 척을 다시 가져가면 그만이오."

"그들이 나오면 사람 수로는 확실하게 열세가 되겠구려."

"고수들의 전반적인 질은 우리가 우위요. 내가 세운 작전은 그런 우리의 우위를 이용한 것이고."

무민과 한유민의 대화를 듣던 진원명이 문득 의문을 떠올리고 질문했다.

"아, 그러고 보니 한 소협, 은 누님은 어디에 있습니까? 한 소협과 함께 있으리라 생각했는데 보이질 않는군요."

"그녀는 늦었지만 원군을 청하러 갔소. 내가 이 일에 끼어들었을 때는 철영이 이처럼 큰일을 꾸몄을 거라곤 상상하지 못했으니 주변에 사람이 없었소."

진원명은 고개를 끄덕였다. 그래서 어쩔 수 없이 심어둔 첩자들마저 다시 끌어왔다 하지 않았던가? 은비연에게 해가 가지 않길 바라던 진원명은 이렇게 된 게 오히려 다행이라 생각했다. 무민이 물었다.

"원군이라… 가망이 있겠소?"

"기대하지 않는 게 좋을 거요. 강민이가 아마 제법 긴장감을 조성해 두었을 테니, 쉽게 인원을 움직이기 어려울 거요. 온다 해도 그리 많은 인원이 오진 못할 테고."

무민이 흠, 하고 고민했다. 진원명이 물었다.

"그러고 보니 저들이 이처럼 복잡한 방법으로 당신들을 유인한 것이 원군 때문인 것입니까? 저들이 이처럼 당신들을 유인해 내야 하는 이유를 전 잘 모르겠더군요."

두 사람은 잠시 뭔가 고민하는 듯했다.

"거기에는 다른 이유가 있소. 그것은 무 형의 정체와 관련이 있으니 깊게 알 필요가……."

"아니오, 한 형."

한유민의 말을 무민이 가로막았다.

"난 진 소협에게 목숨을 구원받았소. 그리고 계속해서 많은 도움을 받고 있지요. 난 이미 진 소협을 내 친구로 생각하고 있소. 그러니 친구를 얻기 위해 나 자신을 좀 더 드러내 보이고 싶구려."

한유민은 잠시 무민을 지그시 바라보았다. 그리고 이내 아무 말 없이 물러났다.

한유민에게 살짝 미소 지어 보인 무민은 이내 진원명을 바라보며 말했다.

"이것은 내가 당신을 믿고 알려 드리는 것이니 그 책임도 저의 것입니다. 친구를 얻기 위해서 그냥 저 혼자 자신을 내보이는 것입니다. 어떤 대답이나 다른 보상을 바라는 것이 아니니 부담스러워 마십시오."

무민의 말에서 진원명은 얼마 전 한유민의 말을 떠올렸다.

상대를 믿지 않기에 자신을 내보이지 않는 자. 한유민은 자신이 그렇다고 말했었다. 그렇기 때문에 자신은 역으로 누구의 신뢰도 받지 못한다고…….

그에 반해 눈앞의 무민은 조건없이 자신을 먼저 내보일 줄 아는 자다. 한유민과는 정반대인 인물이라 할 수 있을 것이다.

하지만 한쪽은 돌아오는 것을 기대하지 않고 그냥 상대를 믿어주고, 또 한쪽은 사람을 믿지 않지만 그렇기에 오히려 상대의 믿음을 가벼이 여기지 못한다.

문득 무민과 한유민이 전혀 어울리지 않아 보이지만 서로 잘 어울리는 벗인 이유는 이런 엇나가는 듯 균형을 이루는 서로의 믿음 때문인지도 모른다는 생각이 들었다.

무민의 조용한 목소리가 울려 퍼졌다.

"저는 왕서한(王恕恨)이라 합니다. 지금은 멸망한 고려라는 나라의 왕족이지요."

무민(無民)이란 이름이 말 그대로의 의미를 가졌던 것임을 진원명은 비로소 알 수 있었다.

또한 무민이 그토록 자신의 정체를 숨겨야 했던 이유와 무민의 수하들이 불렀던 '주군' 이라는 말이 가진 진정한 의미 또한 알 수 있었다.

무민은 왕이었던 것이다. 단지, 나라를 갖지 못한.

"제가 태어나기도 전 고려는 이성계라는 역적에 의해 그 왕조를 마감한 상태였습니다. 몇몇 중신들만이 아직 채 어미의 뱃속에 있던 저를 데리고 명나라로 도피해, 명나라에 남아 있던 고려의 지지 세력에 의지해 지하로 숨어들었을 뿐이죠. 사실상 그런 지지 세력은 대부분 과거 고려 시절 파견된 밀정의 후예들이었습니다. 그들 중에는 상당한 부를 쌓아둔 상인들도 있었고, 조정에 줄이 닿아 관직에 든 자들도 있었습니다. 그리고 철영 또한 그런 밀정의 후예들 중 하나였죠."

무민은 잠시 과거의 철영을 떠올리는 듯했다.

"철영은 뛰어난 인물이었습니다. 문무에 능했고, 사람을 부리거나 가르치는 것에도 뛰어났지요. 난 그자에게 많은 것을 배웠습니다. 그자는 여러 가지 의미로 내 주변의 다른 사람들과 달랐습니다. 그자는 처음에는 날 주군이나 전하라 부르지도 않았죠."

무민의 어린 시절, 철영은 왕서한을 싫어했다. 그 싫어함이 지금의 맹목적인 충성으로 바뀌게 된 것이 언제인지 무민은 알지 못했다.

"처음에는 날 싫어하는 것처럼 보였던 철영이지만 언젠가부터 날 따르기 시작했습니다. 그자다운 고집스러운 충성이었습니다. 나를 위하는 일이라 생각한다면 내 의지마저 묵살할 정도의 충성. 그는 내 주변 중신들을 좋아하지 않았습니다. 결국 그들과의 마찰로 인해 철영은 내 곁을 떠나 버렸습니다."

무민의 머릿속에 철영의 거친 모습이 떠올랐다. 그는 과격했다. 그래서 따르는 자도 많았지만 적 또한 많았다. 특히 자신 곁의 중신들, 철영은 그들을 싫어했다. 그들이 무민을 그들의 사욕을 위한 도구로 여긴다는 이유로… 하지만, 지금 철영이 하고자 하는 일은 그때 중신들과 뭐가 다른 것일까?

무민은 한숨을 내쉬며 말을 이었다.

"다시 돌아온 철영은 날 억류하고 내 주변의 중신들을 모두 숙청하려 하고 있습니다. 그 첫 번째 과정이 바로 중신들의 눈과 귀인 충용위를 제거하는 것입니다. 우리 조직의 수뇌부는 어느 정도 점 조직(點組織)의 형식을 가지고 있어 충용위의 보고만 차단한다면 철영의 배신에 대한 정보를 전달받을 길이 없어지니까요. 철영은 중신들이 자신을 경계하여 숨어버리는 것이 두려웠던 것입니다."

무민의 표정에 살짝 수심이 스쳤지만 이내 사라졌다. 무민은 평온한 표정으로 말을 마쳤다.

"그것이 진 소협의 질문에 대한 대답입니다. 그런 이유로 철영은 한강민을 이용해 자신의 정체를 철저히 숨긴 채 충용위를 유인해야 했고, 자신의 정체를 드러낸 뒤에는 누구도 이곳을 벗어날 수 없어지는 그런 함정을 파야 했던 것이지요."

진원명은 평온한 표정으로 자신을 바라보는 무민을 바라보며 한숨을 내쉬었다. 진원명은 왕조나 국가나 하는 것에 큰 관심이 없는 편이고 충성이나 애국심 같은 개념 또한 잘 알지 못했지만 그래도 무민이 이처럼 평온해 보일 상황이 아니라는 것은 짐작할 수 있었다.

무민은 국가를 잃은 왕이다. 그가 지금 해야 할 일은 당연히 자신의 나라를 되찾는 일일 것이다. 하지만 그의 신하들은 이런 상황에서도 그들 간의 권력 다툼에 열을 올리고 있었다. 무민의 입장에서 이런 상황이 어찌 답답하지 않을 수 있을까?

무민이 다시 말을 이었다.

"이것을 털어놓은 중원인은 당신이 두 번째입니다. 당신이 내가 사귀고자 마음먹은 두 번째 중원인이기 때문이죠."

무민의 말에 진원명은 새삼 깨달았다. 무민은 중원인이 아니었다. 자신과는 전혀 다른 부류의 사람이다.

이런 이야기는 분명 놀라울 만한 이야기였지만 진원명은 왠지 당연한 것인지도 모른다고 생각했다. 이제껏 보아온 무민의 인상은 그처럼 범상한 태생이 아니리란 느낌을 충분히 풍기고 있었기 때문이다.

어쨌든 지금 자신을 대하는 무민의 태도에서 진원명은 무민의 진심을 느꼈다.

"당신에 대해 알게 되었지만 결코 누구에게도 말하지 않겠습니다."

사뭇 진지하게 말하는 진원명의 모습에 무민이 빙긋 웃어 보였다. 아마 첫 번째 중원인일 한유민이 시큰둥한 목소리로 말했다.

"그놈의 이름값이 참 비싸게 느껴지는구려. 내 정체는 내 의도와 상관없이 다 밝혀져 버렸는데."

"하하, 질투하진 마시오. 그렇다 해서 한 형에 대한 애정이 식지는 않을 테니."

한유민이 몸짓만으로 과장되게 무민에게서 멀어졌다.

진원명은 그 모습을 바라보며 진심으로 기분 좋게 웃었다.

이들이 이처럼 어려운 상황에 처해 있음에도 여유를 잃지 않을 수 있는 이유는 그만큼 서로를 신뢰하고 의지하고 있기 때문이란 생각이 들었다.

그것은 자신 또한 마찬가지일지도 모른다는 생각이 들었다. 어느새 자신은, 자연스럽게 이들을 믿을 수 있는 동료로, 친구로 여기고 있었던 것이다.

재미있는 결과였다. 과거 이들이 자신에게 단지 경계의 대상이었음을 생각해 보면 말이다. 지금은 몰랐던 많은 사실을 알게 되었으니 전생의 불행이 이들로 인해 빚어진 게 아님을 알게 되었지만 생각해 보면 자신은 그보다 이전부터 이들을 신뢰하고 있었다는 생각도 들었다.

이들의 이와 같은 모습, 모질고도 거친, 이 강호라는 세상과 어울리지 않는 진솔함을 자신은 누구보다 잘 알고 있었던 것인지도 모른다. 그래서 이들의 이런 즐거운 모습이 이처럼 기쁘게 느껴지는 것이다.

진원명은 이들의 이런 모습이 지속되기를 원했다.

"이들의 미래 또한 예전과 같지 않기를……."

진원명은 자신도 의식하지 못한 채 그렇게 중얼거리고 있었
다.

현현(顯現) 1

이후 작전 시작까지 남은 세 시진 동안 진원명은 진지 이곳 저곳을 돌아다녔다.

몸을 좀 쉬어둬야 한다는 생각이 들어 적당한 곳에 자리를 깔고 누워보았지만 왠지 잠이 오질 않았던 것이다.

진원명은 멀리 적들이 있을 장소가 내려다보이는 둔덕을 찾아 앉았다. 그러고 나서야 진원명은 자신이 잠이 오지 않았던 이유를 깨달았다.

"그러고 보니 철영 그자는 대체 뭐야?"

진원명은 인상을 찌푸리고 투덜거렸다. 얼마 전 자신은 철영과 다시 상대해 보았고 패했다. 처음의 대결과 별다를 바 없는 완패였다.

그의 검술에 대해 그 내용은 어느 정도 파악할 수 있었지만 그것을 극복할 방법이 없었다. 자신이 생각해 둔 시도는 이미 실패했고, 지금의 자신으로선 그 이상의 방안을 떠올릴 수 없었다.

"예전의 힘을 되찾는다면 가능할까?"

진원명은 그렇게 중얼거렸다. 불사귀 시절의 마공을 되찾는다면, 힘의 차이를 통해 기예의 차이를 어느 정도 보완할 수 있을지 모른다. 하지만 그럴 수 있다 해도 적을 이긴다는 확신은 느껴지지 않았다. 무엇보다 당장 가능한 방법도 아니고.

"뭐, 상대하지 않으면 되겠지."

한유민의 계획이 바로 철영의 힘을 무력화시키는 것이었다. 그 계획대로 된다면 이번 싸움에 굳이 철영을 상대하게 되는 경우는 없을 것이다. 그와 정면으로 싸움을 하는 것은 그 상대로서는 너무나도 수지가 맞지 않는 일이 될 테니 말이다.

진원명은 다시 철영의 무리가 도사리고 있을 수풀 저편을 바라보다가 문득 실소했다.

전생의 불사귀를 상대했던 자들도 이런 기분이 아니었을까 하는 생각이 들었던 것이다. 마치 불공평한 내기를 하는 듯한, 무척이나 손해 보는 기분.

예전에 자신이 했던 생각이 맞았다. 이 넓은 세상엔 자신이 몰랐던, 이런 상상조차 해보지 못했을 만큼 엄청난 고수도 숨어 있었다. 하필 그런 고수가 자신이 반드시 막아야 할 적이란 것은 전생의 불사귀가 가졌던 불공평한 강함에 대한 업보인지도 모른다.

부스럭.

그때 진원명의 뒤에서 가벼운 인기척이 느껴졌다. 진원명은 고개를 돌려 뒤를 돌아봤다. 수풀에 몸을 걸친 채 자신을 흘끔거리는 무정귀의 모습이 보였다.

진원명은 의아함을 느꼈다. 저기서 무엇을 하고 있는 것이지?

잠시 후 그녀에게 별반 반응이 없자 다시 진원명은 고개를 돌려 둔덕 아래를 내려다보았다.

그렇게 잠시의 시간이 흐른 뒤 누군가가 다가오는 기척이 느껴졌다. 진원명은 신경 쓰지 않고 있다가 그 누군가가 진원명을 부르고 나서야 고개를 돌려 자신을 부른 사람을 바라봤다.

"주 소저?"

"왕 공자, 혹시 이 주변에 누가 지나가는 모습 보지 못했나요?"

질문하는 이는 화산파의 막내 주민국이었다.

"보지 못했습니다만."

"흠, 우리와 같은 조로 편성된 사람이 한 명 보이지 않아서요. 도대체 어디로 간 거람?"

주민국이 투덜거렸다. 진원명은 그 모습을 바라보며 뜬금없이 미안한 감정을 느꼈다. 이자들은 이번 일과 전혀 무관한 이들임에도 자신과 관계되는 바람에 엉뚱하게 이런 고생을 하게 되었다는 생각이 들었던 것이다. 진원명은 몸을 일으키며 말했다.

"그게 누굽니까? 나도 같이 찾아보죠."

"아, 그럴 필요까지는……."

"전 괜찮아요. 어차피 여기서 놀고 있었답니다."

진원명의 말에 주민국이 애교스럽게 웃었다.

"히히, 그럼 고맙고요. 내가 찾는 건 유소매라는 사람인데……."

"어, 없어진 사람이 유소매라고요?"

진원명이 뜻밖이라는 듯 묻자 주민국이 이상하다는 듯 말했다.

"아는 사람인가 보죠?"

"아, 그냥 제 쪽에서만 아는 사입니다. 삼십대 중반쯤 되는 제법 아름다운 여인을 말하는 게 맞죠?"

"호오."

주민국이 이상한 미소를 지으며 진원명을 바라보았다. 그 의미가 뭔지 알 것 같았기에 진원명이 황급히 변명했다.

"그녀를 아는 건, 그녀가 그저 해서파의 안주인이라……."

"후훗, 누가 뭐랬나요? 어쨌든 도와주겠다니 고마워요. 난 이쪽으로 가볼 테니 왕 공자는 저쪽을 찾아봐 주시겠어요?"

진원명의 말을 끊고 주민국이 그렇게 말했다. 진원명은 주민국의 넉살에 더 뭐라 변명하지도 못하고 허탈한 웃음을 지었다.

곧 주민국이 떠나갔다. 진원명 또한 몸을 일으켜 주민국이 부탁한 장소로 이동하려다가 문득 아까 본 그 자리에 서서 자신을 바라보는 무정귀의 모습을 발견했다.

설마 아까부터 계속 저러고 있었던 것인가?

진원명이 고민하고 있을 때 무정귀가 진원명 곁으로 다가왔다.

"당신에게 물어볼 말이 있어."

왠지 신경질적으로 들리는 무정귀의 목소리에 진원명이 움찔하며 한 가지 사실을 떠올렸다. 생각해 보니 자신은 여태 이 자의 검을 가지고 있지 않았던가?

진원명이 난처한 표정으로 말했다.

"저, 저기… 그러니까 당신의 검은 말이오……."

"고목신, 아니, 고목귀와 철수귀는 무사해 보였어?"

진원명은 자신의 말을 자르고 들어온 뜻밖의 질문에 살짝 당황했다.

"어, 그 두 사람이라면……."

"당신이 그 두 사람을 도와줬다고 했잖아. 그리고 그 뒤에 두 사람이 다시 잡혔다고도 말했고."

진원명은 비로소 이해했다. 무정귀는 아마 자신의 동료가 걱정되었기에 찾아온 것이리라.

진원명은 비로소 미소를 띄우며 말했다.

"그들의 이야기는 적진을 탈출할 때 전해 들은 거라 자세한 내용은 모르오. 하지만 두 사람의 무공이 대단하니 아마 별일은 없을 것이오. 너무 걱정하지 않으셔도 되오."

"내가 왜 그딴 녀석을 걱정해!"

진원명의 말을 끊고 무정귀가 갑자기 화를 냈다.

"난 그냥 궁금해서 물어봤을 뿐이다. 착각하지 마. 그럼 이만 가봐도 좋아."

진원명이 놀란 표정을 짓고 있자 무정귀는 다시 냉랭한 목소리로 그렇게 말하고는 몸을 돌려 떠나갔다. 진원명은 무정귀의 뒷모습을 잠시 바라보다가 나직이 중얼거렸다.

"자신들이 그들의 동료인 줄 내가 모른다고 생각하는 건가?"

하지만 그런 것치곤 필요 이상으로 신경질적인 모습이긴 했다.

"뭐, 알게 뭐람."

진원명은 그렇게 중얼거리고 이내 유소매를 찾아 걸음을 옮겼다.

*   *   *

유난히 달이 밝은 밤이었다.

하지만 드물게 들려오는 산새 울음소리에 섞여든 살기와 긴장감은, 달빛이 머물지 못한 숲 속의 그림자들을 타고 펴져 나가 전반적인 숲 속의 분위기를 스산하게 만들어내고 있었다.

그와 같은 일촉즉발의 분위기는 감이 무딘 사람이라도 충분히 느낄 수 있을 만큼 선명했지만 철영의 무리는 자리를 지킨 채 아무런 움직임을 보이지 않았다.

사실 그럴 필요가 없는 일이었다. 며칠만 기다린다면 갇힌 자들은 굶주림으로 지칠 것이고, 그들이 숨은 위치 또한 언젠가는 발각되게 될 것이다. 철영의 무리는 그들이 가진 이점이 그곳을 지키는 것만으로 극대화되리라는 것을 잘 알고 있었던 것이다.

하지만 그날 밤 그런 그들의 생각은 여지없이 무너졌다.

철영의 본진은 그날 수없이 습격받았다. 소수 정예로 이루어진 그야말로 번개 같은 기습들이었다.

분명 짧은 순간 이루어진 습격이었고 습격자들의 규모 또한 작았지만 그 피해마저 작은 것은 아니었다.

철영의 무리는 습격 때마다 확실하게 피해를 입었고, 도주하는 진원명의 무리를 쫓다가 매복한 자들의 덫에 걸려 다시 피해를 입었다.

철영이 채 대응할 틈조차 없었다. 기습에 어떤 규칙이나 전조도 없었기 때문이다. 기습은 좌측이나 우측에서 번갈아 이루어졌고, 잠시 여유를 두거나 여러 군데에서 동시 다발적으로 이루어지기도 했다.

철영은 분명 강했고, 진원명 무리의 누구도 그에게 대응하지 못함은 분명했다. 하지만 철영을 제외한다면 철영의 무리의 누구도 진원명과 이귀를 당해내지 못하는 것 또한 분명했다.

날카로운 바늘을 젓가락으로 막기는 어렵다. 그날 날이 샐 무렵이 되었을 때 철영의 무리는 진원명의 무리의 바늘 같은 날카로운 공격에 의해 상처투성이가 되어 있었다.

"허허, 생각보다 훨씬 괜찮은 방법이구려. 한참 신을 내다가 물러나야 한다는 것만 뺀다면 정말 맘에 드오."

날이 샘에 따라 다시 산 위로 물러날 때, 습격조에 속해 있던 장수생이 희희낙락하여 말했다. 하지만 정작 계획을 준비했던 한유민은 별다른 대답 없이 뭔가를 고민하고 있었다.

진원명이 의아한 기색으로 물었다.

"한 소협, 무엇을 그리 생각하고 있습니까?"

한유민이 진원명을 바라보더니 대답했다.

"일이 너무 수월하게 풀려서 조금 이상함을 느꼈소. 아무리 우리가 신속하게 일을 처리했다 해도, 철영이 이토록 잠잠할 리는 없는데 말이오."

한유민의 이런 우려는 어제 그들이 머물렀던 본진에 도착하자 사실로 드러났다.

"생각이 짧았소. 철영 그자가 보이지 않을 때 좀 더 의심을 해봤어야 했거늘. 내 조치가 오히려 일을 망치게 될지도 모르겠구려."

전날 머물렀던 본진은 엉망이 되어 있었다. 아마 어제 그들이 철영의 본진을 습격했을 때 철영 또한 그들의 본진을 습격해 왔던 것으로 보였다.

본진에 남은 자들은 부상자들과 무공이 낮아 습격에 큰 도움이 되지 않을 것이라 판단되는 자들이었으니 적들의 상대가 되었을 리 없다. 무엇보다 한유민은 일부러 무민을 이곳에 남겨 만약의 경우 무민이 사로잡히는 것을 대비했는데 결과적으로 그 결정이 가장 최악의 수가 되어버린 격이다.

한유민은 신속하게 사람을 풀어 주변을 조사하도록 했다. 얼마 지나지 않아 숨어 있던 생존자가 나타남으로써 일행은 비로소 습격해 온 자들이 불과 네 명이었음을 알 수 있었다. 그리고 그들 중 철영을 제외한 한 사람의 인상착의가 귀에 익다는 사실도 알 수 있었다.

바로 전날 결국 찾아내지 못했던 유소매였다.

"그들의 습격에 살아남은 사람들은 대부분 도망쳤습니다. 도망간 사람들 중 무척이나 잘생긴 청년이 있었는데, 적들은 그 청년을 찾는 듯했습니다."

"어서 가봐야겠소."

한유민은 다급한 와중에도 사람을 나누어 충용위를 통해 본진을 지키게 하고 진원명과 이귀, 청허와 장수생만을 데리고 도망친 사람들을 쫓아가기 시작했다.

추적을 시작한 지 얼마 되지 않아 날이 완전히 밝았다. 덕분에 적들이 이동한 흔적을 찾기에는 쉬워졌지만 적들 또한 무민을 비롯한 도망치는 무인들을 쫓기 쉬워졌을 것이니 꼭 좋은 것만은 아니었다.

흔적을 따른 지 얼마 지나지 않아 군데군데 적들에게 당한 시체들이 쓰러져 있는 모습이 보였다.

"젠장, 부상자들이오."

그 모습을 본 장수생이 화가 난다는 듯 말했다. 도망친 자들 중 부상 입은 자들이 걸음이 느려 가장 먼저 적들에게 당한 것이다. 일행의 걸음이 자연스럽게 더 급해졌다.

경공이 상대적으로 낮은 장수생과 청허 등이 점차 뒤로 처졌고 산행에 익숙한 진원명이 일행과 거리를 벌리고 혼자 앞서 나가기 시작했다.

그렇게 또 얼마를 이동했을까? 다시금 진원명의 눈앞에 몇 구의 시체가 나타났다. 진원명은 그 시체가 아직 체온이 채 식지 않은 것을 느끼고 적과의 거리가 많이 좁혀졌음을 느꼈다.

진원명은 다시 걸음을 재촉하려다가 문득 오른편 숲으로 시선을 돌렸다.

왠지 이상한 기분이 느껴졌던 것이다. 저 안에 누군가 있는 듯한, 그리고 저곳에서 지금 뭔가 벌어지고 있는 듯한 기분.

잠깐 망설였던 진원명은 이내 수풀로 걸음을 옮겼다. 단지 느낌일 뿐이지만 진원명은 그것을 무시하고 지나칠 수가 없었다.

그리고 진원명은 그곳에서 익숙한 두 사람의 모습을 발견할 수 있었다.

나무에 기대앉은 채 힘겨워하는 설공현과 그의 목에 검을 겨누고 서 있는 단목영을 말이다.

현현(顯現) 2

"왜… 내게 이러는 것이오?"

설공현의 물음에는 아무 힘도 실려 있지 않았다. 단목영은 차가운 표정으로 그런 설공현을 내려다보며 말했다.

"당신이 가졌다는 그 검, 그 주인을 당신이 해쳤다고 했죠? 당신의 동생의 원수를 갚기 위해?"

단목영의 질문에 설공현은 잠시 알 수 없는 감정이 담긴 표정으로 단목영을 바라보았다.

"난 그분, 내 아버지에 대한 복수를 하려는 거예요."

단목영의 목소리는 그 어느 때보다 단호하게 느껴졌다.

진원명은 의아함과 이질감을 동시에 느꼈다.

마치 꿈을 꾸는 것처럼, 진원명은 눈앞의 단목영의 모습이 언젠가의 그녀와 겹쳐 보이는 것을 느끼고 있었다. 자신 안에 있는, 자신이 모르는 기억.

그 기억의 조각들이 자신 안에서 모양을 갖추는 모습을 진원명은 다시금 지켜보고 있었다.

*　　　*　　　*

설공현의 어머니가 세상을 떠난 날 설공현의 방을 찾은 뒤로 단목영에게는 많은 변화가 있었다.

밖으로 드러난 표면적인 변화는 설공현과의 관계와 그녀 자신의 태도였다. 하지만 그보다 중요한 것은 그런 외부적인 변화를 만들어낸 그녀 내면의 변화였다.

단목영은 더 이상 아버지에 연연하지 않았다. 그동안 그토록 연연해했던 아버지의 모습이 결국 단목영 자신의 모습이었음을 깨달았기 때문이다.

단목영은 자신의 삶을 가꾸려 했다. 그것이 그녀가 자신과 그녀의 가족, 아버지를 위해 할 수 있는 최선의 노력이라 여겼다.

그렇게 일 년의 시간이 흐른 뒤 유소매가 단목영을 찾았다. 유소매와는 정말 오랜만의 재회였다. 유소매는 지금껏 대부분 설공현이 발견했던 그 장소에서 생활해 왔고 가끔 녹양방에 들렀을 때도 굳이 단목영을 찾지 않았다.

다시 만난 유소매와 단목영의 벽은 여전히 두터웠다. 아니,

예전보다 더 두터워진 것인지 모른다는 생각이 들었다.

유소매가 아버지를 찾는 이유는 단목영과 달랐다. 아버지에게 보이는 감정 또한 달랐다. 단목영은 지금 다시 만난 유소매를 바라보며 유소매와 자신의 차이에 대해 예전보다 더 명확하게 실감하고 있었다. 하지만 단목영은 유소매가 보여주는 감정의 연원(淵源)은 알 수 없었다.

"난 이제 어머니에게 더 이상 연연해하지 않을 거예요. 그러니 어머니도 더 이상은 나에게 당신의 뜻을 강요하지 말아주세요."

단목영은 유소매와 자신의 길이 다름을 깨닫고 그렇게 말했다. 이것 또한, 한때 유소매가 가진 정보에 연연해 왔던 단목영으로선 큰 변화였다.

유소매는 그런 단목영의 태도가 뜻밖인 듯 의아한 표정을 지어 보였지만 이내 여유있게 웃었다.

"후후, 이제 지쳐 버린 것이냐? 하긴 넌 제법 오래 버텨온 것이기는 하지. 별다른 동기도 없이 말이야. 고백하자면 그동안 난 널 참 대단하다고 생각했단다."

"난 그저 예전과 달라지기로 했을 뿐이에요. 어머니의 도움을 받지 않을 뿐, 아버지를 찾는 걸 포기한 것도 아니고요. 그리고 무엇보다 지금 제게 중요한 것은 아버지를 찾아내야 하는 것이 아니라 제 삶을 우선 돌보는 것이라고 생각해요. 아마아버지가 내게 원했던 것도 그런 것일 테니까요."

단목영의 대답에 유소매가 깔깔 웃었다.

"정말 많이 변했구나. 그래, 지금의 삶에 안주하고 싶은 것이냐? 그것도 나쁘진 않겠지. 하지만 지금껏 그렇게 끈질기게 버텨온 것을 생각하면 또 아쉽구나. 네 그런 결정이 조금만 늦었다면 좋았을 텐데 말이다."

단목영은 유소매의 말을 이해할 수 없어 눈살을 찌푸렸다.

"뭐 말로 하는 것보다는 직접 보여주는 게 낫겠지."

유소매는 등에 메고 있던 긴 봇짐을 단목영에게 내주었다.

"한번 열어보려무나."

단목영은 이상한 기분에 잠시 유소매를 바라보다가 봇짐을 받아 펼쳤다.

그리고 안에 내용물에 탄식을 내뱉었다.

"이건……?"

"후후, 너도 기억하고 있겠지? 네 아버지가 아끼던 그 검을……."

무정귀가 갖고 있었던 그 검이었다. 단지 검집의 색깔만이 흑색으로 다를 뿐 완전히 동일한 모양을 가진 검이 그 안에 들어 있었다.

진원명은 순간 자신의 존재를 자각했다. 지금껏 자신이 바라보던 세상 안에 동화되어 있던 자신을 깨달았다.

기묘한 느낌이었다. 자신은 이 세상에 존재하고 있었지만 그것은 일반적으로 생각하는 존재의 의미가 아니었다. 어떤 감정이나 주관도 느끼지 못한 채 단순히 이 세상을 바라보고만 있는 상태, 자신이 존재한다는 사실조차 잊어버린 채 그저 그곳에 머물러 있던 상태, 방금 전까지의 자신은 바로 그런 상태였다.

자신이 눈앞에 나타난 검을 통해 지금껏 바라보던 세상 외적인 무언가를 떠올리지 않았다면 자신은 끝까지 아무 의식 없이 이곳에 머무르게 되었을지 모른다.

진원명은 자신의 상황을 떠올리던 중 문득 깨달았다. 방금 전 자신이 경험하던 그런 상황을 표현하는 적합한 말이 있다는 것을 말이다.

자신은 이곳에서 '멈춰' 있었다.

방금 자신이 느낀 깨달음을 떠올려 보던 진원명은 다시 주변으로 시선을 돌렸다.

자신의 생각대로였다. 자신이 자신에게 몰두해 있는 동안, 주변의 모든 상황은 정지해 있었다.

진원명은 다시 주변으로 관심을 돌렸다. 멈춰 있던 시간이 흐르고, 다시금 사람들 또한 움직이기 시작했다.

"이 검은 어디에 있었죠? 설마 아버지를 만난 것인가요?"

유소매는 단목영의 다급한 질문에 서두르는 기색 없이 답했다.

"네 아버지는 만나지 못했다. 아마… 다시는 만나지 못하겠지."

그 말이 내포한 의미에 단목영은 움찔했다.

"그게 무슨 말이죠? 설마?"

"그래, 네 아버지는 이미 이 세상 사람이 아니다."

단목영에게는 청천벽력 같은 소리였다. 단목영은 잠시 믿을 수 없다는 표정으로 유소매를 바라보다가 이내 힘이 풀리는 듯 침상에 주저앉았다.

"그럴 리가… 그럴 리가 없어요. 왜… 내게 그런 거짓말을 하는 거죠? 또 뭘 내게 원하는 거죠?"

"그래, 사실 나도 쉽게 믿지 못했다. 하지만 사실이더구나. 정말 많은 사람들이 그가 죽었다는 사실을 증명해 주었다. 달리 생각할 여지가 없는 경우지. 한심한 사람 같으니."

한심한 사람이라 말하는 순간 보였던 유소매의 표정은 기이했다. 증오와 애정, 그리고 회한이 한데 뒤섞인 듯한 표정. 그 표정을 바라보며 단목영은 느꼈다. 유소매의 말은 사실일 것이다.

"왜, 왜… 이런 일이……."

망연자실한 표정으로 중얼거리는 단목영을 잠시 바라보던 유소매가 고개를 저으며 말했다.

"이미 오래전의 일이다. 그러니 그에게는 더 미련을 두지 말거라. 이제 와서는 그의 시신조차 찾기 어려울 것이야."

"그게 무슨 말이죠? 아버지의 무덤은요? 시신조차 찾지 못한다는 게 무슨 의미입니까? 아버지가… 아버지가 어떻게 죽었단 말입니까?"

흥분하여 다그치는 단목영을 바라보며 유소매는 예상했던 일이라는 듯 살짝 미소 지었다.

"네 아비는 살해당했다."

유소매의 말에 단목영은 입을 다물고 복잡한 표정으로 유소매를 바라보았다.

"아버지를 살해한 자는 누구죠?"

잠시 후, 다시 입을 연 단목영의 목소리는 침착해져 있었다.

"그에게 복수할 것이냐?"

단목영은 고개를 끄덕였다. 단호한 결심이 그 얼굴에 떠올라 있었다.

"후후, 그래, 그래야지. 내가 널 찾은 것도 네가 그런 반응을 보일 것을 알았기 때문이다. 그것은 나로서는 어려운 일이거든. 하지만 너에게는 무척 쉬운 일이지."

"그게 무슨 소리죠?"

단목영은 다시금 불안한 기분을 느꼈다. 그리고 그 불안함은 유소매의 말과 함께 사실이 되었다.

"네 아비를 죽인 자, 그자는 바로 설공현이다."

"거짓말!"

단목영은 곧바로 그렇게 외치고는 잠시 거칠게 숨을 몰아쉬었다. 오늘 유소매에게 들은 말들이 너무 충격적이었기 때문인지 단목영은 지금 평소에 경험하지 못했던 현기증마저 느끼고 있었다.

"거짓이 아니다. 내가 그처럼 뻔히 들통날 거짓말을 할 이유가 없지 않느냐. 너 또한 조사해 보면 금방 알 수 있을 것이다. 과거 녹양방에 무슨 일이 벌어졌는지. 네 아비가 당시 이곳의 방주였던 설공현의 동생을 죽이고, 다시 설공현의 손에 죽임

당한 사건을 말이다."

"그자는 내게 사과했소. 자신의 잘못이라 말하면서. 난 내가 원했던 그대로의 결과임에도 눈앞의 광경에 분노했소. 그래서 그의 목숨을 끊었소. 그는 아무 저항도 하지 않았소."

단목영의 머릿속에 그날 설공현이 했던 말이 떠올랐다. 자신이 원망했던 동생을 대신 죽여준 사내, 설공현은 그의 목숨을 끊었다고 했다. 그리고 무척이나 후회했다고 말했다.

그때 설공현에게 죽었다던 그 사내, 그가 자신의 아버지였던 것인가?

"…그럴 순 없어."

믿을 수 없는 일이었지만 단목영은 유소매의 말이 사실임을 알 수 있었다. 유소매는 결코 이처럼 뻔히 드러날 거짓말을 할 사람이 아니다.

단목영의 눈에서 자연스럽게 눈물이 흘러나왔다. 그 눈물을 도저히 멈출 수가 없었다.

자신은 변했다. 그리고 그 변화를 통해 지난 일 년 동안 자신은 이제껏 경험하지 못한 감정들을 자신의 가슴속에 채워넣을 수 있었다. 바로 행복이다.

"나는… 대체……."

하지만 그 행복한 기억들이 지금 자신 안에서 날카로운 칼날로 변했다. 그래서 자신의 가슴속을 찢어발기고 있었다.

가슴이 찢어지는 고통 속에 단목영은 중얼거렸다.

"어떻게 해야……."

고개를 숙이고 괴롭게 신음하는 단목영의 곁에 그녀의 어머니 유소매가 서 있었다. 유소매는 묘한 표정으로 단목영을 내려다보고 있었다. 마치 자신의 딸이 괴로워하는 모습을 즐기는 듯한 그런 표정으로…….

"후후, 그새 그자와 정이 든 모양이구나. 아마 괴롭겠지. 그래, 괴로울 거다. 네 마음을 이해할 수 있을 것 같구나. 나 또한 한때 경험해 보았던 일이니까. 하지만 네 괴로움은 나에 비하면 가벼운 것이다. 그러니 그만 일어나라. 그리고 그자가 가진 모든 것을 빼앗아라. 내가 돕는다면 충분히 가능할 거다. 넌 적어도 나처럼 그의……."

그렇게 말하던 유소매가 문득 인상을 찌푸렸다. 단목영의 모습에서 왠지 모를 익숙함이 느껴졌던 것이다. 그녀는 자신의 배를 껴안고 있었다.

그 모습만으로 어떤 이상함을 느낄 수는 없었지만 유소매는 왠지 그 의미를 짐작할 수 있을 것 같았다.

"너, 너… 설마……."

유소매의 목소리가 처음으로 떨렸다.

"그자의 아이를 가진 것이냐?"

단목영은 아무 대답도 하지 않았다.

"너, 너는 정말 그런 것이냐?"

유소매는 대답하지 않는 단목영을 바라보며 입술을 깨물었다. 유소매의 표정은 크게 변해 있었다. 경악과 분노, 그리고 두려움이 뒤섞인 듯한 표정이었다. 단목영의 모습에서 유소매는 아주 오래전 자신의 모습을 떠올리고 있었다.

두 사람을 지켜보던 진원명은 문득 이상한 기분을 느꼈다. 자신이 경험하고 있는 이 꿈이 깰 시간이 점차 다가오고 있는 듯한 그런 기분을 말이다.

그때 유소매가 갑자기 화를 냈다.

"왜 내 말을 듣지 않았지? 그래서 내가 분명… 분명 그자와 동침하더라도 아이를 갖는 것만큼은 조심하라고……."

유소매의 말이 끝나기 전에 단목영이 고개를 들었다. 그녀가 내보이는 기이한 눈빛에 유소매가 말을 멈췄다.

"어머니는 알고 계셨던 건가요?"

"무, 무슨 말을 하는 거지?"

"어머니는 그가 아버지의 원수라는 것을 알고 계셨던 거죠? 그래서 처음부터 제게 그런 말을 했던 거였어요. 그렇죠?"

유소매는 당혹스러운 표정을 지어 보였다. 자신이 방금 말실수를 했다는 것을 비로소 깨달았다.

"그, 그렇지 않다. 난 그저……."

당황하는 유소매를 바라보며 단목영은 말했다.

"어머니는 내게 참으로 가혹하게 대하시는군요."

단목영은 그처럼 말하며 유소매를 바라보았다. 단목영의 초점은 흐려져 있었고 표정은 공허했다.

유소매는 자신도 모르게 몸을 부르르 떨며 뒤로 물러났다.

마치 지금의 단목영이 지금껏 자신이 알던 단목영이 아닌 듯한 이질감이 느껴졌던 것이다.

콰당!

그때 두 사람의 뒤편에서 이상한 소음이 들려왔다. 돌아본 유소매의 눈에 부서진 창문과 그 창문을 통해 들어온 바람으로 펄럭이는 주단, 그리고 주단을 손으로 치워내고 그들 모녀를 향해 다가오고 있는 한 사내의 모습이 비춰졌다.

"나와 함께 가줘야겠다."

무감동한 사내의 목소리는 역시 무감동한 사내의 표정과 함께 묘한 위압감을 풍기고 있었다.

"웬 놈이냐?"

유소매는 심상치 않은 기색을 느낀 듯 뒤로 돌아 벽에 장식되어 있던 검 한 자루를 잡아 뺐지만 사내는 그런 유소매에게 신경조차 쓰지 않았다.

단지 뭔가 이상하다는 듯한 표정으로 주변을 둘러보았을 뿐이다.

진원명은 기묘한 긴장감을 느낀 채 그런 사내를 바라봤다. 이 사내가 이러는 이유를 진원명은 잘 알고 있었다. 이후 이 사내가 무엇을 할지도 진원명은 알 수 있었다.

문득 주변을 돌아보던 사내의 고개가 멈췄다. 진원명은 느꼈다. 그 사내가 자신을 바라보려 한다는 것을 말이다.

이내 잠시 동안 흔들리던 사내의 초점마저 그 동작을 멎었다.

진원명과 진원명은 서로 눈을 마주쳤다.

진원명은 그 눈동자 속에서 현실을 보았다.

무방비 상태인 설공현에게 검을 뻗어가는 단목영의 모습을 보았다.

진원명은 그 순간 자신이 갇혀 있던 꿈의 껍질에서 깨어났다.

*   *   *

진원명이 정신을 차렸을 때 시야에 들어온 것은 단목영의 검이 설공현에게로 떨어지고 있는 모습이었다.

진원명은 순간 화가 치밀어 올랐다. 왜 또다시 이런 일이 벌어지는 것인가?

늦었다고 생각했지만 진원명은 온 힘을 다해 몸을 날렸다.

"멈추시오!"

진원명의 힘을 다한 외침에 따른 것일까? 아니면 단순히 놀란 것인지도 모른다. 단목영의 검은 목표를 빗나가 허공을 찌르고 말았다.

"진 공자?"

단목영이 그처럼 놀라고 있을 때 진원명은 그들의 곁에 도착했다. 단목영은 뒤늦게 자신의 처지를 깨닫고 재빠르게 설공현의 뒤로 돌아서며 외쳤다.

"이자는 나의 원수예요! 그러니 날 방해하지 말아요!"

진원명은 고개를 저었다.

"그는 거짓을 말하고 있소. 그는 당신의 아버지를 죽인 적이 없소. 그는 단지 부탁받았을 뿐이오. 그러니……."

진원명은 잠시 말을 멈추고 단목영을 바라보았다. 그녀의 지친 듯 보이는 표정은 분명 과거 메말라 아무것도 남지 않았던, 그때의 단목영과는 달랐다. 아직은 그렇게 되지 않았다.

진원명은 말을 이었다.

"그러니, 이젠 더 이상 서로 오해하고 상처 입지 마시오."

현현(顯現) 3

바람이 불어왔다.

그 바람에 실려 수풀 밖을 지나 누군가 산 위로 달려가는 소리가 들려왔다. 단목영은 멍하니 앉은 채 그 소리를 들었다.

"가봐도 좋소."

단목영은 고개를 돌려 자신에게 말한 설공현을 바라보았다.

"그자가 신경 쓰일 것이오. 난 내 한 몸 추슬러 내려갈 힘 정도는 있으니 신경 쓰지 않아도 괜찮다오."

그자라 함은 방금 전 떠나간 진원명을 말하는 것이다. 단목영은 설공현이 자신을 배려해 주고 있음을 느꼈다. 바로 방금 전까지 그를 죽이려 들었었던 자신을 말이다.

"왜 미리 말하지 않았었죠? 나에게 목숨을 잃을 뻔했는데도."

단목영의 물음에 설공현이 인상을 살짝 찡그렸다.

"그렇진 않소. 그저 당신이 그의 딸이라면 당신의 손에 죽는다 해도 억울하진 않을 것 같다는 생각이 들었소. 난 사실 그를 해쳤소. 그의 무공을 빼앗았다오. 무인에게 무공을 빼앗는 것은 목숨을 빼앗는 것과 같소. 그에게 항상 미안하다고 생각했고, 그래서 그에게 한 약속을 어기고 싶지 않았소."

"아버지는 당신에게 자신이 죽은 것으로 해달라고 말했던 것인가요?"

설공현은 고개를 끄덕였다. 단목영은 잠시 고개를 숙이고 뭔가를 생각하더니 입을 열었다.

"어쨌든 아버지는 살아계시다는 것이군요."

"아마 그럴 것이오."

단목영은 몸을 일으켰다. 그 얼굴에 가벼운 미소가 머금어져 있었다.

"난 그럼 당신 말대로 그를 따라가 보겠어요."

설공현이 씁쓸한 표정으로 고개를 끄덕일 때 단목영이 이어서 말했다.

"어머니에게 아버지가 아직 살아계시다는 말을 전해야 하니까요. 그뿐이에요."

설공현은 문득 떠올렸다. 방금 전 적들에게 쫓기며 단목영과 설공현은 단목영의 어미인 유소매 덕에 목숨을 부지했었다.

"그러니까 다시 돌아오겠어요. 기다려 주세요."

단목영은 그렇게 말하고는 뒤돌아 달려가 버렸다. 잠시 단목영의 말을 음미하던 설공현은 이내 기쁨에 찬 미소를 지으며 중얼거렸다.

"물론이오. 내 언제까지라도 기다려 주겠소."

*   *   *

진원명은 빠른 속도로 달리며 자신 안에 떠오르는 기억 속에 혼란스러워하고 있었다. 방금 전부터 자신이 알고 있지만 도무지 알고 있을 이유가 없는 기억들이 중구난방으로 자신의 머릿속에 떠오르고 있었다.

방금 전 설공현을 보았을 때도 마찬가지다. 자신은 자신이 알 리가 없는 설공현과 철수귀의 과거를 떠올릴 수 있었다. 설공현이 과거 철수귀를 죽이지 못했고, 오히려 그에게 한 가지 부탁을 받았다는 사실을 말이다.

자신이 이제껏 기억해 내지 못했던 그 수많은 꿈들을 기억해 냈기 때문일까? 아니, 자신이 알지도 못하는 사실을 꿈으로 꾼다는 것부터가 말이 되지 않는 일이다. 아무리 고민해 봐도 알 수 없는 일이었지만, 또 왠지 납득이 가기도 했다.

"애초 내가 과거로 돌아온 것부터가 이미 정상은 아니지."

진원명이 그렇게 중얼거렸을 때 눈앞에 넓은 공터가 나타났다. 그리고 그곳에 대치하고 있는 두 무리의 사람들이 보였다.

바로 철영과 무민의 무리였다.

철영의 무리는 불과 네 명이었고 그 맨 뒤편에 유소매의 모습이 보였다. 무민의 무리는 약 십여 명이었는데 그 선두에 무민이 서 있었다.

철영의 낮은 목소리가 울려 퍼졌다.

"무의미한 짓입니다, 주군."

"나도 참 부끄러운 일이라 생각하지만, 지금 상황에서는 이 방법 외에는 떠올릴 수 없군. 그 이상 다가온다면, 난 내 뒤의 사람들보다 한발 먼저 목숨을 끊겠네."

무민은 자신의 목에 칼을 가져다 대고 있었다. 그것으로 철영 무리의 접근을 막고 있었던 것이다.

"전 주군을 해치고 싶지 않습니다. 모쪼록 그 검을 내려주십시오."

철영은 자신의 빈손을 내보이며 그처럼 말했다.

지켜보던 진원명은 무민의 이런 위협이 진심이라는 것을 알 수 있었다.

지금 눈앞에 보이는 장면에서 다시금 자신이 알고 있을 이유가 없는 어떤 사실을 떠올릴 수 있었기 때문이다. 전생의 무민이 지금과 비슷한 상황에서 택했던 마지막 선택을……

"날 해치고 싶지 않다면 이대로 내려가 주게. 그리고 이곳에 갇힌 모든 이들을 놓아주게. 그렇게만 해준다면 내 자네에게 무릎이라도 꿇고 감사하지."

"무릎을 꿇는다니, 당치 않은 말씀이십니다. 그리고 대업에 따르는 어쩔 수 없는 희생에 너무 연연해하는 것은 좋은 군주의 덕목이라 하기 어렵습니다."

"난 좋은 군주가 아니네. 그렇게 되고 싶지도 않군."

"주군이 하지 못하는 일은 저희가 대신해 드릴 겁니다. 주군은 누구보다 좋은 군주가 될 것입니다. 지금껏 주군을 위해 희생된 자들 때문에라도 말입니다. 주군께선 그런 그들을 모른 척하고 스스로 목숨을 끊을 만큼 무책임한 사람이 아니십니다."

철영은 예절 발랐다. 모르는 사람이 본다면 진심으로 무민을 위하는 것이라 착각할 만큼, 아니, 철영은 진심으로 자신이 무민을 위한다고 생각할 것이다.

진원명은 참지 못하고 외쳤다.

"하지만 그러는 당신은 자기가 저지른 모든 일의 책임을 자기 주군에게 돌리는 무책임한 신하지."

얼마 전 후위장이 그랬듯 듣는 이들에게 두려움을 주는 목소리였다. 철영이 뒤를 돌아보았다. 진원명은 입술을 질끈 깨문 채 그런 철영을 노려보았다.

그때도 철영은 단지 그렇게 생각했었다. 자신이 원치 않는다는 이유만으로 무민은 자신의 책임을 저버릴 사람이 아니라고 말이다.

분명 무민을 위해, 무민을 믿고 따라와 주는 사람이 있다면 무민은 천성적으로 그들을 저버릴 사람이 되지 못한다.

때문에 무민은 그 뒤로도 무척 오랫동안 하루하루를 자신과 무관한 죄의식에 몸부림치면서도 자신의 힘겨운 삶을 유지해

나갔던 것이다. 그것은 철영이 예상했던 대로의 결과였다. 거기까지는 그러했다.

하지만 무민을 위해 희생한 자들 이상의 희생이 무민을 위해 치러지게 되었을 때, 결국 무민과 가까웠던 자들마저 모두 희생되고 무민의 곁에 처음부터 자신을 따랐던 어느 누구도 남지 않게 되었을 때… 철영의 모든 계획이 달성 일보 직전에 이르렀음에도 무민은 더 이상 자신의 삶에 미련을 갖지 않았다.

그것은 철영이 미처 예상하지 못한 결과였다.

"당신이란 자는 마치 주군을 수하 다루듯 하는군. 당신은 주군이 아니라 당신의 원을 대신 이뤄줄 꼭두각시가 필요했던 것이 아닌가?"

진원명의 말이 기분을 거스른 것일까? 진원명의 말에 실린 분노가 기분을 거슬린 것일까? 대답하는 철영의 목소리에 지금까지완 다르게 약간의 감정이 실렸다.

"네까짓 녀석이 함부로 말할 내용이 아니다."

"하, 무슨 말을 해서는 안 된다는 것이지? 당신 집안 삼대에 걸쳐 내려온 숙원 같은 것? 아니면 이처럼 사람들의 시선을 돌려두고 저 먼 변방에서 당신이 꾸미고 있는 일 같은 것?"

철영의 표정이 순간 바뀌었다.

"네 녀석이 그것을 어떻게 알지?"

단지 철영을 보는 순간 머릿속에 떠올랐을 뿐이다. 그가 왜 이처럼 무민에게 연연해하는지, 그리고 그가 지금 어떤 일을 꾸미고 있는 것인지, 그 모든 사실 하나하나가 말이다.

"그처럼 허술한 일 처리로 남들이 모를 것이라 생각했나?"

하지만 짐짓 진원명은 허풍을 떨었다. 상대방의 조급함을 유도하기 위해서다. 그 생각은 먹혀들었다. 철영은 지금까지와 다르게 명백한 살의를 품은 채 진원명을 바라보고 있었다.

"네놈을 붙잡아 네가 뭘 얼마나 아는지 모두 실토하게 만들겠다."

그때, 장내에 두 사람이 뛰어들었다. 바로 무정귀와 백무귀였다.

"사부."

무정귀가 낮게 중얼거리고는 곧바로 칼을 뽑았다. 백무귀 또한 자신의 쌍편을 빼 들었다.

"그래, 너희들마저 왔으니 잘되었다. 이참에 눈에 거슬리는 녀석들을 한꺼번에 제거할 수 있겠구나."

"기다려 주세요!"

그때 그들의 뒤에 서 있던 유소매가 나섰다.

"어제 말했듯, 저들은 내 원수들입니다. 그러니 그들의 마지막 마무리는 제가 지을 수 있게 해주세요."

철영은 유소매를 슬쩍 돌아보고는 고개를 끄덕였다.

"알겠네."

그 말을 들은 무정귀가 분통이 터진다는 듯 외쳤다.

"원수? 젠장, 저년이 첩자였군!"

"사매, 사부와는 절대 정면으로 맞붙어선 안 된다. 최대한 도망쳐라. 진 소협, 당신 또한 조심하시오."

백무귀의 말에 진원명이 고개를 끄덕였다. 자신 또한 애초 도주하며 시간을 끌 생각을 하고 있었다.

"조심해요!"

그때 무정귀의 외침과 함께 철영의 신형이 폭사해 왔다.

무검은 기본적으로 정적인 수법이었다.

일단 멈춘 뒤, 들어오는 상대를 맞이하는 방법인 것이다. 물론 검술의 수발이 자유로운 지금의 철영에게 그런 점은 약점으로 작용하지는 않는다. 하지만 그런 점이 단점으로 작용하기는 했다.

일례로, 지금처럼 대놓고 도망치는 자들을 상대로는 무검을 쉽게 펼치기 어려웠다.

"사매, 조심해!"

"사형이야말로 그자와 너무 가까워요!"

세 사람은 철영을 두고 마치 숨바꼭질이라도 하듯 사방으로 도망 다녔다. 철영이 아무리 무공이 뛰어나다지만 그들 셋 또한 모두 절정에 이른 고수들인지라, 무검에 당하지 않는 이상 철영 또한 도망 다니는 그들을 쉽게 제압하기 어려웠다.

"하, 쥐새끼 같은 녀석들! 계속 도망만 다닐 건가?"

셋 모두 철영의 이 장 이내로 접근하지 않았다. 철영을 따라온 두 사내가 보다 못해 도망 다니는 자들을 몰아붙여 보러 나섰다.

"으헉!"

그리고 곧바로 진원명의 마공과 백무귀의 채찍에 휘말려 철영의 진로 앞으로 달려들었다.

"쓸모없는 녀석들, 방해가 되니 비켜라!"

철영의 외침에 두 사람이 황급히 떨어졌지만 이후 그들의 존재가 상대의 움직임을 제약하는 데 제법 도움이 된다는 것을 깨달은 진원명과 이귀가 그들을 가만 놓아두지 않았다.

세 사람은 일부러 그들의 곁에 붙어 마치 방패처럼 철영에게서 몸을 숨기는 데 이용하거나 그들을 밀어 철영의 길을 차단했다.

두 사내 또한 제법 뛰어난 무공을 가진 듯했지만 진원명과 무정귀, 그리고 백무귀의 상대로는 형편없이 부족했다.

몇 번이나 수하들에 의해 공격이 가로막힌 철영은 크게 분노한 듯 보였지만 차마 자신의 수하들에게 손을 쓰지 못해 더욱 움직임이 둔해졌다.

그러던 중 무정귀가 문득 한편에 서서 그들의 싸움을 지켜보고 있던 유소매를 발견했다.

무정귀는 마침 잘 걸렸다고 생각하며 유소매를 덮쳐 갔다.

"넌 우리에게 무슨 원한을 졌기에 이처럼 많은 사람들을 팔면서까지 배신한 것이지? 이 일이 끝난 뒤엔 너라고 무사할 거라 여겼나?"

유소매 정도의 무공으로 무정귀의 상대가 될 리 없었다. 유소매 역시 그것을 알고 있을 테지만 유소매는 두려운 기색을 보이지 않고 자신에게 다가온 무정귀의 검끝을 끝까지 매서운 눈으로 노려보았다.

유소매의 기백에 놀란 무정귀가 헛웃음을 흘리며 검을 멈췄을 때 유소매가 비로소 대답했다.

"산동 유가장을 기억하나?"

무정귀의 웃음이 사라졌다. 들고 있던 칼 또한 힘없이 땅으로 늘어졌다.

자신이 그 이름을 잊었을 리가 없다.

지금 자신과 사형이 이처럼 사부를 상대로 싸워야 하는 이유가 있게 만든 그 장소를 말이다.

현현(顯現) 4

"당신은 그곳 유가장의 생존자인가?"

무정귀는 믿을 수 없다는 표정으로 유소매를 바라보았다. 유소매가 뭐라 대답하기 전에 무정귀의 뒤편에서 백무귀의 외침이 들려왔다.

"사매, 뒤를 조심해!"

무정귀가 뒤돌아보자 자신을 향해 달려드는 철영의 모습이 보였다. 무정귀는 곧바로 몸을 피하려 하다가 동작을 멈췄다.

철영의 검을 피한다면 뒤편의 유소매가 위험할지 모른다는 생각이 순간 떠올랐던 것이다.

그야말로 어리석은 생각이었다. 단순히 유소매와의 적대 관계를 떠나 철영의 실력을 생각해 봐도 무정귀를 노리려던 검을 실수해 아군을 상하게 하는 일은 결코 일어날 수 없는 일이었다.

무정귀는 금방 그것을 깨달았지만 그 짧은 순간의 고민으로 이미 철영의 접근을 허용해 버린 뒤였다.

그리고 철영의 접근과 함께 이미 무검이 시전되고 있었다.

"멈춰!"

짧은 순간이지만 무정귀의 몸에 상처가 생겨나는 모습이 보였다. 무정귀의 검은 애초 철영에게 직접 배운 것이니 무검을 쓰지 않더라도 지금 철영에게 가장 쉬운 상대는 무정귀일 것이다.

황급히 백무귀의 쌍편이 날았다. 그 쌍편 끝에 구부러진 낫의 칼날이 매달려 있었고 쌍편에 말린 채 숨겨진 비수가 쌍편 끝에서부터 철영에게 뻗어갔다.

아마 저 긴 쌍편은 철영과 상대하기 위해 만들어진 기문병기로 보였고 오늘의 싸움에서 느낀 바로는 확실히 철영을 상대하기에 효과적이었다. 하지만 철영은 마치 방금 전 당한 것을 돌려주겠다는 듯 무검을 풀고 무정귀의 곁으로 붙어 그녀를 방패막이로 삼았다.

백무귀가 이를 악물고 다시 무기를 거두어들이자 철영은 다시금 무검으로 무정귀를 옥죄었다.

"젠장!"

백무귀가 낮게 중얼거리며 다시 철영에게 덤벼들려 할 때 철영의 뒤편에서 누군가 철영을 덮쳐 가는 모습이 보였다.

철영의 배후라 하더라도 일단 펼쳐진 무검 안으로 들어온 순간 철영의 검이 반응했다.

후웅!

철영은 빛살 같은 움직임으로 덮쳐 온 자의 허리를 베어가다 순간 동작을 멈췄다.

그자가 혈도가 제압당한 자신의 수하임을 알아본 것이다.

"이런 멍청한 녀석!"

철영이 검술을 바꿔 수하를 쳐낼 때 재빠르게 수하 뒤편에 숨어 있던 진원명이 튀어나와 무정귀를 안고 빠져나갔다.

"괜찮으시오?"

진원명이 물었다. 무정귀는 그사이 몸 곳곳에 예리한 검상이 새겨져 있었다.

무정귀는 곧 정신을 차리고는 자신이 진원명에게 안겨 있음을 깨달았다.

"아, 괜찮아."

무정귀가 당황한 듯 얼굴을 붉히며 진원명을 뿌리쳤다. 얼핏 보아 다행히 무정귀에게 큰 상처는 없어 보였다.

"일단 물러서서 상처를 살피시오. 저자는 일단 두 명이서 상대할 테니."

진원명이 그렇게 말하곤 재빠르게 몸을 돌려 철영에게 뛰어갔다.

"너희들은 최대한 도망가거라. 한 번이라도 더 방해가 된다면 그땐 진짜로 베어버릴 테니."

철영이 분노한 목소리로 말했다. 철영의 수하 두 명이 철영의 말에 황급히 멀어지는 모습이 보였다. 진원명이 외쳤다.

"좀 더 공격적으로 갑시다!"

무정귀에게 시간을 벌어줄 생각임을 깨달은 백무귀가 고개를 끄덕였다.

백무귀가 채찍을 휘둘러 철영을 쳐갔다. 오늘 철영에게 처음으로 취한 선공이다.

양쪽의 채찍이 서로를 감싸 빙글빙글 말렸다. 그 끝을 잡고 있는 백무귀가 춤을 추기 시작하자 반대편 끝에 말리지 않은 채찍 두 가닥이 그 춤에 맞춰 휘둘러지며 철영을 공격해 갔다.

"하, 이건 네가 고안한 수법인 것인가? 정말 대단하구나!"

철영이 감탄했다. 철영을 공격하는 백무귀의 채찍 끝은 마치 사람의 양팔이 움직이듯 민첩하고 빈틈없이 철영에게 공세를 취하고 있었다.

그럼에도 정작 백무귀는 철영의 손이 닿지 않는 곳에 있으니 철영의 무검을 상대하기에는 상당히 좋은 수법이었다.

철영은 무검을 펼쳐 채찍의 양 끝을 쳐내고 번개같이 백무귀에게 돌진했다. 하지만 그 순간 진원명이 철영에게 파고들었다.

철영이 몸을 돌려 진원명을 향하자 진원명의 왼손이 재빠르게 휘둘러졌다.

챙!

"약은 수를!"

진원명이 쏘아 보낸 돌멩이를 쳐낸 철영이 호통을 쳤다. 진원명은 고작 돌멩이 하나만 던진 후 뒤로 물러났다. 철영이 그 뒤를 쫓으려 했지만 그때 다시 백무귀의 채찍이 날아들었다.

철영이 눈살을 찌푸리며 뒤로 돌아 그 공격을 쳐냈다.

그 순간 다시 진원명이 달려들었다. 그리고 철영이 반응하려는 순간 돌멩이 하나를 던지고 도망쳤다.

철영이 분노하여 오히려 껄껄 웃었다.

"하하하, 근래 본 가장 강한 고수란 녀석들이 하는 짓은 삼류 무뢰배보다 치졸하구나!"

진원명과 백무귀는 철영의 도발에 신경도 쓰지 않았다. 평소 둘 다 자신의 자존심이나 이름값에는 관심이 없는 성격인 탓이다.

다시금 백무귀의 채찍이 날아드는 것을 느끼고 철영은 이를 갈며 검을 휘둘러 갔다.

무정귀는 상처를 대충 싸맨 뒤 고개를 들었다. 그녀의 시선은 지금 싸우고 있는 자들보다 먼저 방금 전 자신의 위기를 초래한 그 여인, 유소매를 찾아 헤맸다.

무정귀는 곧 유소매를 찾아냈다. 유소매는 무정귀로부터 멀지 않은 곳에 있었다. 마침 그녀 또한 무정귀를 바라보고 있었기에 두 사람은 눈이 마주쳤다.

무정귀는 순간 이를 악물었다. 유소매의 모습에서 그 당시의 기억이 머릿속에 떠올랐던 탓이다.

결의에 차 있던 네 사형제가 처음 그곳에 도착했던 날의 흐렸던 하늘의 모습부터 시작해, 거의 한 달여 동안 그곳에 머물며 정보를 모았던 일, 결행을 하루 앞두었던 날 대사형이 사라졌음을 깨닫고 허탈해했던 일, 계획에 따라 장원을 습격한 그날 처음 보는 복면인들이 등장해 자신들을 공격해 왔던 일, 그들에 의해 궁지에 몰렸을 때 둘째 사형이 자신을 희생해 나머지 두 사람을 도피시켰던 일에 이르기까지…….

그로부터 이십여 년에 가까운 시간이 흘러 있었지만 그 모든 기억들이 무정귀의 머릿속에 불과 며칠 전의 일처럼 생생하게 떠오르고 있었다.

그리고 그 모든 일의 시작이 어디에서 비롯되었는지도 무정귀는 분명하게 기억하고 있었다.

자신을 바라보는 유소매의 독기 어린 표정에 무정귀는 위축된 듯 입을 열었다.

"우린, 우리는 그때 알지 못했어. 그저 우리는 당신들이 우리들의 집안을 헤쳤던 원수들이라고 그렇게 배웠었어."

그 당시 누구보다 믿었던 그들의 사부를 통해.

훗날 모든 일이 밝혀진 뒤에도 무정귀는 그 사실을 오랫동안 믿지 않으려 했었다.

"그것은 잘못된 사실이었지. 난 당신의 가문에 씻지 못할 죄를 지었어. 그 일을 아직까지 후회하고 있고… 당신에게 무슨 말을 해도 변명이 되지 못한다는 것도 잘 알고 있어. 하지만 이것만은 당신도 알아야 한다고 생각해."

유소매의 시선이 마치 화살처럼 가슴을 찔러오는 듯했다. 가

숨이 답답함을 느낀 무정귀는 잠시 숨을 고르고는 말을 이었다.

"저기 있는 자, 철영이 우릴 속여 당신의 가문을 습격하게 했던 그 장본인이란 것을 말이야."

철영은 점차 여유를 찾아가고 있었다. 적들의 방식은 결국 자신의 손을 잠시 묶는 정도의 것일 뿐 자신을 상처 입히지는 못하는 반면 자신은 적들의 방식을 읽어내면 언제든 상대를 위험한 상황으로 몰아넣을 수 있다.

실제로 철영은 이미 몇 번 상대의 방식을 읽고 역으로 공격을 취해 이득을 얻었고 그 결과 지금 진원명과 백무귀는 몸 이곳저곳에 자잘한 상처를 입은 상태였다.

철영이 무공을 대성한 뒤, 아니, 대성하기 이전에도 이 정도로 누군가를 상대하며 애를 먹어본 경험은 없었다.

차라리 혼자 왔다면 수하들 때문에 애를 먹는 일은 없었을 것이다. 그리고 무민이 자신의 목숨으로 저편에 있는 자들을 보호하지 않았다면 자신 또한 똑같은 방법으로 적을 상대할 수 있었을 테고…….

철영은 무민을 떠올리자 다시금 걱정되었다. 무민이 지금 상대하는 자들마저 보호하려 한다면 귀찮아지는 것이다. 이자들은 너무 위험했다. 결코 살려 보내선 안 되는 자들이다.

무민이 이자들의 위험을 채 감지하기도 전에 목숨을 끊어버려야 한다. 철영은 내심 그렇게 생각하며 고개를 돌려 무민이 있던 방향을 돌아보았다.

그리고 놀랐다. 그곳에 처음 보는 자들이 무민과 함께 산 위로 도망가고 있었던 것이다.

"이런 약아 빠진 녀석들!"

철영이 사태를 깨닫고 멈칫했을 때 산 위쪽에서 한유민의 목소리가 들려왔다.

"모두 피하시오!"

그 말을 들은 진원명과 백무귀, 무정귀가 기다렸다는 듯 동시에 산 위를 향해 몸을 날렸다.

철영이 그 뒤를 따르려 할 때, 철영이 향하는 수풀 좌우에서 암기들이 날아들었다.

철영이 암기를 쳐내자 이번엔 정면에서 커다란 바윗돌이 굴러 내려왔다.

그 기세가 대단하여 철영이 어쩔 수 없이 길옆으로 몸을 피했다. 뛰어올라 피하려다간 다시 기다리고 있던 적들의 암기 세례를 받을지 모르기 때문이다.

하지만 바위를 피하고 난 뒤 철영의 눈에 보인 것은 멀찍이 도망치고 있는 적들의 모습이었다.

철영은 크게 노하여 적들을 쫓으려 했지만 몇 걸음 가지 않아 걸음을 멈췄다. 또 다른 함정이 있으리라 생각한 것이다.

잠시 고민하던 철영이 이내 화난 표정을 풀었다. 그리고는 크게 외쳤다.

"네놈들의 숨바꼭질에 놀아날 필요는 없겠지! 어디 네놈들이 내려오지 않고 버티나 지켜보겠다!"

철영은 그렇게 말하고 미련없이 걸음을 돌렸다.

"내려가지."

두 수하들도 이미 도망쳤고 그곳에 남은 것은 유소매뿐이었다. 유소매는 철영의 부름에 흠칫 놀란 표정을 지었지만 이내 그 뒤를 따랐다.

*　　　　*　　　　*

"넘어오지 않는구려."

한유민이 인상을 찌푸렸다. 장수생이 물었다.

"문제가 있소? 어쨌든 저 무서운 작자가 내려갔으니 잘된 일이 아니오?"

한유민은 고개를 저었다.

"이처럼 굳이 싸우는 자들을 우회해 산 위로 올라온 것에는 저자의 이목을 속이고 사람을 구출하려는 이유도 있었지만 우리가 산 위로 도망가야만 저자가 남은 아군들과 멀어지기 때문인 이유도 있었소. 저자가 지금 내려가면서 한 말은 우리 본진을 공격한다는 이야기이니 우리 또한 저자의 뒤를 따르는 수밖에 없소."

"하, 차라리 잘되었구려. 그래 봐야 저자는 혼자가 아니오. 얼마 전에 봤을 때는 정말 괴물로만 보였는데 오늘 보니 저자도 사람이더구려. 우리 모두 함께 덤빈다면 저자도 별수없을 거요."

한유민이 다시 고개를 저었다.

"방금의 선전은 저 세 사람이나 되니 가능했던 것이오. 오히려 저 아래로 내려가 다른 사람들과 섞인다면 지금보다 상황이 나빠질 거요. 전술적으로 상대하거나 다른 함정을 파지 않는 한 그냥 사람 수만 많아서는 철영을 상대할 수 없소. 우리편에 실컷 피해만 입히고 도망가 버릴 테니 말이오."

"흠, 그럼 어쩌면 좋겠소?"

장수생이 비로소 난감한 표정을 지어 보이자 한유민이 말했다.

"내려가서 그를 막아야 하오. 막강한 패를 가진 상대와 싸우려면 우리의 패를 최대한 숨겨야 했는데 이미 상대가 우리의 패를 속속들이 다 알아버렸으니 어쩔 수가 없구려. 우리도 최고의 패를 내밀어 일단 철영을 막아보는 수밖에."

"흥, 이게 다 그 더러운 배신자 년 때문이오. 그년이 우리 쪽 정보를 가져다 바치지만 않았어도……."

장수생의 욕설에 주변에 있던 많은 사람들이 동의했다. 진원명이 고개를 돌리자 단목영이 씁쓸한 표정을 짓고 있는 게 보였다. 진원명은 잠시 그런 단목영을 바라보다가 물었다.

"설 방주는 함께 오지 않았소?"

"아까 그 장소에서 기다리고 있어요."

진원명은 고개를 끄덕였다. 단목영의 모습이 안타까웠지만 단목영에게 뭐라 위로할 말을 떠올릴 수 없었다.

한유민이 말했다.

"방금 우리와 함께 올라오지 않은 사람들은 남아 있다가 천천히 내려오시오. 그리고 무 형은 우리와 같이 내려가는 게 좋겠구려."

주변 사람들이 무민을 바라보는 표정이 썩 곱지 못했다. 아마 철영이 무민에게 대하는 것을 보고 무민을 신뢰하지 못하게 된 것이리라.

방금 전까지 목숨을 걸고 비호하려 했던 이들에게 이런 시선을 받으면서도 무민은 태연했다. 아니, 내심으로는 그들의 무사에 기뻐하고 있을 것이다. 자신이 떠올리게 된 기억 속의 무민은 그런 사람이었다.

진원명은 가볍게 고개를 저었다. 무민도, 단목영도, 유소매도, 모두 자신이 의도하지 않았음에도 어떤 큰 흐름에 휘말려 스스로 불행해지고 그 주변마저 불행하게 만든 그런 경우였다.

지금의 이런 질책과 비난에 대한 책임이 그들 자신의 것이 아님은 분명했다. 적어도 지금 진원명은 그 사실을 알고 있었다.

"갑시다!"

한유민의 목소리가 들려왔다. 하산하는 사람들의 선두로 달려나가며 진원명은 다시금 깨달았다. 예전보다 더 분명하게 인지했다.

이 모든 불행의 중심에 위치한 철영, 자신이 그자를 막아야 한다는 것을……

그것은 바로 과거로 돌아온 자신의 숙명(宿命)인지도 모른다.

회전(會戰) 1

　한유민은 일부러 하산하는 일행의 보조를 맞추게 했다. 숨어 있던 철영이 암습을 하게 되는 경우를 대비한 것이다.

　결과적으로는 기우였다. 일행은 본진에 내려왔을 때까지 어떤 습격도 받지 않았다.

　그리고 본진에 도착했을 때 한유민은 탄식을 내뱉었다.

　"강민이오. 이런 과감한 행동은 분명 그 녀석의 작품일 것이오. 그 녀석은 지금의 날 정확하게 꿰뚫어 봤구려."

　그곳에는 수많은 사람들이 어우러져 싸우고 있었다. 산 아래를 지키던 자들이 올라온 것이다. 모두 올라온 것은 아닌 듯했지만 적어도 절반 이상의 인원이 올라온 것은 분명해 보였다.

진원명은 주변을 살폈다. 그리고 곧 자신이 찾던 자, 철영을 찾아냈다.

철영은 싸움에 합류하지 않은 상태였다. 그것에 순간 다행이라는 생각이 들었지만 철영의 앞에 서 있는 인물을 보는 순간 그 생각은 곧 사라졌다.

단독으로 철영을 막고 있는 인물, 그녀는 아민이었다.

*   *   *

"비켜라."

철영의 입이 열렸다. 별다른 감정이 실리지 않은 목소리, 오랜만에 재회한 부녀지간이지만 철영의 모습에는 딸에 대한 아주 작은 감정의 조각 하나 묻어 있지 않았다.

"넌 지금까지 내 역할을 충분히 수행해 줬다. 하지만 여기까지다. 더 이상 이 일에 끼어들 필요 없다."

철영은 그렇게 말하고는 아민을 지나쳐 가려 했지만 아민은 여전히 비켜서지 않았다.

"이들은 사실상 모두 아버지에게 가르침을 받은, 아버지가 길러낸 이들이에요. 이들을 모두 죽일 셈인가요?"

아민의 질문에 철영은 눈살을 찌푸렸다.

"쓸데없는 의문이구나. 네가 알 필요 없는 문제다. 넌 그저 네 할 일만……."

"그게 내 일이에요. 이들은 내가 모시는 주군의 수하이고,

내 동료들이기도 하니까."

철영은 잠시 아민을 지그시 바라봤다.

"오늘로 주군의 수하들은 모두 바뀔 것이다. 더 쓸모있고 더 충성스러운 자들로 말이다."

"그것은 주군의 뜻이 아닐 텐데요."

"주군이 원하지 않는다 해도 그것이 주군을 위한 것이라면 따라야 하는 것이 신하 된 도리지. 네가 그리 묻는 것이 안타깝구나. 그건 네가 변해 버렸음을 의미하는 것일 테니까."

아민은 철영을 지그시 바라보았다. 철영이 말했다.

"마지막으로 말하겠다. 날 방해하지 마라. 네가 쓸모없어졌다 해도 넌 내 딸이지. 난 네 생명을 빼앗고 싶지는 않다."

"그래, 단지 생명을 빼앗고 싶지 않은 것일 뿐 그것만 아니라면 그녀가 어떻게 되건 신경 쓰지 않겠다는 것이 아닌가? 그러니 예전에도 그녀를 후위장에게 넘겼던 것이겠지."

그때 철영의 뒤에서 진원명의 냉랭한 목소리가 들려왔다. 진원명은 지금, 머릿속에 떠오르기 시작한 아민과 철영 사이의 과거를 떠올리고 참을 수 없는 기분이 되어 철영을 바라보고 있었다.

철영은 고개를 돌려 진원명과 하산한 일행을 죽 둘러보았다. 그리고 미소 지었다.

"한강민의 생각이 맞았군. 한 교주, 당신은 변했소. 예전 같으면 지금 함께한 그들과 하산해 내가 빠진 포위망을 뚫어보려 했을 텐데… 아마 당신의 변화는 아민과 같은 이유겠지. 주군과 함께 생활하며 그분의 방식을 닮아버린 것이오. 예전의 당신을 좋아했던 내겐 참으로 안타까운 일이오."

"당신 주군 면전에 대고 욕을 하시지. 평소 무 형이 수집벽이 있다 여겼는데 그래서 그런지 당신 같은 아무짝에 쓸모없는 간신배마저도 어디 내다 버리지 않고 잘 키워줬더군. 아마 사람의 탈을 쓰고 이처럼 배은망덕하리라 생각하지 못했을 거요."

한유민의 대꾸에 철영이 재미있다는 듯 껄껄 웃었다.

"하하하, 입담은 여전하시오. 아마 오늘이 지나면 그런 입담역시 많이 그리워질지도 모르겠소."

"당신이 주군에게 충성한다고 말할 때만큼 뻔히 보이는 빈말이구려. 입을 다물면 중간은 간다는 말은 아마 당신 같은 사람이 유념해야 할 말이라고 생각하오."

"후후, 날 군이 화나게 해서 당신에게 득이 될 건 없을 거요. 아마 당신이 내 딸에게 호감이 있던 것으로 기억하는데……."

그렇게 말하며 철영은 아민을 돌아봤다.

"이 아이의 마지막 쓸모를 당신을 동요시키는 데 써야 할지 고민된단 말이오."

철영의 비릿한 표정이 자신에게 향하자 아민이 흠칫 놀라 뒤로 물러나는 모습이 보였다.

그리고 그 모습을 바라본 진원명은 더 이상 참지 못했다.

"이젠 기필코 내가 막을 거다!"

이를 악물고 중얼거린 진원명은 누가 막을 새도 없이 철영에게 달려들었다.

*   *   *

　'아, 정말 놀랐어. 설마 언니가 뒤를 밟혔을 줄은. 그나저나 그자가 제법 멍청해서 다행이야. 언니를 바라보던 그 표정 하고는……. 언니와 이렇게 닮은 날 보고도 이상하다는 생각을 못하다니. 그자 제법 눈이 나쁜 모양이야. 어? 언니, 왜 그래? 왜 웃는 거야?'

　'그를 나무라지 마렴. 그의 잘못이 아니니까. 그는 바보가 아니고 눈이 나쁘지도 않아. 그는 정말 재미있고 좋은 사람이란다.'

　'흠, 언니는 저자의 시중을 들었나 보지? 뭐 내가 보기에는 착해 보이기는 한데, 바보 같아서 재미는 없을 것 같아.'

　'후훗, 너도 나처럼 그와 함께 지냈다면 그 말을 이해했을걸? 그는 정말 선하고 순수한 사람이야. 기회가 된다면 너 또한 소개시켜 주고 싶을 정도로.'

　'아마 그럴 일은 없을 거야. 그자와는 어차피 이제…….'

　'응? 뭐라고 했어?'

　'아니, 난 이곳에 머물 거야. 조만간 다시 언니를 만나러 올게. 자세한 이야기는 그때 전해주겠어. 그리고 그와 너무 친해지지 않는 게 좋을 거야.'

후웅!

진원명의 검에서 뻗어나간 검기와 검풍이 먼 거리에서부터 위협적으로 철영을 압박했다.

철영은 처음 달려드는 진원명을 보았을 때는 뜻밖이라는 표정을 지었지만 순식간에 다시 여유있는 표정으로 돌아와 진원명에게 검을 뻗었다.

텅!

철영의 크지 않은 손짓에 진원명의 강맹한 검기가 비껴 지나갔다. 철영은 진원명의 공격을 쳐냄과 동시에 진원명과의 거리를 좁혔다.

무검을 발동시키기 위함이다.

후우우웅!

그때 진원명의 검에서 진기가 길게 솟아 나왔다. 철영이 재빠르게 몸을 틀었지만 이번의 공격은 단지 뻗어나가기만 하는 기운이 아닌 맺혀서 유지되는 기운이었다.

"허! 강기(罡氣)인가?"

철영이 놀랍다는 듯 외쳤다.

쿠구구구!

진원명이 검을 휘두르자 검에 맺힌 기파가 검이 움직인 궤적에 따라 주변을 휩쓸었다. 철영은 황급히 그 검세에 맞추어 뒤로 물러났다.

진원명이 너무 가까이 파고드는 바람에 자칫 무검을 내다간 동귀어진할 판이었던 것이다.

"기공의 수위만은 대단하군. 하지만 검공도 그만할까?"

적당한 거리를 확보한 철영이 그렇게 외치며 다시 검을 뻗었다. 순간 진원명의 강기를 뚫고 수많은 예기가 진원명에게 뻗어나갔다.

바로 무검이 펼쳐진 것이다.

'아민? 왜, 왜 이곳에 왔느냐? 이곳이 네게 사지임을 모르느냐?'

'주군께 사죄해야 한다고 생각했습니다. 저 혼자만 이처럼 살아남은 것에 대해서…….'

'그건 네 책임이 아니다. 네가 사과해야 할 일도 아니지. 너만이라도 이처럼 살아남아 네 무사한 모습을 볼 수 있다는 것에 난 오히려 감사한다. 그러니 다른 이들의 눈에 띄기 전에 이곳을 떠나다오.'

'주군이 모르고 계시는 게 있습니다. 전 그때 그곳에 없었습니다. 제가 살아남은 것은 제가 그 일이 있기 전 악벌단을 이탈했기 때문입니다.'

'네가 한 일이라면 그럴 만한 이유가 있었겠지. 아니, 그게 아무리 의미없는 이유였다 해도 난 널 원망하지 않는다. 목숨을 잃은 그들 또한 그렇게 여길 것이다. 일단은 살아남았다는 게 중요한 것이다. 그 밖의 다른 것은 나중에 생각하도록 하자꾸나.'

'…전 큰 잘못을 범했습니다. 절 믿고, 절 좋아해 줬던 한 사람을 배신했어요. 그게 저로선 어쩔 수 없는 상황이었다 해도 그 죄책감을 덜어버릴 순 없었어요. 그래서 그를 다시 찾아 어 떻게든 속죄하려 했습니다. 그 대가로 제 목숨을 잃는다 해도 그에게 지은 잘못을 씻기 어렵다고 생각했어요. 그 때문에 전 악벌단은 이탈했었습니다.'

'민아야.'

'그리고 제가 없는 동안 그런 일이 생겼죠. 전 원래대로라면 지금 그들에게 복수를 준비하고 있어야 할 거예요. 아버지를 막고 주군을 어떻게든 구해내려 계획을 세우고 있어야 할 거 예요. 하지만 전 지금 그중 어느 것도 하고 있지 않습니다.'

'어차피 너 혼자 힘으로 가능한 일이 아니다. 불가능한 일에 억지로 덤벼드는 것은 무의미한 일일 뿐이다.'

'아닙니다. 전 그 일에 신경조차 쓰고 있지 않습니다. 전 그 저 그자를 찾고자 하는 생각뿐입니다. 그래서 그자에게 속죄 하고 그자를 위해 제가 할 수 있는 모든 것을 해줄 생각입니 다. 지금의 제게는 단지 그것뿐입니다. 그 밖의 다른 일을 생 각할 여유가 없습니다. 그리고 그게… 주군에게 제가 미안해 하는 진짜 이유입니다.'

'나에게 미안해할 필요 없다. 미안하다는 말 같은 것은 내가 너에게 써야 할 말이지. 지금껏 네가 날 돌보아준, 그것만으로 난 네게 갚을 수조차 없는 빚을 지고 있다고 생각한단다. 그러 니 나란 사람에게 더 이상 얽매이지 말거라. 죄책감이나 책임 감 같은 건 더 가질 필요 없다. 넌 이제 더 이상 내 호위도, 내 수하도 아니니까. 이 순간부터 난 널 단지 내 친구로 생각할 것이다. 그러니 부디 이젠 자유롭게 네가 원하는 삶을 살고, 네가 원하는 결과를 얻게 되길 바란다. 내가 너에게 원하는 것은 그뿐이다.'

무검에서 생겨나는 수많은 환영들이 진원명에게 엄습해 왔다. 진원명은 이를 악물고 칼을 휘둘러 그 환영들을 베어버리면서 앞으로 나섰다.

오기에 가까운 전진이었다. 지금 보이는 철영의 여유를 깨버리고 말겠다는, 그런 오기와 분노가 진원명의 마음속에서 솟아오르고 있었다.

하지만 오기만으로는 아무것도 되지 않는다.

철영에게 한 걸음씩 다가갈 때마다 무검이 가해오는 압박감은 배가되고 있었다. 진원명은 점차 느려지고 느려져서, 결국 철영에게 불과 세 걸음 떨어진 거리에서 걸음을 멈추고야 말았다.

진원명이 휘두르는 검의 움직임은 처음보다 더 빨라지고 매서워졌지만 진원명은 보이지 않는 벽에 가로막힌 듯 그곳에서 더 나아가지 못했다.

그것이 진원명의 한계였다. 진원명의 강기가 뿜어내는 위력이 아니었다면 그만큼의 전진마저 불가능했을 것이다.

후웅! 후우웅!

진원명은 숨이 차오름을 느꼈다. 진기의 소모와 심력의 소모가 극심했다. 단 한 수만 실수한다면 언제고 목숨을 잃을 것이라는 긴장감이 온몸의 신경을 자극해 오고 있었다.

평소라면 이쯤에서 뒤로 물러났을 것이었다. 진원명 또한 자신의 이런 돌진이 무모한 것이었음을 이미 깨닫고 있었기 때문이다.

하지만 진원명은 물러나지 않았다. 그러고 싶지 않았다. 오기는 이미 사라졌지만 그 자리에 의지가 남아 있었다.

자신은 지금까지 이자의 무검을 두려워 피하려 했을 뿐 가진 힘을 다해 정면으로 마주해 보려 한 적은 없었다.

이처럼 두려워하고 피하기만 해서 어떻게 이자를 이길 수 있겠는가?

부웅! 부웅!

진원명은 자신이 느끼는 무게가 약간이지만 가벼워졌음을 느꼈다. 아마 보이지 않지만 무정귀와 백무귀가 가세했을 것이다.

아마 자신이 물러설 빈틈을 만들어주기 위한 견제라는 생각이 들었지만 진원명은 곧 그 사실을 머리에서 지워 버렸다.

진원명은 지금의 자신에게 불필요한 사실들을 모두 잊으려 했다. 성패를 의식하지 않고, 그 결과도 생각하지 않으려 했다. 자신이 철영에게 가진 적대감과 호승심마저 지웠다.

단지 전력을 다해 눈앞의 검술에 대응할 뿐이다.

"이대로 버텨보겠다는 건가? 어리석군."

철영의 여유있는 목소리가 들려왔다. 하지만 그 목소리에 진원명은 관심을 두지 않았다.

진원명은 지금의 상황에 몰입해 있었다. 적과 정면으로 맞서면서 자신의 최선을 펼치는 것에만 집중하고 있었다.

그리고 잠시 후 그런 시도에서 진원명은 한 가지를 깨달을 수 있었다.

중요한 것은 상대가 아닌 자신이라는 것이다.

아니, 정확히 말하자면 중요한 것은 양자 모두이다. 무검을 펼치는 상대와 그것을 막아내는 자신.

무검을 파훼하는 방법을 구하기 위해서는 당연히 그것을 파훼하고자 하는 자신의 능력과 한계 정도는 명확히 알아야만 한다.

진원명은 자신이 지금껏 그런 자기 자신에 대해 완벽하게 알지 못하고 있었음을 지금에 와서야 깨닫고 있었다.

우웅! 후우웅!

진원명의 검이 일으키는 칼바람이 매서웠다. 이런 식으로 강기를 일으키고 검을 휘두른 지도 한참이 지났다. 이미 아까 전부터 진원명은 자신의 진기소통이 원활하지 못함을 느끼고 있었다. 그래서 대신 진원명은 진기를 좀 더 가늘고 예리하게 운용하고 검술의 운용 또한 그에 맞추어 변화시키고 있었다.

이는 진원명이 과거에 비해 많은 부분에서 달라졌기 때문이다. 예전에 할 수 있었던 것을 못하게 되었지만 대신 예전에 할 수 없었던 것을 할 수 있게 되었다.

진원명은 전생에 경험했던 자신의 경지에 얽매여 있던 것인지 모른다. 그렇기에 단지 자신의 약해진 부분에 미루어 자신의 한계를 재고 있었던 것이다.

그것을 알게 된 지금 진원명은 새삼 자신이 채 규정하고 가늠하지 못했던 자신의 가능성을 느끼기 시작했다.

그동안 자신이 추상적으로만 느끼고 사용해 왔던 많은 깨달음들이 머릿속에서 구체적으로 해석되고 설명되고 있었다.

우웅! 부웅!

점차 진원명의 동작이 작아졌다. 지금까지의 자신이 얼마나 힘을 낭비하고 있었는지가 느껴졌기 때문이다.

진원명의 검술은 단조로워졌고 강기는 작고 날카로워졌다.

그것으로 충분해지고 있었다.

상대의 검에서 느껴졌던 숨이 막힐 듯한 무게감도 크게 줄어들어 있었다.

자연스럽게 멈췄던 진원명의 발이 다시 앞으로 내디뎌졌다.

진원명은 비로소 철영의 환영이 아닌 진짜 철영의 얼굴을 바라볼 여유를 얻었다.

진원명을 바라보는 철영의 표정에서는 아까와 같은 여유가 느껴지지 않고 있었다.

"너는, 네놈은 대체 뭐냐?"

진원명은 그 사실에 만족했다.

'일은 모두 처리했느냐?'

'네, 모두 마쳤습니다. 중간에 작은 문제가 있긴 했지

만……'

'작은 문제?'

'저보다 먼저 그 녀석에게 접근하려는 자가 있었습니다.'

'그게 누구였지?'

'아민입니다.'

'아민이라… 그래서 아민은 진원명과 만났나?'

'그전에 제가 처리했습니다.'

'죽인 건가?'

'적당한 조치를 취하긴 했지만, 아직 살아 있습니다. 아마 별다른 이상이 없는 한 앞으로도 목숨에 지장은 없을 것입니다.'

'그래, 알겠다. 그 일은 네가 알아서 잘 처리했으리라 믿겠다. 그리고 그자의 형, 진원정에 대해서는……'

'적당한 정보를 흘렸습니다. 그가 그것을 믿을지는 아직 알수 없지만 일단 그자가 움직인다면 주군으로서도 더 이상 그자를 비호하지는 못할 것입니다.'

'그래, 앞으로도 진원정이란 녀석을 잘 감시하도록 해라. 그가 우리에게 위협이 되리라 생각하지 않지만 일은 원래 생각지 않았던 곳에서 틀어지는 법이지. 어쨌든 잘해주었다. 이만 가보아라.'

'물러가겠습니다.'

'아, 잠깐. 그 아이… 아민은 왜 진원명이란 녀석을 찾고자 했었던 것이지?'

'저 또한 자세한 내막은 모릅니다만 아마 젊은이들 사이에 생긴 치정 문제가 아닌가 생각됩니다. 그리고 보니 아민이 마지막으로 이런 말을 남겼었습니다.'

'마지막으로?'

'그녀는 이제 말을 하지 못하니까요.'

'그렇군. 그 아이는 무슨 말을 남겼지?'

우웅! 우우웅!

진원명의 검이 다시금 바쁘게 휘둘러지고 그의 발이 다시 한 걸음 앞으로 내디뎌졌다.

철영은 이제는 확연히 긴장한 표정으로 진원명을 바라보다가 크게 고함을 지르며 검을 내뻗었다.

챙!

진원명은 간신히 그 검을 막았다. 절묘한 공격으로 진원명의 자세가 크게 흐트러졌지만 철영은 그 빈틈을 계속 파고들어 가지는 못했다. 백무귀와 무정귀가 그 순간 철영의 뒤를 노리고 공격해 오고 있었다.

지금까지와 같은 깔끔하게 회수되는 공격이 아니었기에 철영의 무검 또한 풀렸던 것이다.

철영은 칼을 슬쩍 뉘어 당기며 무정귀의 검을 흘리고 백무귀에게 벼락같이 양손을 뻗었다.

후욱!

채찍을 뻗어 공격하려던 백무귀가 놀라 몸을 비트는 순간 철영이 방출한 장력이 방금 전 백무귀의 몸이 있던 허공을 갈랐다.

철영은 백무귀가 뻗었던 채찍을 왼손으로 붙잡은 채 칼을 뻗어 무검을 사용했다.

"젠장!"

백무귀가 철영의 무검을 상대하지 못하고 채찍 두 개 중 하나를 버린 채 물러났다. 그러자 다시 자세를 수습한 진원명이 그에 엇갈려 철영에게 달려들었다.

"건방진 녀석!"

철영이 외쳤다. 자신의 무검에 정면으로 덤벼드는 진원명의 모습에 자존심이 상한 것이다.

무검의 범위 안에서 철영은 상대의 어떤 수에도 상성의 수법을 펼쳐 낼 수 있었다. 때문에 상대는 끊임없이 자신의 빈틈을 방어해 나가야 한다.

보통의 사람이라면 그런 무검의 원리조차 알지 못한 채 당하고 마는 수법이고, 그 원리를 꿰뚫어 보고 자신의 위기를 감으로 파악해 내는 자라 해도 마치 수십 명의 철영과 상대하는 것 같은 그 압박감에 지쳐 쓰러지게 되는 그런 수법이다.

하지만 진원명은 그런 압박감에 굴하지 않고 검을 휘둘러 오고 있었다.

이것은 단순히 만용이나 객기로 달려드는 그런 상황도 아니었다.

진원명의 동작은 무척이나 간소해져 있었다. 그럼에도 불구하고 동작의 사이사이에 나타나는 빈틈은 점차 사라져 가고 있었다. 진원명이 자신의 동작 하나하나가 가진 가능성을 알고 점차 불필요한 동작을 생략해 나가고 있기 때문이다.

그것이 어떤 사실을 의미하는지 알기에 철영은 조급해졌다. 진원명은 지금 점차 따라붙고 있었다.

진원명은 지금 자신이 연마한, 자신의 집안이 삼대에 걸쳐 간신히 완성해 낸 이 무검을 감히 흉내 내려 하고 있었다.

쩡!

이번에도 철영의 공격은 막혔다. 완벽한 빈틈을 찾아낼 수 없었다. 대신 철영은 상대가 막아내더라도 불리해질 만한 빈틈을 노렸다.

진원명은 아직 철영의 상대가 되지 못했다. 철영은 자세가 무너진 진원명에게 다시 검을 날렸고 진원명은 그 검마저 막아낸 뒤 완벽하게 균형을 잃고 나동그라졌다.

휘익!

때마침 견제해 온 백무귀의 채찍이 아니었다면 아마 철영은 진원명에게 치명타를 날릴 수도 있었을 것이다.

하나를 뺏어내 위력은 떨어졌지만 그래도 귀찮은 무기였다. 막아내고 무검을 사용하기에 상대가 너무 멀리 있었다. 철영은 채찍을 피해 멀찍이 물러나며 몸을 돌려 다시 무검을 시전했다.

마침 자신을 공격해 오던 무정귀를 노린 것이었다.

일단 무검에 걸려드는 순간 무정귀는 수많은 빈틈을 보였다. 철영은 눈 깜짝할 사이에 검을 뻗어 무정귀의 몸에 세 번의 검상을 입히고 있었다. 시전한 무검을 깨뜨릴 만큼의 과도한 공격도 필요없었다. 장난이라도 치듯 간단하고 수월하게 철영은 무정귀를 농락했다.

이것이 정상이었다. 철영이 연성해 낸 무검은 이처럼 강력했다. 하지만 지금 다시금 달려드는 진원명은 자신의 이런 강력함에 농락당하지도, 위축되지도 않고 오히려 자신의 강력함을 점차 뒤따라오고 있었다.

"가만히 둘 것 같으냐?"

챙!

이번의 철영은 무검을 펼친 뒤 여유를 두지 않고 곧바로 공격에 들어갔다. 어차피 빈틈은 보이지 않을 것이다. 철영은 이제 진원명에게 더 시간을 주고 싶지 않았다.

진원명은 간신히 방어해 낸 뒤 곧바로 땅바닥을 뒹굴었다. 다음 공격에 대비하기 위함이라 여긴 철영이 재빠르게 그 뒤를 따랐을 때 진원명이 몸을 굴리던 기세에서 급작스럽게 반대로 몸을 솟구치며 철영에게 검을 날려왔다.

채앵!

이번에는 철영이 간신히 방어해 냈다. 진원명은 여세를 몰아 계속 공격해 갔다.

철영은 기본적으로 진원명에 비해 힘이 부족한 데다 진원명의 검과 부딪칠 때마다 진원명이 발하는 견인력(牽引力)에 의해 힘이 분산되었다.

네 번의 검을 막아낼 때까지 철영은 계속 수세에 몰려 뒤로 밀려났다.

철영으로선 화가 날 상황이었다. 애초 평소라면 당하지 않았을 얕은 기습에 당한 데다 물러서면서도 남은 이귀의 위치에 신경을 쓰느라 진원명의 검에 집중하기 어려웠기 때문이다.

진원명이 다섯 번째로 검을 휘둘러 왔을 때 철영은 무리수를 뒀다. 진원명의 검을 막으며 암암리에 격공장을 날린 것이다.

진원명은 수월하게 그 공격을 막아냈다. 그리고 진원명이 방어한 그 짧은 순간에 철영은 자신의 수법을 공세로 전환하려 했다.

하지만 진원명의 검이 약간 더 빨랐다. 철영은 재빠르게 검을 다시 돌려 진원명의 공격을 막고는 그대로 진원명의 검을 타고 미끄러졌다.

진원명은 놀랐다. 철영이 유도한 것은 서로가 서로의 가슴을 노리는 상황이었다. 이렇게 된다면 동귀어진의 수가 될 판이다.

그때 철영이 앞서 자신의 어깨를 내밀었다. 진원명의 검은 철영의 가슴이 아닌 철영의 어깨를 찔렀다. 진원명 또한 급박한 상황이라 어쩔 수 없이 자신의 어깨를 내밀어 철영의 검을 받으려 했다.

그리고 철영은 그 순간 재빠르게 검을 내려 진원명의 오른쪽 허벅지를 찔렀다.

진원명은 아차 싶었다. 서로 칼을 뽑는 순간 철영은 고통스러운 신음만을 한차례 토했지만 진원명은 그 자리에 주저앉고 말았다.

"크윽!"

철영은 재차 진원명을 내려치려 했지만 이귀가 공격해 오던 터라 틈이 없었다. 철영은 그냥 쓰러진 진원명을 걷어차서 날려 버리고 이귀의 공격을 받았다.

채앵!

진원명에게 가한 마지막 공격이 무리수가 되었다. 백무귀의 채찍은 튕겨냈지만 무정귀의 내려치는 강공이 생각보다 강해 철영의 방어를 밀고 들어와 다시 왼쪽 어깨를 파고들었던 것이다.

"네놈이 감히!"

철영은 분노하여 소리쳤다. 이처럼 계속 어깨가 상한다면 앞으로 팔을 못쓰게 될지도 모른다.

무정귀는 철영이 발한 기세에 순간 위축되었다. 그리고 그때, 철영이 무서운 힘으로 자신의 어깨를 찌른 검을 다시 밀쳐내며 무정귀에게 달려들었다.

무정귀는 뒤로 몸을 빼다가 재빠르게 옆으로 몸을 피해 철영의 돌진을 흘려 버리려 했다. 하지만 철영은 무정귀의 그런 움직임에 현혹되지 않고 반대로 돌더니 오히려 무정귀의 배후를 잡아 밀쳐 버렸다.

마침 무정귀를 돕기 위해 다가오던 백무귀가 급작스런 변화에 황급히 무기를 거두고 비틀거리는 무정귀를 받았다.

"사형, 난 괜찮……."

무정귀는 채 말을 마치지 못했다. 가슴에서 화끈한 통증이 밀려왔기 때문이다.

"사매!"

백무귀의 놀란 외침이 울려 퍼졌다. 무정귀는 자신의 가슴을 바라보았다. 그곳에는 새하얗게 빛을 발하는 칼날이 솟아나 있었다.

*　　　*　　　*

진원명은 숨이 막히고 괴로워 잠시 정신을 차리지 못했다. 간신히 조금 정신을 추슬렀을 때 곁에서 자신을 부르는 누군가의 목소리를 들을 수 있었다.

"도련님, 괜찮으세요? 정신이 좀 드나요?"

진원명은 아득한 정신 속에서도 자신을 부르는 그녀가 아민임을 알 수 있었다.

'누구에게 하는 말인지 모르지만 그녀가 이렇게 말하더군요.'

그녀는 걱정스러운 목소리로 자신을 부르고 있었다.

"괜찮다면 대답을 좀 해보세요. 제가, 제 얼굴이 보이나요?"

'난, 결코 용서받을 수 없겠지. 라고…….'

흐려진 시야에 아민의 모습이 들어왔다. 진원명은 몽롱한 시선을 한 채 고개를 저었다. 그리고 힘없이 중얼거렸다.
"그래, 나도 그럴 거라 생각했어. 결코 용서하지 않을 거라고, 그럴 수 없을 거라고. 한데 난… 이미 모두 용서해 버린 것 같군."

회전(會戰) 2

"괜찮나요? 의식이 들어요?"

진원명은 자신을 부르는 아민의 목소리를 들으며 비로소 의식을 차렸다.

"크윽!"

다리에서 피가 흘러나왔다. 아민이 황급히 자신의 옷자락을 찢더니 진원명의 다리를 싸맸다.

"무리하지 말아요. 이 상처로는 움직이는 건 무리일 테니……."

"상황은 어떻지?"

아민은 진원명의 질문에 눈살을 찌푸렸다.

진원명과 무정귀가 당하자, 그동안 한유민의 만류에 의해

싸움을 지켜보고만 있었던 장수생이나 청허, 충용위의 네 위
장들이 뛰쳐나갔다.

그리고 모두 아무 힘도 쓰지 못한 채 철영에게 농락당하다
가 하나둘 쓰러져 가고 있었다. 이들은 철영의 상대가 되지 못
했다.

문제는 그들뿐 아니라 아래쪽 본진에서 싸우는 자들도 상황
이 썩 좋아 보이진 않는단 것이다.

"또다시, 이렇게 되어버리고 마는 것인가?"

결국 자신은 이 흐름을 막지 못하는 것인가? 진원명은 입술
을 깨물고 싸우고 있는 철영을 노려보았다.

*   *   *

"잠시만요."

유소매의 목소리가 들려왔다.

그녀의 말과 무관하게 싸움은 멈춰 있었다. 철영이 일부러
싸움을 멈춘 채 보란 듯이 검을 내려두고 자신의 상처를 싸매
고 있었던 것이다.

하지만 그럼에도 누구 하나 그에게 덤벼들지 못했다. 대부
분은 큰 상처를 입고 있었고 더러는 철영의 실력에 기가 질려
있었다. 철영이 돌아보며 물었다.

"뭐지?"

"아까도 말했듯 저기 있는 두 명은 제 원수들이에요. 그러니

저 둘의 목숨은 제가 끊고 싶어요."

"후후, 그것도 나쁘지 않겠지. 원하는 대로 하게."

철영의 허락이 떨어지자 유소매는 곧바로 검을 뽑아 들었다.

유소매가 지적한 두 사람은 모두 큰 부상을 입고 있었다. 특히 무정귀의 부상은 이미 죽었을지도 모른다 여겨질 만큼 심각해 보였다.

지켜보던 자들의 입에서 욕설과 호통이 튀어나왔지만 유소매는 개의치 않고 그들에게 다가갔다.

그리고 갑자기 옆으로 검을 휘둘렀다.

"무슨!"

호통이 터져 나왔다. 그것은 철영을 향한 공격이었다.

전혀 기척도 살기도 없는 공격이었다. 게다가 철영은 무기마저 놓고 있었다. 그럼에도 그 공격은 명중하지 못했다.

"허, 네가 아까 보원이와 이야기하는 모습을 보았지. 아마 그때 들은 것인가? 하지만 확신은 할 수 없었을 텐데."

철영의 반응이 너무 빨랐다. 그리고 철영이 물러선 속도를 유소매가 따라가지 못했다. 유소매는 기세를 빌어 계속 공격해 보려 했지만 철영이 손을 내밀어 유소매의 검을 튕겨 버리자 곧바로 검을 놓치고 말았다.

"으윽!"

찢어진 손을 붙잡고 물러나는 유소매를 무시한 채 철영은 다시 다가와 검을 집어 들었다.

"네 주제를 모르고 바보같이 명을 재촉하는구나. 그러지 않았다면 이 일이 끝날 때까지는 목숨을 부지했을 것을. 고작 네 원수라는 자의 말만 듣고 이런 일을 벌이다니 생각보다 어리석군."

유소매는 지금까지 감추었던 분노를 드러내며 철영을 노려보았다.

"그에게도 비슷한 이야기를 들었으니까. 역시 넌 저들에게 당시 명령을 내렸던 자인가?"

"후후. 네 능력으로썬 과분한 원수이니 차라리 모르는 게 나았을 거다."

"도대체 왜 그런 일을 지시했지? 상동의 유가장이 대체 네게 무슨 잘못을 범한 것이지!"

철영의 대답에 앞서 누군가의 목소리가 터져 나왔다.

"유가장이 철영 당신의 짓이었던가?"

말한 이는 무민이었고 그는 창백한 표정을 짓고 있었다. 철영은 그 모습을 바라보고 아차 싶은 표정을 짓다가 이내 말했다.

"네년의 입이 말썽을 일으키니 더 살려둘 수가 없구나."

철영은 곧바로 유소매에게 달려들었다. 무민이 철영을 만류하는 외침을 내뱉었지만 철영은 신경도 쓰지 않았다.

그때 장내에 한 사내가 튀어나와 재빨리 유소매를 안고 철영에게서 멀어졌다. 그리고 또 한 사내가 철영의 앞을 가로막으며 외쳤다.

"이 녀석, 정말 비열하기 짝이 없구먼!"

철영은 놀라지 않고 표적을 바꾸어 눈앞의 사내를 공격했지만 그것은 오산이었다.

퍼억!

사내가 철영의 검에 찔리면서도 주먹을 날려 철영의 가슴을 때렸던 것이다.

"크윽!"

철영은 이를 악물고 뒤로 물러났다. 순간 숨이 턱 막혀왔다.

철영의 검에 찔린 사내 또한 뒤로 물러서 기침을 내뱉었다. 가슴에서 피가 흐르고는 있었지만 칼에 찔렸다고 보기에는 깊지 않은 상처였다.

"고목신!"

쓰러져 있던 백무귀가 놀라 그 사내의 이름을 불렀다. 그 사내는 바로 고목귀였다.

"괜찮소?"

유소매는 자신을 안은 채 걱정스러운 표정으로 질문하는 사내를 바라보며 순간 멍한 표정을 지었다. 그 사내는 바로 철수귀였다.

"아버지!"

그리고 마침 산에서 내려온 무리에 포함된 누군가가 그 철수귀를 불렀다.

바로 설공현을 부축하고 있는 단목영이었다.

＊　　＊　　＊

　진원명은 눈앞의 광경에서 묘한 기분을 느꼈다.

　자신의 전생에 경험했던 숱한 오해와 어긋남의 실타래가 이
곳에서 그 엉켜 있던 줄기를 조금씩 풀어나가고 있는 듯한 느
낌. 이것이 설사 지금 당장의 완벽한 해결은 아니더라도 그들
에게 씌워졌던 불행의 굴레를 벗어던질 하나의 새로운 시작이
되리라는 느낌.

　흐름은 바뀌어 있었다. 그게 진원명의 노력에 의한 것이든
그 밖의 다른 이유로 인한 것이든 그것은 결국 가능한 일이었
다.

　"저 여인은 당신의 약혼녀로군요. 그녀는 설마 철수귀의 딸
이었던 것인가요?"

　아민의 목소리가 들려왔다. 진원명은 문득 깨달았다.

　얼마 전 자신이 아민의 마음을 알게 된 뒤에도 망설였던 이
유. 그게 과거에 경험했던 실패에 대한, 당시 치달았던 두 사람
의 불행한 최후에 대한 두려움 때문이란 것을 말이다.

　예전의 자신은 자유로웠다. 다른 계산이 필요없었고, 실패
할지언정 실패에 걱정하여 얽매이지 않았다. 자신이 그리워했
던, 그리고 돌아가고자 했던 과거의 자신은 바로 그러했다.

　물론 그런 자유가 가능했던 것은 당시의 자신에게 지워진
짐이 지금과 비교할 수 없게 가벼웠기 때문일 것이다.

　지금의 자신은 수많은 책임과 결과의 굴레에 억눌려 있었

다. 그 대부분은 잠시 내려놓을 수 있을지언정 결코 완전히 벗어버릴 수 없는 그런 굴레다. 바로 얼마 전에도 자신은 그녀를 떠났다가 이처럼 다시 돌아오게 되지 않았던가?

"아니, 그녀는 내 약혼자가 아니야."

진원명의 말에 아민이 의아한 표정으로 진원명을 바라보았다.

자신은 필요 이상으로 두려워했을지 모른다. 지금 느껴지는 변화된 흐름과 방금 전부터 자신의 머릿속에 떠오르고 있는 모든 진실들에 비추어본다면 분명 자신의 걱정은 과도한 것이었다는 생각이 들었다.

하지만 자신이 이런 과거를 경험한 이상 그것을 두려워하지 않을 수는 없는 일이다.

자신이 알지 못했기 때문이다. 이제껏 자신이 겪은 불행의 원인이나 그 과정에 대해, 그리고 자신의 선택이 가져올 결과에 대해 말이다.

그 두려움 때문에 자신은 벗어던질 수 있는 굴레마저 계속 지고 가고 있었던 것인지도 모른다. 과거로 돌아왔지만 자신이 원했던 과거의 자신으로는 돌아갈 수 없었던 것인지도 모른다.

그것은 꽤 무거운 굴레였다. 그리고 자신은 정말 오랫동안 그 짐에 허덕여 왔다.

이제는 그 짐을 벗어버려도 괜찮을 것이다. 의식하지 않아도 괜찮을 것이다. 자신은 알 수 있었다. 이것 또한 새로운 변화의 시작이 될 것임을 말이다.

생각해 보면 정말 오랜 시간이 지난 듯했다. 지금 이 순간으로 돌아오기까지.

어찌 보면 너무 늦어버린 것인지도 모른다. 하지만 진원명은 뒤늦은 후회로 더 이상 시간을 낭비하지는 않았다.

진원명은 아민을 바라보았다. 그리고 언젠가의 자신처럼 자신의 솔직한 마음을 고백했다.

"난 널 좋아해 왔어. 아주 오래전부터……."

＊ ＊ ＊

"사매는, 아니, 무정화는 괜찮은가?"

철수귀가 떨리는 목소리로 물었다.

"목숨은 붙어 있소. 그보다 사부에게 집중하시오, 사형."

백무귀의 말에 철수귀는 놀란 표정을 지어 보이다가 이내 유소매를 내려두고 철영에게 주의를 돌렸다.

그날, 자신이 그곳에서 사제들을 버리고 유소매만을 빼돌려 도망친 뒤 백무귀와 무정귀는 다시는 철수귀를 사형이란 말로 부르지 않았었다.

"목영이와 함께 일단 여기서 도망가시오. 이자는 우리로서는 상대할 수 없는 고수요."

잠시 철수귀를 바라보던 유소매가 이내 뒤로 물러났다. 그곳은 단목영이 있는 방향은 아니었다.

"후후, 후후후, 꼴이 말이 아니군. 오늘은 나타나는 녀석들마다 나를 화나게 만드는구나. 이제 결코 네놈들을 편히 죽게 하지는 않겠다."

철영의 웃음소리에 살기가 잔뜩 실려 있었다. 고목귀가 긴장한 표정으로 말했다.

"저자의 검술은 도저히 못 막겠더구려. 내가 몸으로 때울 테니 철수신이 어떻게든 좀 해보시오."

"조심하시오, 고목신."

고목귀는 철수귀의 말에 고개를 끄덕이고는 곧바로 철영에게 달려들었다. 그리고 세 사람의 신형이 어우러지기 시작했다.

*   *   *

"지켜보고만 있을 수 없어. 날 좀 부축해 주겠어?"

진원명의 말에 한참 동안 진원명을 멍하게 바라보고 있던 아민이 놀라며 말했다.

"무슨 말이죠? 설마 다리도 사용하지 못하면서 싸울 건가요?"

"뭔가, 방법이 있을 거야."

방법이 있을 것이다. 그렇게 말하고 자신의 검을 집어 드는 순간 진원명은 확신했다. 자신이 그것을 할 수 있으리라는 것을 말이다.

아민은 진원명의 표정을 잠시 바라보고는 더 묻지 않은 채 진원명의 어깨를 잡아 일으켰다.

　아민에 의해 일으켜진 진원명은 비틀대며 철영에게 다가갔다.

　아무도 그런 진원명을 눈여겨보지 않았다. 지금 이 자리에 있는 모두의 시선은 철영을 향해 있었다. 아마 그 시선은 진원명의 시선과 크게 다르지 않을 것이다.

　그들 또한 이제는 모두 알게 되었을 것이기 때문이다. 그들의 인생을 멋대로 재단하고 이용했던 존재가 바로 눈앞의 철영임을 말이다.

　지금 진원명은 그들의 과거와 미래를 알 수 있었다. 때문에 그들이 지금 느끼고 있을 그 감정을 알고 그에 공감할 수 있었다.

　진원명은 적당한 거리에 이르렀을 때 걸음을 멈추고 가볍게 숨을 내뱉었다. 그리고 자신이 들고 있는 칼을 내려다보았다. 자연스럽게 진원명의 입에 미소가 떠올랐다. 예리하고 날렵한 검신을 가진 동방검, 원래 자신의 검이 아니었지만, 이 검은 정말 자신의 마음에 쏙 들었다.

　"그러니 나처럼, 잠시나마 자유로워져도 되겠지."

　진원명은 그렇게 중얼거리고는 이내 검을 놓았다.

*　　　*　　　*

퍼억!

고목귀의 허리에서 피가 튀었다. 고통을 참고 공격해 온 철영을 잡아보려 했지만 철영은 이미 보이지 않았다. 대신 왼쪽 어깨에 충격이 왔다.

"크윽!"

"안 되겠소! 물러서시오! 고목신!"

철수귀의 외침이 들려왔다.

고목귀도 마침 더 견디지 못하겠던 터라 그 말대로 황급히 뒤로 몸을 날렸다. 두 번의 공격이 더 적중한 뒤에야 고목귀는 철영의 공세에서 벗어날 수 있었다.

"젠장! 왜 잡히지 않지!"

고목귀가 상처투성이가 된 채 크게 소리 질렀다.

"방법이 틀렸소. 정면으로 덤벼서는 가망이 없소."

철수귀가 그런 고목귀의 곁으로 다가왔다. 철수귀 또한 몸 곳곳에 자상을 입어 꼴이 말이 아니었다.

두 사람은 고목귀의 방어력을 믿고 철영을 상대해 보려 했지만 철영은 그것을 알고 아예 고목귀의 접근조차 허용하지 않았다.

고목귀는 무검에 휩쓸려 거의 일방적으로 얻어맞았고 철수귀는 고목귀를 구하려다가 마찬가지로 철영의 무검에 휩쓸려 부상을 입고 말았다.

지금의 방법이 통하지 않음은 분명한데 다른 방법이 떠오르지 않으니 두 사람으로서는 답답하기 그지없는 상황이었다.

철영이 고목귀를 향해 말했다.

"무식한 녀석, 그런 좋은 자질을 가지고도 무공은 형편없구나. 네 배움이 저기 쓰러져 있는 두 녀석만큼만 되었다면 이처럼 형편없이 당하지는 않았을 거다."

"뭐, 이 자식!"

철영의 말에 고목귀가 분노하는 듯하자 철수귀가 황급히 고목귀를 막았다.

"고목신, 침착하시오! 그냥 덤벼들어서는 희망이 없소!"

"네놈 또한 마찬가지다. 사형제 중에 가장 형편없어졌어. 그 수공은 유가장의 무공 같은데 하류의 수법이구나. 네 모든 공력을 흩어버리고 새로 배운 무공치고는 네 자질이 아깝다."

"닥치시오! 당신은 내게 그런 말을 할 자격이 없으니!"

철수귀는 고목귀를 막아선 채 냉랭하게 말했다. 철영이 피식 웃었다.

"후후, 그냥 내 감상을 말한 것뿐이다. 너희들에게는 살아 있는 시간이 늘어나는 것이니 나쁠 것은 없을 텐데? 뭐, 너희들에 대한 호기심도 사라졌으니 이젠 끝내도록 하지. 너희를 곱게 죽이지 않겠다고 한 약속은 지킬 테니 걱정하지 말거라."

철영의 말에 이귀는 새삼 긴장했다.

"방법이 있겠소?"

고목귀의 물음에 철수귀가 고개를 저었다. 두 사람은 아직까지도 마땅히 적을 상대할 방법을 떠올리지 못한 상태였다.

"젠장, 아무래도 오늘은 어렵겠구려."

평소 두려움을 모르던 고목귀도 그처럼 중얼거렸다. 철수귀가 침울한 목소리로 말했다.

"고목신에게는 미안한 마음뿐이오."

"흐흐, 내가 좋아서 철수신을 따라온 것이오. 죽는다 해도 후회는 없으니 그런 마음 가질 것 없소."

고목귀는 그렇게 말하고는 곧바로 철영에게 달려들며 외쳤다.

"꼭 네놈 면상 한번은 날려주마!"

"바보 같은 녀석!"

철영은 그런 고목귀를 비웃으며 무검을 펼쳤다.

그리고 그때 한줄기 빛살이 철영에게 날아들었다.

채앵!

맑은 소음과 함께 철영의 무검이 한순간에 깨져 나갔다. 덕분에 때마침 달려들던 고목귀의 주먹이 철영의 얼굴에 명중했다.

퍼억!

"크옥!"

철영이 비명을 질렀다. 너무도 뜻밖의 일이라 대응할 수 없었다. 철영의 자세가 무너졌지만 고목귀도 이런 결과에 놀랐던 터라 어리둥절한 표정으로 철영을 바라보았다. 자신이 한 말 때문에 주먹으로 쳐서 망정이지 검으로 찔렀으면 그대로 승부가 났을 게 아닌가?

고목귀는 철영이 자세를 수습한 뒤에야 정신을 차리고 다시 달려들었다. 철영은 광대뼈가 깨진 듯 얼굴 절반이 부어올라 욱신거리는 와중에도 황급히 무검을 시전해 적을 맞았다.

하지만 그때 방금 전의 빛살이 다시 철영의 우측으로 날아들었다.

채앵!

철영은 간신히 막아냈다. 그리고 이어져서 들어온 고목귀의 검마저 피해내고는 그대로 땅에 몸을 던져 구르며 고목귀로부터 멀어졌다.

얼굴뿐 아니라 아까 부상을 입었던 어깨마저 과도한 동작에 욱신거렸지만 철영은 그것에 개의치 않고 자세를 수습하자마자 주변을 둘러보았다.

가장 먼저 보인 것은 무슨 일이 일어난 건지 모르겠다는 표정으로 자신을 바라보고 있는 고목귀의 모습이었다.

고목귀뿐 아니라 주변에 자신을 바라보는 다른 사람들 역시 마찬가지였다. 모두의 표정에는 지금 일어난 일에 대한 의문이 떠올라 있었다.

철영은 입술을 깨물고 주변을 계속 둘러보았다. 철영 또한 마음만은 그들과 다르지 않았지만 그들처럼 넋을 놓고 있을 수는 없었다. 그 알 수 없는 일에 당한 자가 바로 철영 자신이기 때문이다.

휘익!

철영은 이번에는 자신의 귀에 들려오는 미세한 소음에 재빠르게 반응했다.

채앵!

손아귀에 느껴지는 진동에 신음하며 철영은 재빠르게 시선을 돌려 자신의 검을 치고 지나간 물체를 쫓았다.

그리고 믿을 수 없다는 표정으로 그 물체를 바라보았다.

"이기어검술."

가장 먼저 그 사실을 받아들인 것은 백무귀였다. 이미 이런 검술과 그 검술을 썼다던 누군가에 대해 자신의 사매로부터 수없이 설명을 듣지 않았었던가?

백무귀는 고개를 돌렸다. 그리고 사매의 말이 사실임을 확인했다.

백무귀가 향한 시선의 끝에 아민의 부축을 받은 채 철영을 향해 손을 내밀고 있는 진원명의 모습이 보였다.

회전(會戰) 3

철영은 기가 막힌 표정으로 허공에 뜬 채 자신을 겨누고 있는 진원명의 검을 바라보았다.

"보원이의 말이 정말이었던가? 이기어검이라니… 그런 것을 쓸 수 있다면 왜 이제 와서야……."

그 의문은 지속되지 않았다. 다시 진원명의 검이 날아들었던 것이다.

챙! 챙! 채앵!

좌우로 연이어지는 세 번의 공격이었다. 단순하기 그지없는 연격이었지만 철영은 그 검을 막아내며 식은땀을 흘렸다.

사람이 휘두르는, 사람이 사용하는 검술이 아니었기 때문이다. 진원명의 저 날아다니는 검에는 어떤 준비 동작도, 동작의 규칙성도, 궤도의 제약도 존재하지 않았다.

"크윽!"

번개같이 철영을 공격한 뒤 철영의 뒤편으로 지나간 검은 적당한 거리에서 멈춰 서고는 방향을 바꾸었다. 그리고 다시 철영에게 날아들었다.

쇄액!

이번의 공격은 처음의 공격과 같은 단순한 찌르기였다. 그렇게 보였다. 하지만 철영이 그 검을 튕겨내는 순간 그 검은 베기로 바뀌었다.

휘릭!

대경한 철영이 뒤로 몸을 눕혀 피하자 한 바퀴 회전한 칼자루가 마치 후려치듯 뻗어나가며 철영의 턱을 갈기고 지나갔다.

퍼억!

철영은 눈앞에 별이 번쩍 하는 것을 느끼고 쓰러졌다. 그러면서 깨달았다.

이런 식으로 허깨비만 쫓아서는 당하고 만다는 것을 말이다.

철영은 곧바로 일어났다. 머리가 어지러웠지만 개의치 않고 주변을 살피고는 마치 땅을 기듯이 출발해 검을 조종하는 진원명을 향해 달려갔다.

쇄애애액!

하지만 이번에는 방금과 비교도 되지 않는 파공성이 머리 뒤쪽에서 들려왔다. 철영이 몸을 숙이면서 뒤집는 순간 검이 철영의 바로 위를 통과해 지나갔다.

　보통 사람이라면 모골이 송연해졌을 상황이지만 철영은 곧바로 몸을 일으켜 진원명에게 달려들었다.

　진원명은 다시 검을 잡고 있었다. 일단 진원명 본인에게 가까이 접근해 무검을 쓴다면 자신의 승리다. 철영은 그렇게 생각했다.

　철영과의 거리가 얼마 남지 않아서였을까? 진원명은 잠시 고민하는 듯했지만 다시 검을 날리지 않았다. 철영은 회심의 미소를 지으며 검을 내밀었다.

　무검이 펼쳐졌다. 그리고 진원명이 다시 검을 놓았다.

　철영의 무검은 그 순간 깨져 나갔다.

　"뭐지… 이건?"

　철영은 망연자실한 표정으로 뒤로 물러났다. 진원명의 검이 그런 철영을 뒤따랐다.

　채채채챙!

　네 번의 가벼운 찌르기에 철영은 다시 아까 서 있던 그 자리까지 물러섰다.

　다시 자신에게서 떨어져 나가는 검을 바라보며 철영은 비로소 깨달았다.

　자신이 지금까지 배워왔던 검술은 결국 검을 든 '사람'을 상대하는 검술이었다. 자신은 사람과 떨어져 나온 '검'과 싸우는 검술은 배워보지 못했다.

　때문에 이 검술은 자신이 가진 검술로써는 상성을 찾을 수 없는 검술이었다.

철영의 무검은 이기어검술에는 완벽하게 무력했다.

"철수신, 보이시오?"

고목귀는 넋을 놓은 채 눈앞에 펼쳐진 광경을 바라보았다. 싸움에 끼어들 생각은 더 이상 들지 않았다. 아니, 그럴 엄두도 나지 않았다.

철수귀는 대답 없이 주변을 돌아보았다. 모두가 조용히 두 사람의, 아니, 한 사람과 한 자루의 검의 대결을 지켜보고 있었다.

방금 전까지만 해도 그들 모두를 장난치듯 상대했던 철영이 하늘을 나는 한 자루의 검에 쫓겨 패색이 짙어지고 있는 모습은 지켜보는 이들에게 희열보다 앞서 어떤 전율에 가까운 감정을 심어주고 있는 듯했다.

마치 기적과 같은 반전, 지켜보고 있던 자들 중 장수생이 중얼거렸다.

"천신, 천신인가?"

휘익!

날아오는 진원명의 검이 휘두르는 동작은 점차 복잡해져 갔다.

마치 뱀이나 물고기처럼 말도 안 되는 궤적으로 춤을 추기도 하고 하늘에서 떨어진다거나 땅바닥을 기어 다니기도 했다.

경험이 결코 적다 말할 수 없는 철영이지만 진원명의 이런 수법들에는 속수무책으로 당할 수밖에 없었다.

점차 새로운 상처들이 철영의 몸 위에 새겨져 가기 시작했고 애초에 입었던 왼쪽 어깨의 상처 또한 다시 터져서 피가 나오고 있었다.

이번에 진원명의 검은 철영의 검에 달라붙어 철영이 검을 휘두르는 대로 따라 움직였다.

한참을 실랑이한 철영이 결국 땅바닥에 검을 내려치려는 순간 비로소 붙어 있던 검이 떨어져 나와 철영의 팔뚝을 찢고 지나갔다.

순간 팔에 힘이 빠져 검을 떨어뜨릴 뻔했다. 철영은 힘주어 다시 검을 붙잡았지만 그런 자신의 행위에 의미를 부여할 수 없었다.

흘러 나가는 피와 함께 자신의 힘 또한 빠져나가는 기분이었고 온몸의 상처를 타고 올라온 고통이 뇌리를 자극하고 있었다. 하지만 철영은 그런 상처로 인한 고통보다 앞서 지금 자신의 마음을 지배하는 한 가지 감정에 의해 더 고통스러워했다.

바로 패배감이다.

언제부터였을까?

자신의 능력에 대한 자부심, 자신감 같은 것이 자신을 이루는 가장 중요한 요소가 된 것은?

기억나지 않았다. 아마 기억할 수조차 없는 오래전의 일일 것이다.

하지만 그래야만 했던 그 이유만은 분명히 기억났다.

자신이 물려받은 희생과 자신이 물려받은 업을 자신이 긍정했기 때문이다.

그것은 희생과 헌신에 대한 환상에 불과했다.

좀 더 단순하게 말하자면 바보짓이었다. 철영의 부친과 조부가 자신의 능력을 굳이 숨긴 채 시골의 촌로로 늙어갔던 것은 말이다.

하지만 그들은 그것을 자랑스럽게 생각했다.

어린 시절의 철영은 그것을 인정할 수 없었다. 그들이 맡은 일은 단지 다른 밀정들이 잠시 묵어갈 수 있는 휴식처를 제공해 주는 것이었고 그들이 가진 능력에 비교할 때 너무도 하찮은 일이었다.

부귀와 공명을 바라지 않는다 해도, 자신이 가진 능력에 어울리는 일을 바라는 것 정도는 가능하지 않는가?

아버지가, 할아버지가 그토록 갈고닦았던 무공과 학식은 도대체 무엇을 위한 것이란 말인가?

철영의 부친은 철영의 이런 반발에 부정하거나 철영을 이해시키려 하지 않았다. 강요나 압박을 가한 것도 아니었다.

단지 선택의 기회를 주었을 뿐이다.

"넌 원한다면 우리를 떠나 우리와 다른 길을 걸을 수도 있다. 하지만 그렇지 않으려거든 우리와 같아지거라."

철영에게 있어서는 무엇보다 잔인한 선택지였다.

철영은 결국 그들을 떠날 수 없었다. 철영이 그때까지 배우고 있던 그 무공을 포기할 수 없었다. 그들이 가진 무공, 그것이 세상 어디에서도 배울 수 없는 것임을 이미 알고 있었기 때문이다.

철영은 그들의 뒤를 이었다. 그들의 말대로 완벽하게 그들과 같아지려 노력했다. 무공 따위 아무 쓸모 없는 그런 촌로의 삶을 살며 자신의 사욕을 버렸다.

하지만 철영은 근본적으로 자신의 아버지나 할아버지와 달랐다. 그들처럼 어떤 애국심이나 사명감 때문이 아닌 자신이 배우게 될 무공이란 대가에 의해, 그 학문적 호기심에 의해 자신의 인생을 희생했다.

아버지와 할아버지가 대가없는 희생의 대가로 그들의 충성과 절개에 자부심을 가졌던 것과 같다.

철영은 평생 제대로 펼쳐 보지도 못할 것을 알면서도 자신의 능력, 무공에 대해 절대적인 자부심을 가졌다.

"저들을 모두 물려라."

진원명의 목소리가 들려왔다. 철영은 입술을 깨물었다.

"날… 날 감히 협박하는 것인가?"

"쓸데없는 희생을 줄이기 위함이다. 저들의 싸움을 멈추고 투항하게 해라."

"흐흐, 네놈이 아무리 대단하다 해도, 그런 움직이지도 못하는 몸으로 지금 저 아래에 있는 인원을 당해내진 못할 것이다.

내가… 내가 비록 네게 당하더라도 그들을 물릴 성싶으냐?"

자신이 가졌던 자부심이 진원명에 의해 부서졌기 때문일까? 철영은 증오에 찬 눈길로 진원명을 노려보고 있었다.

진원명은 그런 철영을 바라보며 고개를 저었다.

"왜 이렇게까지 해야 하지? 어차피 이제 당신의 이런 행동을 봐줄 사람도 없지 않나?"

철영이 눈살을 찌푸렸다.

"무슨 소리를 하는 것이냐?"

"당신은 당신의 나라나 주군에 대한 충성심 때문에 이러는 게 아니지 않나? 도대체 당신은 왜 이렇게까지 해야 하는 것이지? 당신은, 단지 당신은… 당신의 아버지와 할아버지를 비웃어주고 싶었을 뿐이 아닌가? 그들의 충성이 어리석었음을 그런 식으로 증명해 보이고 싶었던 것이 아닌가?"

진원명의 말에 철영은 순간 말문이 막혔다. 진원명이 어떻게 자신의 사사로운 개인사를 알고 있는지에 대한 의문마저 떠오르지 않았다.

진원명의 말이 철영의 마음속 깊은 곳의 치부를 건드렸기 때문이다.

고려는 멸망했다. 그 소식을 전해 들었을 때 처음 느꼈던 감정은 허탈함이었다. 그리고 그에 이어서 찾아온 감정은 아쉬움이었다.

자신의 부친과 조부가 이미 세상을 떠나 이 사실을 알지 못한다는 아쉬움.

그들이 지금껏 해왔던 충성도 그들이 자신에게 강요했던 삶도 결국 어떠한 의미도 없는 것이었다. 차라리 그 능력으로 왕곁에 붙어 있었다면 지금보다는 훨씬 도움이 되었으리라.

때문에 그들이 지금의 이런 결과를 알게 되었을 때 어떤 표정을 짓게 될지, 철영은 참을 수 없을 만큼 궁금했다.

그들의 그릇된 선택의 증거를 그들 앞에 당당히 들이밀며 그들을 비웃을 수 없게 되었다는 것이 아쉬웠다.

아마 자신의 결정에는 분명 자신이 버리지 못한 그들에 대한 원망과 비웃음이 투영되어 있었을 것이다.

진원명의 말은 사실이다.

하지만 그게 전부인 것은 결코 아니었다.

그로부터 얼마 뒤 고려에서 탈출한 왕족의 소문이 들려왔다. 바로 무민, 왕서한이다.

처음에 철영은 그다지 관심을 두지 않았다. 그는 철영에게 있어 그저 보기 싫은 존재일 뿐이었다.

하지만 그런 생각은 그와 몇 차례 만나는 동안 사라졌다. 일부러 퉁명스럽게 대하긴 했지만 철영은 간혹 그가 머무는 곳에 들르게 될 때면 항상 그를 찾았다. 당시 어렸던 그와 잠시 이야기하는 것만으로 철영은 자신의 기분이 한결 전환되는 것을 느끼곤 했다.

왕서한의 선량한 성품 탓도 있었지만 그보다 그의 발로 밟아본 적도 없는 조국에 평생 얽매여 살아가야 할 그의 입장에 자신과 닮은 부분이 많았던 이유가 컸다.

자신뿐 아니라 자신과 비슷한 입장인 많은 자들이 그를 따랐던 것 또한 그런 이유 때문일 것이다.

그는 밝고 어진 모습으로 자라났다. 그가 커가는 것을 곁에서 지켜보며 철영은 한 가지 의문을 가졌다. 의문은 점차 커졌고 철영은 결국 어느 날 그에게 물었다.

"주군은 즐겁습니까? 이런 곳에서 이처럼 아무 의미 없이 시간을 보내는 게? 주군을 피신시킨 중신들이 주군을 통해 얻고자 하는 게 단지 주군을 통한 잠시의 잇속 채우기임은 이곳의 모두가 알고 있습니다. 주군이 어떤 재능과 자질을 가졌는지, 주군을 위해 그들이 무엇을 해야 할지 그들은 신경도 쓰지 않습니다. 그런 그들 따위와 함께 정말 주군은 나라를 되찾을 수 있으리라 여기십니까?"

철영의 말투는 곱지 못했다. 지금의 상황에서는 사실상 의미없는 불평에 가까웠다. 예전의 자신을 떠올리며 조금 과하게 말하고 만 듯했다. 철영은 말하고 난 뒤 그것을 깨달았고 때문에 약간의 후회가 들었다.

"아무리 이제 유명무실한 위치라 해도 그들이 나를 왕으로 생각해 준다면 나 또한 그들에게 책임을 다해야 할 테니까. 난 충성이란 것을 그냥 일방적인 것으로 여기지 않아. 그들은 그들이 바라는 것을 내가 해줄 수 있을 거라 생각하기에 충성하는 것이지. 그렇다면 난 부족하나마 그들이 원하는 대로 해주는 게 좋을 것이라 생각해."

철영은 왕서한의 대답에 눈살을 찡그렸다. 핑계치고는 그다지 좋아 보이지 않았다. 차라리 절망하고 포기하는 편이 낫다, 그런 억지로 자신을 합리화하는 것보다는.

"그들 모두가 원하는 게 다를 테고, 그중 하나를 선택해야 할 경우란 항상 생길 것입니다. 무조건 남들이 원하는 대로 하겠다는 것은 왕으로서 무책임한 자세가 아닙니까?"

왕서한은 고개를 끄덕였다.

"네 말이 맞아. 모두를 만족시킬 수는 없어. 어쩔 수 없이 하나를 선택해야 하는 순간이 올 테고 손해를 보게 되는 사람은 나오겠지. 하지만 그래서 누군가 손해를 보게 된다면 그게 내가 되었으면 해. 적어도 손해 본 사람이 마음 편하게 원망하고 미워할 수 있는 대상이 내가 되었으면 해. 그럴 수 있게 하겠어. 당신들의 왕으로서 내가 할 수 있는 게 그 정도밖에 없으니까."

철영에게는 조금 뜻밖의 대답이었다. 특히나 고작 철영의 나이 반에도 훨씬 미치지 못하는 소년의 입에서 나온 말치고는 말이다.

철영은 그가 자신과 다르다는 것을 깨달았다. 그가 자신의 입장에 어떤 제약이나 강요 없이 충실하고 성실하다는 것을 깨달았다.

그것이 불합리하다는 것을 모르지 않으면서 그것을 그저 감내하려 하고 있다는 것도 깨달았다.

그런 그의 자세 때문이기도 했다.

철영이 이런 결정을 하게 된 것에는 분명 그런 이유 또한 있었다.

철영은 왕서한, 무민의 그런 모습을 진심으로 좋아했다.

"네가… 뭘 알지? 내가 주군을 위하는 마음을?"

철영이 이를 악물고 말했다.

"당신이 주군을 위하는 마음이 단지 수하로서의 충성심은 아니지. 그럼에도 그렇게 해야 하는 이유가 있나? 그가 원하지도 않는 이유로 다른 사람들의 희생마저 감수시키며 굳이 그를 왕으로 만들 필요가 있나?"

"그게 주군께 가장 어울리는 위치이기 때문이다!"

철영이 외쳤다. 그것은 철영의 진심이었다. 그것을 알 수 있었던 진원명 또한 분노하여 외쳤다.

"하지만 그것을 결국 선택하는 것은 본인이다! 그것을 왜 당신이 결정한다는 것이지? 왜 당신이 타인의 인생에 그토록 멋대로 관여하냔 말이다! 당신이 부여한 가치를 남에게까지 강요하느냔 말이다!"

철영은 편협하고 이기적이었다. 그가 살아왔던 방식이 자신이 추구하지 않았던 가치를 위한 희생이었기 때문인지도 모른다.

그런 그의 성향 때문에 그는 그 가치를 위한 자신의 희생을 당연시했고, 타인의 희생을 당연시했다. 심지어 그 목표의 대상인 그가 아끼는 그 당사자인 무민의 희생마저도 말이다.

과거 철영의 아버지가 철영에게 정해진 선택을 강요했던 것과도 같았다.

철영은 타인과의 이해나 타협을 몰랐다.

때문에 그가 세운 가치는 그를 제외한 어느 누구의 가치와도 결국 부합되지 못하는 것이다.

"닥쳐라! 네놈은 대체 뭐기에 날 그토록 아는 척하는 것이지? 네놈이 비록 내게 이겼지만 이 싸움은 결국 나의 승리가 될 것이다! 내 앞에서 그처럼 잘난 척하지 말란 말이다!"

진원명은 고개를 돌려 그들 바로 아래에서 벌어지는 싸움을 바라보았다. 전세는 많이 기울어 있었다. 특히 그나마 고수라 할 수 있는 자들이 전부 이곳에 모여 있다는 것이 크게 작용했다. 철영이 끝까지 항복하지 않는다면 철영의 말대로 그들은 저들을 당해내지 못할 가능성이 클 것이다.

후우웅. 휘잉.

그때 산 아래쪽에서 가벼운 바람이 불어왔다. 잠시지만 기분을 가볍게 만들어주는 시원하기 그지없는 바람이었다.

진원명은 그 바람에서 묘한 기시감을 느끼고 시선을 내렸다. 그리고 허둥지둥 산을 달려 올라오는 일단의 사람들을 발견했다.

그들은 뭐라 고래고래 외치고 있었다. 거리가 멀었지만 그중 한마디 정도는 진원명도 알아들을 수 있었다.

"적들의 습격입니다!"

그리고 그들의 뒤를 따라 일단의 무리가 산 위로 올라오고 있었다.

그들의 선두에 선 자들의 모습이 드러났을 때 진원명은 그중 한 사람의 모습에 놀람에 찬 탄성을 내뱉었다.

잠시 후 그 무리가 산 위에서 싸우고 있던 철영의 무리를 덮쳤다. 그리고 파죽의 기세로 그들을 갈라 버렸다.

"한 교주! 교주님은 어디에 계신가! 왜 안 보이는 거야!"

"사형! 너무 혼자 앞서 가지 마세요!"

"사백, 저 위에 누가 있는 듯해요. 아마도 저기에 한 교주가 있을 수도……."

사람을 찾는 듯 사방을 정신없이 뛰어다니는 세 사람은 천호법과 설 당주, 은비연이었다. 은비연이 언덕 위에 있는 진원명과 다른 사람들을 발견하고 소리쳤지만 천호법은 오히려 사방으로 돌아다니느라 그 목소리를 듣지 못하고 있었다.

"철영, 이 개자식, 어디 있느냐! 너와는 언제고 한번 결판을 내고 싶었다!"

"사형! 제발 좀 기다려요!"

하지만 장내를 휘젓던 세 사람과 달리 조금 뒤에서 상황을 살피던 두 사람은 언덕 위를 발견하고 그들보다 먼저 그 위로 올라오기 시작했다.

그중 한 사람의 모습을 본 고목귀가 외쳤다.

"무영신, 당신 왜 동창에 돌아가지 않고 이곳에 있는 거요!"

"빌어먹을! 내게 친한 척 말 걸지 마시오! 당신들이 지금 여기서 이러고 있는데 내가 돌아가면 무사할 것 같소? 왜 애초에 당신들 같은 자들과 엮여서… 젠장!"

고목귀가 회색을 띠며 말했다.

"전 형, 결국 우릴 도우러 와준 거구려!"

"시끄럽소! 그런 게 아니니까 아무 말 마시오!"

그들이 다투고 있는 곁에서 진원명은 무영귀에 뒤처져 산 위를 올라오는 한 사람의 모습에 시선을 두고 있었다.

"그는 당신을 찾아왔군요."

자신을 부축한 아민의 목소리가 들려왔다. 진원명은 고개를 끄덕이며 다가오는 그에게서 시선을 떼지 않았다.

"뭐가… 뭐가 어떻게 된 것이지? 왜 저자들이 이곳에 있는 것이냐? 저 많은 사람들은 대체 어디서 나타난 것이냐!"

철영은 실성한 듯 무너지는 자신의 수하들을 내려다보며 외치고 있었다. 누구도 철영의 질문에 대답해 주지 않았다.

그사이 언덕을 달려 오른 그자는 잠시 가쁜 숨을 몰아쉬며 중얼거렸다.

"정말이지, 가출한 동생 하나 찾기가 이만저만 어려운 일이 아니구나."

진원명은 어떤 말도 하지 못했다. 대답할 말을 떠올릴 수 없었다.

그자, 진원정은 진원명을 바라보며 씩 웃어 보였다.

"명아, 이제 그만 집으로 돌아가자꾸나."

회전(會戰) 4

진원명은 잠에서 깨어났다.

순간 엄습하는 두려움에 진원명은 황급히 자신의 주변을 돌아봤다. 어두컴컴한 막사 안의 모습이 시야에 들어왔다.

진원명은 안도의 한숨을 내쉬었다. 그리고 깨달았다. 자신의 온몸이 이미 땀에 흠뻑 젖어 있다는 것을.

진원명은 잠시 맥이 빠진 듯 자리에 앉아 있다가 몸을 일으켰다. 오른쪽 다리의 욱신거림이 새삼 자신에게 안도감을 심어주었다.

바로 지금 이 현실이 꿈이 아니라는 안도감이다.

진원명은 옆에 세워뒀던 목발을 짚고 막사의 입구를 열고 나왔다.

거의 다 꺼진 모닥불의 미약한 불씨들이 산속 곳곳을 수놓고 있었고 그 사이사이에 누워 잠들어 있는 사람들의 모습이 보였다.

진원명은 부상이 심하다는 이유로 얼마 안 되는 막사에서 쉬게 되었지만 지금은 그 사실이 썩 마음에 들지 않았다.

터벅, 터벅.

목발을 끌며 진원명은 모닥불이 모여 있는 곳으로 다가갔다. 그 아래쪽에 철영을 비롯한 포로들이 묶여 있는 곳이 있었는데 그곳에는 아마 깨어서 그들을 지키는 사람이 있을 것이다. 진원명은 그곳으로 가고 있었다.

그때 진원명의 뒤편에서 한 사내의 목소리가 들려왔다.

"어, 진 형, 일어난 거요?"

"그렇소. 꿈자리가 사나워서 말이오."

진원명은 고개를 끄덕였다. 그러면서 계속 모닥불을 향해 다가갔다. 사내가 다시 물었다.

"어딜 그렇게 가시오?"

"누구 깨어 있는 사람이 있는지 찾아보러 가오."

"하하, 깨어 있는 사람이라면 내가 있지 않소?"

사내가 웃었다. 진원명은 고개를 저었다.

"당신은 왠지 안심이 되지 않소. 다른 사람이 필요하오."

"허, 무슨 일인지 몰라도 서운하구려. 그런데 왜 깨어 있는 사람을 찾는 거요?"

진원명은 그제야 걸음을 멈추고 자신을 부르던 사내, 송하진을 돌아보았다.

"지금 내가 있는 이곳이 현실인지 확인하기 위해서요."

"현실이오."

송하진은 곧바로 대답했다. 진원명이 인상을 찌푸리며 뒤돌아서려 했다.

"당신이 그렇게 말하니 전혀 그렇게 들리지 않소."

"왜 그렇게 여기시오? 왜 지금 이 상황을 꿈이라 여기시오?"

송하진의 말에 진원명은 다시 뒤돌아 송하진을 바라보았다.

"내가 오히려 당신에게 묻고 싶소. 당신은 내 전생에도 나보다 더 나를 잘 알고 있었으니 대답해 줄 수 있을지도 모르지. 지금의 내 상황은 대체 어떻게 된 것이오?"

송하진은 잠시 진원명을 지그시 바라보았다.

"나에 대한 기억을 모두 되찾았구려. 그럼 지금 당신과 나는 입장이 그때와는 반대라오."

"무슨 소리요?"

"당신과 나는 뭐랄까… 시간대가 조금 어긋나 있소. 과거, 그러니까 당신의 전생에 당신이 만났던 나는 지금의 나를 경험했던 존재, 즉 미래의 나요. 그러니 그처럼 당신을 잘 알 수밖에 없었던 것이라오. 지금의 당신은 내가 모르던 나를 경험했으니 내가 당신을 아는 것보다는 날 더 잘 알고 있을 것이오."

"역시 이해할 수 없소."

"결국 지금 상황이 꿈은 아니란 얘기요."

송하진의 단정적인 말에 진원명은 한숨을 내쉬었다. 진원명의 질문이나 송하진의 대답이나 도저히 현실적이라고 말할 수 없는 이야기이기 때문이다.

진원명은 그리고 비로소 깨달았다. 송하진의 모습이 조금 특이하다는 사실을 말이다.

"당신 복장이 뭐요?"

"임시 개방도요. 당신이 떠나고 얼마 뒤, 난 일을 실수해 북선단에서 돈 한 푼 못 받고 쫓겨났다오. 그리고 황석을 배회하다가 운 좋게 개방도들과 친해져서 어울리게 됐지요. 그러던 중 당신 형이 은비연이란 소저와 함께 사람을 모은다는 말을 듣고 한번 심심풀이로 참여해 본 거요."

진원명은 허탈한 표정으로 송하진을 바라보다가 물었다.

"왜 그렇게까지 해야 하오?"

뭘 묻는 것인지 애매한 질문이었지만 송하진은 별로 머뭇거리지도 않고 대답했다.

"이 세상의 기분을 거스르고 싶지 않기 때문이오."

그리고 곧바로 첨언했다.

"뭐, 이미 좀 많이 거스른 모양이지만……."

진원명은 역시 이해하지 못했기에 고개를 저으며 말했다.

"무슨 말인지 전혀 모르겠소. 어쨌든 내가 지금 상황에 의문을 가진 이유는 방금 전 어떤 꿈을 꿨기 때문이오."

"무슨 꿈이었소?"

"머지않은 미래에 지금의 이 현실이 송두리째 사라지는 꿈이었소. 거대한 어둠이 모든 것을 덮어버리고 나와 내 주변 모든 것들이 살아온 모든 자취가, 그 기억이 모두 없었던 일이 되어버렸소."

송하진은 조금 무거운 표정이 되어 고개를 끄덕였다.

"흠… 그것은 예지(豫知)구려."

"예지? 내가 본 그건 대체 뭐요?"

진원명의 질문에 송하진이 잠시 고민했다.

"어디서부터 설명해야 할지 모르겠구려. 그냥, 가장 간단한 것부터 설명하는 게 좋을 것 같소. 방금 전 내가 세상의 기분을 거스르지 않고 싶다 말한 것을 기억할 거요. 그것은 이 세상이 거대한 하나의 의지(意志)로 이루어져 있기 때문이오."

"의지?"

"이 세상이 움직이는 모든 원리와 법칙, 그것이 바로 세상의 의지이고, 그냥 그 자체로 세상이오. 보통 사람들은 그 의지의 주체를 신이라고 부르기도 하지요. 뭐 예를 들자면 해가 뜨고 지고, 물이 위에서 아래로 흐르고, 사람이 살다가 죽는… 그런 자연스러운 현상들을 말하는 것이라오. 알겠소?"

진원명은 고개를 끄덕였다.

"알 것 같소."

"사람 또한 마찬가지요. 사람은 육체라는 틀을 통해 잠시 격리된 세상의 의지의 일부요. 때문에 사람이 그 틀을 조금만 깨고 세상과 소통하는 법을 깨달으면 원래 변하지 않는 법인 우주의 의지를 국소적으로 변화시키고 작은 기적을 만들어낼 수 있소. 예를 들자면, 이런 거요."

송하진은 그렇게 말하며 자신의 손바닥을 펼쳤다. 그러자 그 위에 팍, 하는 소리와 함께 작은 불덩이가 떠올랐다.

그 불덩이는 송하진의 손 움직임에 따라 송하진의 주변을 빙글빙글 돌다가 이내 사라졌다.

진원명은 기가 막힌 표정으로 그 모습을 바라보았다.

"사실 이런 능력은 세상에게 있어 '오류' 요. 세상이 불가능하게 만들어놓은 것을 가능하게 했으니 이게 과하면 세상의 의지가 화를 낼 수도 있다오. 그렇게 된다면 당신이 꿈으로 꾸었던 내용처럼, 당신이 경험한 일 모두가 초기화되어 없었던 일이 될 수도 있고, 당신의 존재만이 세상에서 원래 없었던 것처럼 사라질 수도 있소."

진원명은 잠시 머뭇거리다가 물었다.

"그럼 내가 과거로 돌아온 것이 당신이 얘기한 그런 기적에 의한 것이오?"

"그렇소. 사실, 이런 능력이 세상의 질서를 도가 지나치게 어지럽히지만 않는다면 별문제가 될 것이 없소. 보통 당신이 일으킨 기적 정도라면 세상이 어떻게든 수습해 아무 일 없이 넘어가는 경우가 많았을 거요. 하지만 문제는 거기에 내가 깊이 관여하고 있었다는 거요."

진원명은 설레설레 고개를 젓다가 물었다.

"당신은 대체 누구요?"

"난 이 세상이 아닌 다른 세상에서 온 자요. 정확히 말하자면 그 세상의 의지의 일부요."

"기가 막히오. 그냥, 잘 꾸며낸 옛날이야기를 듣는 느낌이오."

"하지만 당신은 경험해 보았으니 알지 않소? 내 말이 사실임을. 어쨌든 나 같은 이가 다른 세상에 존재하려면 나름의 예의나 원칙 같은 게 필요하오. 바로 그 세상의 질서를 어지럽히지 않는 것이오. 존재하지 않는 자가 일으킨 오류는 수습이 어렵기 때문이오. 내가 굳이 내 존재를 만들고 내 행동 하나하나에 당위성을 부여해 온 이유가 그것이오. 하지만 난 이미 당신이란 사람에게 여러 가지로 영향을 주었소. 지금의 나에게 있어서는 아직 일어나지 않은 일이지만 아마 그렇게 될 거요. 그리고 그 일이 일어난다면 그것은 인과의 흐름이 이 세상의 시간의 흐름과 반대로 얽혀 있어 이 세상으로서는 수습이 무척이나 어려운 오류라오. 그러니 세상이 그것을 그냥 용납하고 넘어가지 못하는 것이오."

진원명은 눈살을 찌푸렸다. 태반은 이해가 가지 않는 말이었지만 자신이 이런 일을 겪는 것이 송하진과의 인연 때문이라는 의미는 이해했다.

송하진을 원망할 수는 없는 일이었다. 애초 송하진의 도움이 없었다면 자신은 먼 옛날 마공의 후유증으로 사망했을 것이다.

"당신이 날 이처럼 과거로 돌려보내 준 것이오? 그럼 왜 당신에 대한 내 기억까지 지워 버렸소?"

"난 단지 당신을 세상과 소통할 수 있게 해주었을 뿐이오.

당신 주변에 일어났던 기적들은 모두 당신의 원념(願念)이 이뤄낸 것이오. 그리고 과거로 돌아온 뒤 당신의 기억 일부를 지웠던 것은 내가 아니라 바로 이 세상이오. 세상은 어떤 식으로든 나라는 존재를 이 일에서 배제시키고 세상에 생겨난 오류를 수정해 보려 했던 것이라오."

"그렇다면 왜 그 기억이 다시 생겨난 거요? 그리고 난 내가 원래 알지 못했던 기억들마저 알고 있소. 이것 또한 당신이 전해준 능력인 것이오?"

"두 개의 다른 세상이 얽히면서 생긴 혼란 때문이오. 인과의 시작과 끝이 고리처럼 연결되어 있기에 한쪽을 지워 없애도 다른 한쪽에서 새롭게 시작되는 것이오. 세상이 당신의 과거에서 내 존재를 삭제했지만 당신이 다시 나와 이곳에서 만남으로써 내가 당신의 과거를 찾아 돕게 되는 새로운 가능성이 생겨난 것이라오. 그리고 당신이 지금 떠올릴 수 있게 된 기억들은 지금까지 이야기했던 것과는 다른 문제요. 그것은 단순히 당신이 과거로 회귀하는 과정에 떠안고 온 것들이라오."

"복잡하구려. 그래서 어떻게 해야 하는 거요. 내가 본 그 꿈이, 지금의 모든 세상이 사라지는 일이 결국 이루어진다는 것이오?"

진원명이 근심 어린 표정으로 질문했다. 이제 겨우 모든 것이 제자리를 찾았다고, 자신의 원이 이루어졌다고 생각했는데 다시 모든 일이 처음으로 되돌아가거나 자신이란 존재가 소멸해 버릴 수도 있다는 말이 아닌가?

"그건 당신의 선택에 달렸소."

송하진의 말에 진원명이 질문했다.

"무슨 선택 말이오?"

"당신이 가진 능력으로 내 도움을 받아 이 세계를 벗어나던지, 아니면 그것을 거부하고 당신의 꿈처럼 세상에 의해 정화되던지 그 두 가지 선택이오."

"세계를 벗어난다는 게 무슨 말이오?"

진원명이 의아하다는 듯 물었다. 송하진은 잠시 생각을 정리하는 듯 고민했다.

"당신이 과거로 회귀하는 방식은 일반적인 방법은 아니었소. 당신이 지금 당신이 알지 못하는 기억을 갖게 된 것이 그때문이오. 당신은 회귀하며 당신 주변 세상을 모두 떠안고 돌아왔었소. 그것은 당신이 참 선한 사람이라는 증거요. 과거로 돌아오는 기적은 보통 지난 과거에 대한 강한 미련 때문에 비롯되는 법인데, 당신이 주변 세상을 떠안고 돌아왔던 이유는 당신이 주변 사람들의 과거에도 마찬가지로 강한 미련을 가졌기 때문이지요. 자신이 아닌 타인의 과거나 불행에 그처럼 신경을 쓰는 사람은 참으로 드물다오."

"논점에서 벗어난 듯하구려."

알지도 못하는 일로 칭찬을 들은 셈이라 진원명은 어색한 표정으로 지적했다. 송하진은 가볍게 웃었다.

"후후, 아마 당신은 당신 주변의 세상에 강한 죄책감을 느끼고 있었을 것이오. 그 때문에 당신은 그 주변 세상을 모두 떠안고 돌아왔고, 당신 안에 그 세상이 존재하고 있소. 당신은 아마 꿈이나 망상을 통해 그 세상을 엿보고 경험해 보았을 거요. 그렇지 않소?"

"꿈속에서 내가 마치 공기나 된 듯 그들을 옆에서 관찰한 적이 있소."

송하진이 고개를 끄덕였다.

"그게 바로 당신 안에 존재하는 세상이오. 아마 세상의 흐름에 민감한 이들이라면 당신 안의 세상에 존재하는 그들 자신을 읽어내고 그들이 당신에게 가졌던 감정에 동화될 수도 있었을 것이오. 혹시 당신에게 유달리 민감하게 대응했던 사람이 없었소?"

있었다, 설공현.

진원명은 그가 자신에게 보였던 그 적대감이 괜한 게 아니었음을 비로소 깨달았다.

그러고 보니 그처럼 자신에게 민감했던 사람이 한 명 더 있었는데…….

"어쨌든 당신은 충분한 능력은 가진 셈이오. 그러니 당신이 원하기만 한다면 지금의 이 현실 또한 당신이 떠안아 세상에서 독립시킬 수 있을 거요. 그게 내가 말한 이 세상에서 벗어난다는 의미요."

"사실 무슨 말인지 아직도 잘 모르겠소."

"쉽게 말하자면 당신이 한 세상의 신이 된다는 이야기요."

별로 쉬운 이야기로 들리지 않았다.

"그게 가능하오?"

"당신이라면 충분히 가능하오."

"당신의 이야기가 사실이라면 내가 이 세상에서 벗어난다면 지금의 이 현실을 계속 유지할 수 있는 것이오?"

"그렇소. 단, 내가 돕는다면 말이오."

진원명은 순간 말문이 막혔다.

"생각해 보면 난 여태 당신이 어째서 날 이처럼 돕는지 그 이유도 알지 못했구려."

"딱히 꼬집어 말할 이유가 있어서는 아니오. 당신이 나와 닮았기 때문인지도, 그래서 당신의 이번 선택에 호기심을 느꼈기 때문인지도 모르오. 사실 난 아직 그 정확한 이유는 알지 못하고 있소."

"그게 무슨 소리요?"

진원명의 질문에 대답하지 않고 송하진이 되물었다.

"내가 돕기를 원하시오?"

진원명은 고개를 끄덕였다.

"당신은 날 도와줄 수 있겠소?"

"그렇소. 단, 난 당신의 선택이 가져올 결과에 대해 당신에게 미리 가르쳐 줄 것이오. 당신은 그 뒤에 선택하도록 하시오. 그것이 공평하리라 생각하오."

"알겠소."

무엇이 공평하다는 것인지 알 수 없었지만 진원명은 다시 고개를 끄덕였다. 자신이 본 꿈, 지금의 현실이 무너지는 모습을 지켜보고만 있을 수는 없었다.

송하진은 잠시 뭔가 생각하더니 한숨을 내쉬었다.

"이것은 잔인한 일이 될지도 모르오. 당신이 되어야 하는 것이 무엇인지 안다는 것은 말이오. 당신이 만든 세상에서 당신은 수많은 시작과 끝을 반복하게 될 거요. 처음 당신이 가졌던 만족과 기쁨은, 그리고 그 감정이 유지되는 시간은 그 수많은 시간들 속의 그야말로 찰나에 불과하오. 내가 당신에게 알려 주려 하는 것은 바로 그런 것이오. 그것을 알게 된다면 당신은 선택을 바꾸게 될지도 모른다오."

진원명으로선 알 수 없는 이야기였다. 설마 자신이 그것을 알게 된다 해서 이 현실의 붕괴를 그냥 받아들이기라도 한다는 것인가? 그것은 그처럼 끔찍한 일인 것일까?

진원명의 의문을 읽어낸 것인지 송하진은 진원명을 바라보며 말을 이었다.

"그것이 불행해짐을 의미하는 것은 아니오. 단지 당신에게 있어 이제 어떤 것도 큰 의미가 없어질 뿐이오. 당신이 순간의 감정에 따라 새로운 세상을 창조하는 것도, 그것을 포기하고 이 세상의 일부분으로 회귀하는 것도, 당신에겐 모두 똑같이 느껴질 것이오. 계속해서 자신의 내면을 바라본다는 것은, 그리고 그 내면의 세계에 공평한 시선을 유지한다는 것은 자신을 잊고, 자신을 멈추는 것이오. 내가 당신을 돕는 이유를 알지 못하는 것 또한 그런 이유 때문이오. 내가 이처럼 분리된 것에는 분명 어떤 의지가 개입되어 있을 것이오. 하지만 난 그것을 잊고 있소. 단지 주어진 관성과 느낌에 따라 그저 행동하고 있을 뿐이오."

진원명은 문득 예전 자신이 꾸었던 꿈속에서 자신이 경험했던 그 현상을 떠올렸다. 그때 자신은 자신을 잊고 있었다. 그리고 자신이 자신의 존재를 떠올리고 그 세상에 관심을 멈춘 순간 그 세상 또한 정지하지 않았던가?

진원명은 왠지 송하진이 말하는 의미를 알 수 있을 것 같았다. 많은 세월이 지난 뒤 과거의 기쁨과 슬픔을 잊어버리듯, 그처럼 자신은 모든 것을 잊어버릴 것이다. 자신은 변해 버릴 것이다.

과연 자신은 변해 버린 그때에도 지금 가치있었던 것들을 여전히 가치있다고 느낄 수 있을까?

"그런 사실을 어떻게 내게 알려준다는 것이오?"

"그건 당신에게 보여준 것과 같은 기적을 조금 사용한다면 간단한 일이라오. 당신이 결심한다면 언제라도 가능하오."

진원명은 뭔가 생각하는 듯하더니 말했다.

"지금 하겠소."

"좀 더 기다려 드릴 용의가 있소. 당신이 꾼 꿈과 같은 일이 벌어졌을 때, 그때 선택해도 늦지는 않소. 그동안 충분히 생각해 보는 게……."

"아니, 그냥 지금 하는 게 좋겠소."

진원명은 그렇게 말하고 고개를 돌려 먼 불빛을 바라보았다.

그것을 아는 것이 지금 자신이 느끼는 이 감정들을 잊어버리는 것이라면, 조금이라도 그것을 잊기 전에 선택하는 게 나을지 모른다는 생각이 들었던 것이다.

자신은 지금의 현실을 유지하고 말 것이다.

자신에게 어떤 변화가 생긴다 해도 반드시 그렇게 만들고 말리라고 진원명은 다시 한 번 다짐했다.

잠시 변한 자신과 자신 주변의 사람들을 떠올려 보던 진원명이 다시 말했다.

"지금 시작해 주시오."

송하진은 고개를 끄덕이고는 진원명에게 다가왔다.

진원명은 송하진을 바라보았다.

"항상 말하는 것이지만, 송 형에게 정말 감사드리오. 이처럼 날 돕고, 나에게 많은 것을 베풀어준 것에 대해서 말이오. 그에 반해 난 송 형에게 뭐 해줄 만한 게 없구려."

"그런 생각 마시오."

송하진은 빙긋 웃었다. 그리고 가볍게 팔을 뻗었다.

그 순간 많은 것이 변했다. 모든 선택이 끝났기 때문일 것이다. 이것이 변하지 않는 사실로 굳어지는 순간 송하진은 진원명이 이제부터 내릴 결정과, 자신이 잊고 있던 사실들, 왜 자신이 이처럼 진원명을 도와준 것인지에 대한 이유와 그 해답을 깨달을 수 있었다.

"세상일이 복잡하여 예측할 수가 없구려."

송하진의 탄식에 진원명이 의아한 표정을 지어 보였다.

"당신 생각이 틀렸었소. 정말 감사해야 할 사람은 오히려 나였으니……."

송하진은 진심 어린 눈길로 진원명을 바라보았다. 그리고 자신의 능력을 사용했다.

진원명의 눈이 가볍게 감겼다.

 종장(終章)

종장(終章)

끝이 보이지 않는 드넓은 초원이 눈앞에 펼쳐져 있었다.

태어나서 처음 보는 광경이었지만, 진원명은 눈앞의 초원에 감탄하기보다 탄식했다.

"정말 도망 다니는 것 하나는 귀신같구려. 내가 옛날 도망 다니던 시절에도 이런 곳까지 오지는 않았거늘……."

"네? 진 공자가 도망이요?"

"아니오. 실언이니 신경 쓰지 마시오."

진원명에게 질문한 여인, 화산파 사남매의 막내인 주민국은 더 묻지 않았다. 그녀는 잔뜩 신이 난 듯했다.

"무 소협, 무 소협 또한 이런 곳은 처음인 건가요?"

"아, 처음이오."

"대사형에게 말로만 들었는데 여기에 사는 사람들은 무리를 지어 목축을 하며 떠돈대요. 그리고 이곳을 여행하려면 말보다 낙타라는 동물이 필요한데 그 동물은 등에 커다란 혹이……."

"이봐, 사매. 우리는 여기 놀러 온 게 아니라고. 좀 조용히 할 수 없어?"

신나서 이야기하고 있는 주민국의 곁에서 계속 불쾌한 표정을 짓고 있던 구장혁이 핀잔했다.

"누가 몰라서 그러나요? 쳇, 어차피 대사형이 안내하는 사람을 구해올 때까진 여기서 무료하게 기다려야 할 텐데 좀 떠들었다고 구박이라니… 사형 최근 모습은 꼭 늙은 마누라가 남편 바가지 긁는 모습 같다고요."

"뭐, 뭐야!"

두 사남매의 다툼을 바라본 진원명이 실소했다. 구장혁이 이처럼 민감한 반응을 보일 때가 바로 주민국이 무민과 친하게 굴 때뿐임을 알기 때문이다.

진원명은 고개를 살짝 돌렸다. 진원명의 곁에서 마찬가지로 두 사남매를 바라보고 있던 아민이 보였다.

진원명은 잠시 그녀의 얼굴에 시선을 두었다.

살짝 미소를 머금은 채 그들을 바라보던 아민은 뭐가 재미있는지 쿡 하고 웃음을 터뜨리다가 문득 진원명이 자신을 멍하게 바라보고 있음을 깨닫고 살짝 얼굴을 붉히며 시선을 피했다.

그 모습을 본 진원명도 왠지 부끄러운 행동을 한 기분이 되어 헛기침을 하며 정면으로 시선을 돌렸다.

"흥!"

그때 진원명의 왼쪽에서 가벼운 코웃음 소리가 들려왔다. 고개를 돌리니 왠지 뚱한 표정을 짓고 있는 수연이 고개를 돌린 채 초원 저편을 바라보고 있었다.

뭐 기분 나쁜 일이 있는 것일까? 진원명이 의아한 표정으로 수연을 바라보고 있을 때 무민의 목소리가 들려왔다.

"양 형이 돌아왔구려."

뒤를 돌아보자 멀리서 못 보던 한 명의 사람과 한 마리의 말을 데리고 그들이 있는 곳으로 다가오는 화산파 사형제 중 첫째, 양소의 모습이 보였다.

양소가 일행을 바라보았는지 손을 흔들어 보이고는 걸음을 재촉했다.

가까이 다가오자 아까 말이라 생각했던 동물이 말과 조금 다른 동물이라는 것을 알 수 있었다.

"이게 낙타인가 보군요."

"그렇소."

진원명의 질문에 양소가 고개를 끄덕여 대답하곤 일행을 돌아보며 말을 이었다.

"안내인의 말에 따르면 내일 이 근처에서 동쪽과 서쪽에서 내려오는 두 무리의 유목민들을 만날 수 있을 것이라 합니다. 그럼 그들에게 물어 그자가 향한 방향을 알 수 있을 테니 오늘은 그냥 이곳에서 짐을 풀고 쉬는 게 좋을 듯합니다."

일행은 모두 그 말에 동의하고 그곳에 여정을 풀었다. 낙타에 실려 있는 식량들로 간단한 식사를 하고 나자 진원명이 말했다.

"날이 저물려면 시간이 좀 남은 듯하니 난 잠시 혼자 이 주변을 좀 돌아보고 오겠습니다."

수연이 손을 들어 뭔가 말하려다가 진원명의 방금 말에서 '혼자'라는 부분에 무게가 실려 있었음을 깨닫고 시무룩한 표정으로 주저앉았다.

안내인이 말했다.

"너무 멀리 가면 길을 잃을 수 있습니다."

"조심하겠습니다."

진원명은 대답하고 초원으로 걸음을 옮겼다. 초원에는 단지 넓게 펼쳐진 풀밭만이 보일 뿐 별다른 구경거리 같은 것은 없었다.

물론 진원명처럼 처음 이곳에 와본 이에게는 그것만으로 신기한 구경거리일 수도 있겠지만 진원명은 굳이 주변 풍경에 관심을 보이지는 않았다.

진원명은 자신의 상황을 떠올려 보고 있었다. 자신이 그날 집으로 돌아가지 않고 다시금 이처럼 먼 여행을 떠나오게 된 이유, 지금 자신이 쫓고 있는 자, 현생의 불사귀를 떠올렸다.

물론 그자는 세간에 불사귀라는 별명 같은 것은 가지지 않았다. 그런 악명을 얻기 이전에 진원명과 진원명의 일행에 의해 저지당했기 때문이다.

그자를 부르는 불사귀라는 명칭은 그를 쫓는 일행 사이에서만 쓰이는 호칭으로 진원명이 붙인 것이었다. 진원명은 그가 과거의 자신과 비슷한 존재라고 생각했다.

현생의 불사귀는 상민호라는 이름을 가진 자로 멸망한 상근명 장원의 유일한 생존자였다. 그는 가문이 멸망하고, 그 원수를 갚고자 세상을 떠돌다가 우연히 마공의 비급을 얻게 된 뒤 결국 유혹을 참지 못하고 그 무공을 수련하여 마인이 된 것이다.

물론 그 과정은 우연이 아니다. 철영이 짜놓은 계획의 일부였을 뿐이다. 단지 세간의 이목을 집중시키고 한유민의 무리와 충용위를 밖으로 끌어내기 위한 미끼였을 뿐이다.

그럼으로써 철영은 먼 북쪽에서 누구의 방해도 받지 않은 채 자신의 계획을 실행하고자 했다. 황제를 시해하고 실질적으로 계승권에서 멀어진 황실의 서자, 한왕을 옹립하는 것을 도운 뒤, 한왕의 힘을 빌어 자신의 뜻을 펼치고자 했던 것이다.

물론 이제 철영은 붙잡혔고 그가 꾸민 일은 모두 실패했다. 단지 그 뒤처리만이 남아 있을 뿐이고 진원명은 그중 상민호에 대한 일은 자신이 직접 맡고자 했다.

폭주한 마공을 제어할 수 있는 이는 세상천지에 진원명 한 명뿐일 것이니 그를 무사히 구해내는 일은 자신이 아니라면 불가능하기 때문이다.

진원명은 그를 동정했다. 그래서 돕고자 했다.

…한때 그랬었다.

"애초에 두들겨 패서 잡았어야 했는데……."

진원명은 그를 떠올리며 움켜쥔 주먹을 잠시 부르르 떨었다.

그자는 하필 예전 진원명이 처음 마공을 되찾았을 때 상대했던 동창의 인물 중 하나였다. 그는 진원명에게 두려움과 증오를 동시에 가지고 있어 처음 진원명이 호의로 접근했음에도 진원명에게 덤벼들었다가 패하고, 그 이후 계속 진원명의 일행을 피해 중원을 벗어나도록 계속 도망만 쳤던 것이다.

"젠장!"

진원명은 새삼 신경질이 나서 땅바닥에 굴러다니던 돌멩이를 걷어찼다.

금방 집으로 돌아가리라 약속하고 억지로 돌려보낸 형을 볼 낯이 없었다. 한 달 정도면 끝나고 돌아갈 수 있으리라 생각했던 일이 이미 오는 데만 두 달을 넘어서고 있으니 말이다.

다행히 진원명을 따라온 다른 일행은 별다른 불만이 없는 것 같았다. 물론, 구장혁은 제외하고…….

그들이 따라와 주지 않았다면 추격이 더 힘들어졌을지도 모른다는 생각이 들었다. 아마 그랬다면 뭣보다 무척이나 지루했을 것이다.

무민은 처음 그들이 모인 자리에서 상근명의 이야기를 들은 뒤 철영의 행동에 대해 자신이 책임감을 느낀 것처럼 보였다.

때문에 진원명과 동행을 부탁해 왔었다.

화산파의 세 사형제는 지난번의 위험 이후 무민과 특히 더 가까워져서 남은 여행 기간 동안 계속 무민을 따라다니고 싶다고 말했다.

아민 또한 동행을 요구했는데 무민이 굳이 만류했음에도 말을 듣지 않았다. 당시 그녀의 대답이 만류하던 무민을 제법 난처하게 하기도 했었다.

'꼭, 주군을 위해 따라가는 것만은 아니에요.'

그리고 나자 그 모습을 본 수연마저 동행을 요구해 왔다. 배반을 했던 몸으로 그곳에 남아 있기에는 껄끄러우리라는 이유였다.

결국 진원명은 일곱 명이나 되는 인원을 이끌고 상민호를 추격하게 되었다. 그 과정은 사실 무척 즐거웠었다. 자신이 겪었어야 했던 불행을 대신 뒤집어쓴 상민호에 대한 죄책감이 아니었다면 더 즐거웠을 것이다.

"그러니, 좀 붙잡히란 말이다. 내가 어떻게든 그 불행을 조금이라도 보상해 줄 수 있게……."

진원명은 한숨을 쉬며 나직이 중얼거렸다.

그리고 문득 깨달았다.

"여기가 어디지?"

너무 멀리 걸어와 버린 듯 자신들의 일행이 머물던 야영지가 보이지 않았다. 진원명은 크게 당황했다. 이런 허허벌판 한가운데에서 길을 잃을 수 있다고는 생각해 보지 못했던 것이다.

진원명은 당혹스러운 감정으로 주변을 돌아보다가 문득 이런 벌판에 있기 어려운 어떤 것을 발견했다.

　바로 자신과 같은 모양새로 주변을 두리번거리고 있는 한 사내다. 진원명은 눈을 가늘게 뜨고 사내를 바라보다가 인사를 건넸다.

　"안녕하시오."

　진원명의 말에 사내가 조금 당황한 모습으로 인사를 받았다.

　"아, 안녕하시오."

　"반갑구려."

　"아, 반갑습니다."

　눈에 띄게 당황하는 사내를 바라보며 진원명이 상황에 어울리지 않게 피식 웃었다.

　"난, 진원명이라 하오. 지금 길을 잃었다오."

　"아, 난⋯ 나는⋯⋯."

　사내는 자신도 뭐라 말하려 했지만 말을 잇지 못했다.

　"당신도 길을 잃은 모양이구려."

　"아, 그렇소. 나도 길을 잃었다오."

　사내는 진원명의 말에 황급히 동의하고 나섰다. 진원명이 허탈한 웃음을 지으며 말했다.

　"우리 둘 다 큰일이구려. 난 방향을 완전히 잃었으니 그냥 이곳에서 동료들이 찾으러 올 때까지 기다릴 생각인데, 당신도 그렇게 하는 게 어떻소?"

　"그, 그게⋯ 그렇게 하죠."

두 사람은 그 자리에 주저앉았다. 진원명은 주변을 휘휘 둘러보았고 사내는 조금 초조한 표정으로 진원명의 곁에 앉아 진원명의 기색을 살펴보았다.

이런 황량한 초원 한복판에 두 사내가 이처럼 쪼그려 앉아 있는 모습은 누가 보았다면 참 특이하다 여길 만한 모습일 것이다.

진원명은 주변을 살피는 것을 멈추고 한숨을 내쉰 뒤에야 사내에게 다시 시선을 주었다.

"다른 세상을 구경하는 것이 처음인 모양이오. 그처럼 준비가 되어 있지 않은 것을 보니."

사내가 놀란 표정을 지었다.

"알고 계셨소?"

진원명은 빙긋 웃었다.

"당신이 나와 같다는 것을 알았소. 어떤 계기를 통해 세상을 부수고 나왔고, 지금 다시 또 다른 계기를 찾고 있음을 말이오."

"무슨 말인지 잘 모르겠구려."

"언젠가는 알게 될 거요."

진원명의 말에 사내는 이내 고개를 끄덕였다. 두 사람은 한동안 말이 없이 주변을 둘러보았다.

날이 저물어감에 따라 점차 초원은 추워지기 시작했다. 진원명이 팔짱을 끼고 몸을 움츠리며 다시 입을 열었다.

"춥구려. 좀 훈훈한 옛날이야기 같은 것 없소? 당신 정도면 경험도 참 많을 텐데……."

"사실 옛날 일 같은 것은 잘 기억나지 않소. 기억나는 것들 또한 별로 대단치 않은 이야기라오. 지금 생각해 보면 다 쓸모 없는 일이었다고 여겨지는 그런 것들 말이오."

진원명은 어깨를 으쓱하고는 고개를 끄덕였다.

"쓸모없는 일, 대단치 않은 일… 당신과 같이 기존의 세상을 깨고 나와 새로운 세상의 질서가 되면 뭐든 그렇게 느껴지지 않겠소? 당신이 그렇게 여기는 이야기들 중에도 생각해 보면 분명 옥석이 있을 거요."

사내가 진원명을 흘끔 쳐다보았다.

"난 오히려 당신의 이야기가 듣고 싶소. 당신은 분명 나와 같은데 조금 다르구려. 뭐가 어떻게 다른지 알고 싶소."

"당신이 나와 다르다면 그것은 하나요."

진원명의 대답에 사내가 호기심 어린 눈으로 진원명을 바라보았다. 진원명은 말을 이었다.

"초심."

"초심?"

"당신이 예전의 자신을 떠올리며 그 당시의 자신이 왜 그랬는지 고민하는 것. 예전 당신이 가졌던 마음들, 당신이 두었던 가치들… 그 모든 것이 식상하고 무가치하게 느껴지는 이유는 단 하나요. 초심을 잃었으니까."

"뭔가 진부한 대답이구려."

사내는 눈살을 찌푸렸다. 진원명은 고개를 저었다.

"나 또한 잊어버렸을 거요. 당신처럼 새로운 세상이 되어 영겁의 세월 동안 자신의 세상만을 바라보는 일을 반복했다면 누구라도 그런 상대적으로 사소한 것들은 세월과 함께 모두 잊고 말았을 것이오."

"당신은 뭔가 달랐다는 거요?"

사내가 의아하다는 듯 물었다. 진원명은 고개를 끄덕였다.

"난 내가 사는 세상을 깨기 전에 그 모든 결과를 알게 되었소. 내가 훗날 세월과 함께 그때까지 내가 중요하게 여겼던 모든 것들을 잊어버릴 것임을 말이오. 하지만 그래서 또한 알게 되었소. 그것이 원래 없었던 것, 무가치한 것이 아님을 말이오. 변해 버린 내 입장에 예전의 기억이나 가치가 아무리 하찮고 대수롭지 않은 것이 된다 하더라도, 그것을 현실로 마주하는 자신이 가졌던 그 당시의 감정은 그런 절대적인 기준으로는 잴 수 없는 진실한 것이었음을 말이오."

사내는 기이한 표정으로 진원명을 바라보았다. 진원명이 말을 이었다.

"당신은 시작하는 마음을 잊어버렸을 거요. 수많은 세월 동안 새로운 가치를 부여하려는 시도 자체에 무의미함을 느끼게 되어버렸을 거요. 때문에 당신은 당신의 세상 안에서 마치 꿈을 꾸듯 자신을 포함한 모든 것을 잊고 그대로 멈추어 버렸던 것이오."

"무슨 말인지 모르겠소. 당신은… 날 알고 있는 거요?"

진원명은 미소 지었다.

"언젠간 깨달을 것이오. 당신이 구하고자 하는 대답이 그것이니 말이오. 당신이 날 찾고 날 이끌어주었던 이유가 그것이니 말이오. 꿈속에서 해답을 구할 수 없었던 당신은 당신의 꿈 밖에 존재하는 날 통해 당신의 해답을 구하려 했소. 그 해답을 통해 영겁의 세월 동안 멈춰져 있었던 당신이 당신의 굳어버린 세계를 깨고 나오려 했소. 그 뒤의 자세한 경과는 나도 잘 모르지만, 아마 당신은 그렇게 할 수 있었을 것이오."

사내는 여전히 알 수 없다는 표정으로 진원명을 바라보았다. 진원명은 고개를 돌리고 말했다.

"내 친구들이 날 찾아오는구려."

초원 저편에 몇몇 사람들의 모습이 보였다. 진원명을 발견하고 진원명에게 다가오고 있는 모양이었다.

"진 형! 어린아이도 아니고 한심하게 길을 잃은 거요?"

멀리서 양소의 외침이 들려왔다. 진원명이 혀를 차며 말했다.

"내 친구들에게 당신을 소개해야겠구려. 일단 이름부터 있어야 할 것 같은데……."

사내는 진원명을 멀뚱한 표정으로 바라보았다. 그 의미를 짐작한 진원명이 피식 웃으며 말했다.

"하진. 송하진(宋何進)이 어떻소?"

『귀혼』完